岩 波 文 庫

32-801-2

薬草まじない

エイモス・チュツオーラ作
土 屋 哲 訳

岩 波 書 店

First published 1981 by Faber & Faber Ltd, London.

This Japanese edition published 2015
by Iwanami Shoten, Publishers, Tokyo
by arrangement with
Faber & Faber Ltd, London
through The English Agency (Japan) Ltd., Tokyo.

目　次

薬草まじない

ロッキータウン

ロッキータウンの住民たちは、八百万《やおよろず》の神々のなかでも、とりわけ鉄の神さま、雷の神さま、神託の神さま、川の神さま、川の女神さまを崇拝していた。すべての神像や偶像、それにロッキータウンの祭りごとを守護する〈国の守り神〉も、かれらの尊崇の的だった。住民たちは、トラやライオン、オオカミ、ヒョウなど、野生の動物に囲まれて暮していた。ジャングルや森林が、この町のすぐ近くにせまっていたからだ。

わたしの父は、ほかの古老たちより聡明だったので、神託を司祭する者たちの頭領とか、さまざまな神々を信じる住民たちの長という地位に祭りあげられていた。ところでその町から二キロメートルばかり離れた町はずれに、深い大きな川があった。そしてその川の土手の近くにいくつかお社《やしろ》が立っていた。そのお社に町の人間はみんな自分たちの神さまや偶像、神像を祀《まつ》っていて、それらの神さまや偶像・神像には、それぞれに違ったご供物《くぶつ》がそなえられていた。

深くて大きなこの川は、流れがとても烈しく、荒波を立てながら滔々《とうとう》と南に向って流れていた。この川の水は、大昔からその水源地に立っていた、小さな丘のようななんともふしぎな水差しの口から、たえまなく噴き出ていた。大昔からあったこのふしぎな水差しの背中には、大胆で怖ろしいさまざまな像が彫られていて、そのうえ水差しからは、ぞっとするような、音色のちがう音がいくつも聞えてきた。とても美しい白い砂でできた土手に沿って、姿の美しい巨木やヤシの木、ココナツの木がきれいな並木となって生い茂っていたのだが、このような怖ろしいことのために、人びとは川やこの巨大な水差しに寄りつこうともしなかった。

さてこのロッキータウンに住む人間は、大人も子どもも、それぞれが自分の尊崇する神さまとか、偶像、神像をもっていた。したがって数えきれないほどたくさんのお社が、川の土手に建てられ、ときにこの土手は、〈神さまと偶像、神像の寺院〉と呼ばれることもあった。かりにもこの町の住民で、尊崇する神さまや偶像、神像をもっていない者がいれば、その者は子どもや大人たちから忌避されたばかりか、不信心者とみられ、だれからも相手にされなかった。

国の守り神

ところでロッキータウンには、町の祭りごとを守護する〈国の守り神〉と呼ばれる神がいた。この神さまは雷の神をのぞけば、のこりの神々や偶像たちすべてのなかでいちばん力が強く怖ろしい神さまだったので、特にこの称号がつけられていたのだった。この〈国の守り神〉は、背丈が、見た目にも怖ろしそうな巨人ほどもあり、人間の目では正視できないくらいすさまじく、怖ろしい形相をしていた。そして右手にもったとても長くて大きな槍《やり》を頭上にふりかざし、近づくか、すぐ傍に立とうものなら、たちどころにその槍で突きさされそうな怖ろしさだった。この神さまがふりかざしている大きな怖ろしい槍は、鋭く研《と》ぎすまされ、それが放つ光は目もくらむばかりで、目を傷つけずに三十秒とは見ておれないほどだった。

この〈国の守り神〉の神体は、ライオンやトラ、ヒョウ、ワニ、イノシシ、森トカゲなどの動物の皮でおどろおどろしく飾りたてられ、これらの皮が渾然一体となって、ロッキータウン・スタイルともいうべき独特の巨大な衣装を織りなしていた。この巨大な装束は、ヒジ、首、モモの半ばあたりまでおおっていた。ところでこの神さまは左手でしっかりと完全体の人間のガイ骨を握り、まるくて上部が平坦な台の上に直立し、その台は地上約二十メートルのところにあった。そして台のまわりにはおびただしい数の男女、動物、あらゆる種類の巨大な鳥の頭ガイ骨がついており、とりわけ神さまの足のまわりにその多くが集中していた。

この神さまの首は、とても大きく、太い血管がいくつか首のまわりから突出していた。目はフクロウの目そっくりだが、それよりは大きく、はるかに怖ろしかった。そのこわい目は、一分間隔でクルリクルリと違う方角に動いた。鼻は人間のと同じ形をしていたが、人間のよりはずっと大きかった。鼻孔は、大きなビンが楽々と入るほどの大きさで、頭は人間と同じ形をしていたが、人間のよりはずっと大きく、髪の毛は、重さが一トン以上もあり、何度となくその上に注ぎこまれる、腐った臭いの動物とか人間などの血でぐちゃぐちゃになっていた。両アゴはそれぞれ平たくて分厚く、人間が見て笑えるといった域をはるかにこえていた。

この〈国の守り神〉の上唇は、下唇のうえにおおいかぶさっていて、上にも下にも動かすことができなかった。大量の長い髪の毛が上唇を一ヵ所に固定していたからだ。そして下唇は、とても長くて分厚いアゴヒゲの重みのために胸の方にさがっていた。

ところでアゴのひとつは、白と赤のペンキで塗られ、もうひとつは白と黄色に塗られていた。強い風が吹きはじめると、さまざまな種類の動物の皮を織ってできている装束がたてる怖ろしい音が人の耳にも聞えてくるのだが、人間にしてみれば、むしろ聞えない方が幸福だった。ところで、醜悪で怖ろしいその容姿のせいで、町の若者たちはこの神さまをとても恐れていた。だが一方では、王さまに対してすら払わないような尊敬を、この神さまには払っていた。

町のふつうの人間がそれぞれに祀っているおびただしい数の神々や神像は、〈国の守り神〉と同じように、この川の土手にあるお社に祀られ、十月には、それらを祀る特別の儀式が十七日間、昼夜兼行でとりおこなわれた。それぞれの神さまや神像に捧げられるご供物はまちまちだった。だが〈国の守り神〉に対しては、コーラナット、にがいコーラナット、やし油などとともに、ほとんどあらゆる種類のブッシュの動物や家畜が供えられた。ところでこの〈国の守り神〉というのは、実はものすごく強力な、そしてとても親切でやさしい川の神さま、または精霊の化身だったのだ。

年に一回、この川の神さまには、特別のご供物が捧げられた。だが多くの人びとは、そのうえさらに感謝の貢物を捧げていた。いつもはこの神さまはとても親切でやさしいのだが、ときには冷酷非情になることもあったからだ。つまり、子どもの産めない女に子どもを授けるときもあったが、残酷にも、泳いでいる者を溺れさせたり、かれらを川底の自分の棲家《すみか》に引きずりこんで、一生涯そこに引きとめておくこともあった。そこで町の人間は、この神さまにご供物を捧げる時節がくると、毎年巨大な木を切り、それを刻んでとても大きなカヌーを造り、船体のまわりにいくつも大胆な神の像を彫ったものだった。その神像にはそれぞれ異なった色のペンキが塗られ、カヌーの外側と内側にも美しくペンキが塗られた。そのあと若い男とうら若き女が、それぞれ一人ずつご供物として、その他の品物といっしょにカヌーに運びこまれた。それから動物や家畜が何びきも殺され、その肉を料理して、集まった人みんなが心ゆくまでその肉を食べた。そしてかれらは歌ったり踊ったりしながら、カヌーと〈国の守り神〉のまわりをグルグルまわるのだった。

やし酒を飲みながら、そのようにしばらくの間歌ったり踊ったりしたあと、〈国の守り神〉の御前で大きな雄羊が殺され、その血をまず町の人びとは〈国の守り神〉に注ぎ、そのあと残りの血を美しく着飾った若い男と女のそれぞれの頭に注いだ。それから全員で神さまに、自分たちの捧げたご供物を納め、そのかわりに平和と健康を授けたまうよう心をこめて祈った。心をこめて二十分ほど祈ったあと、ドラマー（太鼓叩き）がドラム（太鼓）を打ちはじめ、みんなでいっせいに川の神さまを讃える歌を大声でうたいだすと、屈強な男が何人か出てカヌーを川の中央まで押しだした。川の水が静かにカヌーを運びはじめると、その姿が見えなくなるまで、ドラマーはドラムを打ちつづけ、残りの人びとは歌い、踊りつづけた。だがカヌーの姿が見えなくなると同時に、人びとはなおも歌い踊りつづけながら、町の方へと引き返していった。

わたしが狩人になったとき

わたしが遊び仲間たちよりはるかに強くまた勇敢になり、大胆でたくましく成長してゆくのを見たとき、父はわたしに弓ひとつとたくさんの矢を買ってくれた。そしてわたしに、近くのジャングルへ入って、野獣を獲《と》ってくるように言った。父がわたしに弓と矢をくれたとき、わたしはとてもうれしかった。でもわたしが何種類もの野獣を射止めて町に帰ってくるのを見て、町の人たちはびっくりした。

それ以来、若者も老人も、わたしを見るたびにこわがった。数ヵ月間というものは、毎日のように野生の動物をたくさん獲りつづけたので、友だちはみんな、わたしを見すてて離れていった。ジャングルの野生の動物を殺しつづけた果てには、かれらをさえ殺すかもしれないと思ったからだ。わたしのことをかれらがどう思っているのかわかったとき、即刻わたしは、動物の肉をもって、かれらのところを訪れた。そしてその動物の肉を食べてからというものは、かれらはぜんぜんわたしをこわがらなくなり、わたしたちは、わたしが狩人になる以前と同じように、いっしょに仲よく遊びつづけたのだった。

ついにローラと結婚

二十歳になったとき、わたしは父と母に、そろそろ結婚したいと申しでた。わたしからこの話を聞いて、両親はとても喜んで、自分ですてきな女を探すようにと言った。

そして両親も、二人のなかからよい方を一人選べるように、すてきな女を探してあげようと言ってくれた。でも最後にはわたしはとても悲しい思いをする破目になった。というのは、わたしが近づくと女どもはみんな、こわがって逃げてゆくのだった。野生の動物を殺しているのだから、きっと自分たちも殺されてしまうと思っていたのだ。でも数ヵ月たってからというものは、女がわたしとの結婚に同意しようとしまいと、気にとめなくなった。いつかは町じゅうの人たちが、わたしがかれらのためになるよいことをしているということをわかってくれると信じていたからだ。というのは、わたしが野生の動物を殺しはじめてからは、それ以前に比べて、町の人間の生命がはるかに多く救われていたからだ。事実野生の動物は以前ほど、人間や家畜を殺しに町へやって来なくなっていたのだ。

これら野生の動物を獲っていた五年間というものは、町の人間はわたしのしていることを理解しなかったし、両親がわたしとの結婚話をもっていっても、女はだれひとりとして同意してくれなかった。ところである真夜中に、ある考えがわたしの父の心に浮んだ。つまり、父といちばん仲のよい、この町の創始者でもある親友に、ローラという名前の美しい娘がいること、そしてこの創始者のただひとつの心配といえば、この娘のことだというのに、その娘がまだだれとも結婚していないことを思いだした。そこで翌朝、早速父は創始者に至急会いたいというメッセージを送った。二人は心の通いあう大の仲良しだったので、創始者が父のところへやってくるのに、六十分とかからなかった。

父の友人である創始者がやってきたとき、二人は会ったとたんにきまったように先をきそって口を切るのだが、このときはまず創始者の方から父に「神々と偶像と精霊たちの主祭者で異教徒でもあるそなたさま、こんにちは！　今朝のご機嫌はいかがですか。神々や偶像や精霊たちの不平不満はございませぬか」と大音声で呼ばわった。すると創始者の口舌が終るのを待ちかねたように、こんどは父がにっこり笑いながら、これまた大音声で、「こんにちは、神々と偶像と精霊崇拝者の創始者どの、わたしには、いささかの不平不満もございませせぬ！　ところでそなたさまの今朝のご気分のほどは？」と応じた。

そんな具合に双方が挨拶を交わしたあと、創始者は、父がすわっていたマットに腰をおろした。父はまだ創始者の娘のことを何も話していなかった。父はわたしに、朝食用のやし酒の入った小さなタルをもってくるように言いつけた。わたしは即座にタルの口からやし酒の白い泡が勢いよく噴きでているやし酒置場へ走っていき、そのタルをもってもどり、それを二人のまえに置いた。そのあとまた、隅っこの置場へ引き返し、ひょうたん二つをもってもどり、二人にやし酒をなみなみとついだ。

心ゆくまで痛飲してしばらくたってから、父は近くにあった〈アヨ〉の盤を自分たちのまえに引きよせた(アヨというのは、ヨルバ族の一種の遊戯で、ワリとも呼ばれる)。かれらは大きな声で冗談をいったりして、アヨのゲームに興じはじめた。

約四十分たったころ、父が連続して三回友だちの創始者を打ち負かした。このことは、父が切りだすことになっていた創始者の娘の件で、わたしどもの希望が叶えられるなによりの吉兆だった。そのあと二人はアヨの遊びをやめ、ふたたびやし酒を飲みつづけると、早速父は創始者を招いた用件を切りだした。息子にふさわしい嫁を迎えたいと五年もの間骨折ってきたのだが、なかなかうまくゆかないので、と父は説明し、だからもしもあなたの娘さんを自分の息子の嫁にもらうことに承知してくれたら、こんなうれしいことはないのだがと父は言った。父からのこの希望を聞いて、創始者は頭をあげ、このことについて二分ばかり考えてから、また頭をおろした。そのあとかれは厳粛な面もちで、あなたは町の異教徒であり司祭者たちの長でもあるお方だから、ロッキータウンの数多い女のなかから息子の嫁を探すぐらいは訳ないはずだが、と父にたずねた。

するとすかさず父は、息子がジャングルで野生の動物を獲っていたので、町の娘たちはみんな息子が自分たちをも殺すものと思いこんで、息子と結婚するのを恐れているのですと、その理由を説明した。父がそう説明すると、創始者は即座に、娘をわたしに嫁がせることに同意するとうれしそうに言った。望みが叶えられて、父はおおいに感謝し、創始者に数秒間、感謝の祈りを捧げた。そして二人は、四十二日後に結婚式をとりおこなう段取りを決め、そのあとまたアヨのゲームをつづけ、わたしもやし酒を注ぎつづけた。そんなわけでついに父は、わたしに妻をめとらせてくれたのだった。

正午ごろ母が畑から帰ってくるまで、二人はそんな調子でなおもやし酒を飲みながらアヨに興じていた。友人である創始者が娘とわたしとの結婚に同意してくれたことを父が話したとき、母はうれしさのあまり創始者のまえにひざまずいて、おおいに感謝の気持を表わした。そしてすぐさま立ちあがって屋敷の隅の方へ行き、わたしと結婚することを許してくれた創始者の一人娘によろしくというわけで、創始者にやし酒の大タルを持ってきた。

そのあと父とその友人である創始者は、やし酒を酌みかわしながら、夕方の五時までアヨに興じていた。創始者は家に帰り、翌朝娘に、わたしのもとに嫁いでほしいと申し渡した。娘は父の願いに背くわけにもゆかないし、そこは喜んで即座に承知することにした。そこでわたしは、夕方、娘の父の家でその娘と会った。

二人はよく話しあい、そのうえで結婚することに合意した。娘といっしょに数時間をすごしたあと、わたしは夜おそく家へ帰った。そんな具合にして、わたしは毎晩のようにローラのもとに足しげく通うことになり、家へ帰るまで二人で何時間も幸福いっぱいにおしゃべりをしたのだった。

わたしは現世に生まれるまえの前世では、〈生まれながらにして死んでいる赤ん坊〉族の一員だったので、わたしが母の胎内に宿るまでの前世でのわたしの住居、つまり家であった〈イロコの木〉に、格別のご供物を取りそろえて、結婚するまえにお供えをしなくてはならなかった。この格別のご供物というのは、いずれはわたしもかれらのもとにもどってくるといまでも信じこんでいるわたしと同じ種族であった〈生まれながらにして死んでいる赤ん坊〉族の仲間をなだめるためのものだった。かれらは幸運に恵まれて〈富裕な母〉を見つけるまで、いまもって同じ〈イロコの木〉に住んでいたのだ。

結婚に際して、この種のご供物をかれらにお供えしなかった場合、望む望まないに関係なく、かれらは力ずくでわたしをかれらの元へ引きもどすため、わたしの生命を奪ったことだろう。だがわたしの両親は、〈生まれながらにして死んでいる赤ん坊〉族の秘法を知っていたので、それにふさわしいご供物を取りそろえていた。このようなわけで〈生まれながらにして死んでいる赤ん坊〉族の慣習にしたがって、まずわたしの婚約者がご供物を頭にのせて運び、そのあと婚約者の母、父、わたしの母、父、ドラマー、わたしの順にご供物をもって踊りながら、町から、町はずれにあるわたしの前世での家だった〈イロコの木〉まで行進していった。

ご供物を木の根におろしてから、みんなで何分間も、木のまわりを歌いながら踊りまわった。そのあとわたしたちは、ご供物が〈生まれながらにして死んでいる赤ん坊〉族の一族の者たちに受納されたことで、喜びもひとしおに踊りながら町へと帰っていった。

さて、〈生まれながらにして死んでいる赤ん坊〉族の一族の者たちにふさわしいご供物をお納めしたことでもあり、それにわたしの結婚式の日までまだ二週間あったので、父と母は、くつろいだ気持でその日のための準備ができた。わたしの両親はいかにもうれしそうに、友だちや近所の人たちにその日のことを吹聴した。だから結婚式の日がやってきたとき、ロッキータウンでは一日中お祭り騒ぎだった。町の身分の高い人、一般の人たちが、父の家のなかとか家のまえにみちあふれ、ドラマーはドラムをたたき、讃美者たち（人生のさまざまな祭事の節々に当事者をほめそやすことを職業としている人たち）は、わたしの父と母それにわたしを、ありったけのお世辞を使って賞めちぎった。婚約者の父の家とて、まったく同じ状態だった。

よく食べ、よく飲み、ドラムが打ち鳴らされ、わたしたちはところせましとばかりに陽気に踊りまわった。わたしの婚約者の父の家でも事情はまったく同じだった。

　このようなどんちゃん騒ぎが、夜おそくまで両方の家でつづいた。そしてロッキータウンの慣習によると、このようなどんちゃん騒ぎもすべて、〈国の守り神〉のまえにきたところでお開きになるのが掟《きまり》だった。だから深夜になると、台の上に〈国の守り神〉がいかめしく立っている川の土手のあたりまで、みんなが踊りながらやってきた。そして〈国の守り神〉にご供物を捧げたあと、わたしたちはみんなで浮かれながら神のまわりを踊ってまわった。そのあとわたしの両親と婚約者の両親が、わたしたちのために祈ると、わたしたちはなおも数分歌い踊り、ふたたびみんなで踊りながら町へと帰っていった。そのあとさらに正午まで町じゅうを歌い踊りまわったあと、わたしたちは家へ帰った。

　そして家へ帰ると同時に、妻がわたしの家に運ばれてきた。

　妻が運ばれてきて数分たつと、身分の高い人や一般の人たちが、それぞれの家へと帰っていった。ざっとこんな具合にして、わたしは神々や偶像や精霊たちの崇拝者の創始者の娘と結婚したのだった。

　こうして、妻のローラと父の家で快適にすごすことになったのだが、相も変らずわたしは、町の周辺のジャングルや森林へ通いつづけた。すでにこのときには、野獣のほとんどを殺してしまっていた。だが生き残った野獣はなおも、がっしりした岩とか岩屑などの下をうろついていた。そこで一日がかりでわたしは、そのほとんどを殺し、獲物を家へ持ちかえって自分たちの食糧にした。

相も変らずわたしはそんな仕事に従事していたのだが、司祭と異教徒と偶像と精霊などの崇拝者の頭領であるわたしの父と、偶像および精霊などの崇拝者たちの創始者であるわたしの義理の父も相変らず、かれらの仕事に忠実であった。かりにある人間が町にある自分の神さまや偶像にご供物をそなえたいと思った場合、その知らせが入りしだい、二人は即刻その場所に出むいて、ご供物を奉納する儀式をとりおこなった。そのため町の人間はみんな、わたしの父と義理の父のことを町で唯一の全知全能の人であるかのように、恐れ、また尊敬もしていたのだ。

妻は石女《うまずめ》だった

さてわたしは妻と円満に暮していたのだが、決して幸福ではなかった。結婚して四年たつというのに、子宝に恵まれなかったからだ。わたしの父と母、それに妻の父は、妻に子宝が授かるよう、ほとんどあらゆる種類の薬草をもちいて、八方手をつくし努力したのだが、その甲斐もなかった。かれらは川の精霊にも相談してみたのだが、なんの助けにもならなかった。

両親がほとほと手を焼いているのを見て、わたしは、日夜、どのようにすれば妻に子どもが授かるものかと心ひそかに考えはじめた。というのも、事実、子どもをひとりも授からない女や男は、決して友だちや近所の人たちから尊敬や敬意を払われないからだ。しかもそんな男や女は、一生涯悲しい人生を送らなければならないことになるのだ。いかに貧しくとも、子宝に恵まれさえすれば、幸福に暮せるのだ。

このことは、わたしの町ではきわめて重大な慣習なのだ。「母は黄金。父は子どもの姿見だ」という諺はわたしたちみんなの生活訓になっていた。

そこでわたしは、必ず妻に子宝を授けてくれる薬を調合できる権威のある女薬草まじない師が見つけだせますようにと、日夜わたしの〈第一の最高神〉に願をかけはじめた。

旅の準備

石女である妻に子宝が授かる手だてを日夜考えたあげく、ついにその原因はわたしの側にあること、すなわち前世においてわたしが〈生まれながらにして死んでいる赤ん坊〉族の一員であったこと、さらにその領地に住む多くの母や父をわたしが裏切ってきたことに思いいたった。その清純な母や父たちにしてきたわたしのひどい仕打ちが、いまこんな形でわたしにはね返ってきているにちがいなかった。

そのことに思いいたって、わたしはとても悲しくなった。そこで夜が明けると、わたしの妻に必ずや子宝を授けてくれるようないちばん権威のある女薬草まじない師がどこかにいないものかと、悲しみに思いあまって、父にたずねた。すると父はこう答えた。「どんなことでもきっと実現してみせてくれる人間が一人いる」。父はさらに言葉をついで「その女は〈女薬草まじない師〉という名で、〈さい果ての町〉というところに住んでいる」と教えてくれた。父の説明によると、その町はこの世界のさい果てにあって、そこへ行くのはとても危険だ。つまりその町まで行くのには、途中でさまざまな危険が待ちうけているし、さらに残忍で奇妙な生物のいるジャングルや森林を通りぬけていかなくてはならないというのだ。

さらに父は、その町にたどりつくには、たっぷり六年あるいはそれ以上かかるだろうと説明した。それに道路とかその他の場所でさまざまな危険が待ちうけていて、その町へ旅立って、無事その町にたどりつけるという保証はなにもないと、父はわたしを諭すのだった。

でも、〈さい果ての町〉の全知全能の母であるこの〈女薬草まじない師〉は、この地球上のどんな問題でも間違いなく解決してくれることをひとたび耳にした以上、この長い旅路に出るうえで心配になることはわたしにはなにひとつなかった。いまそんな長旅に出るのはとても危険ではあったのだが、どんなことがあっても、わたしはその女に会いにいく腹を決めた。

父からこの権威のある〈女薬草まじない師〉の話を聞くと即座に、わたしはわたしの母と父、わたしの妻と妻の父と母を、三日後の夕方にわたしの部屋に招くことにした。そしてみんながすわると、わたしは妻をのぞく両親のまえにひれふして、結局最後にはかれらもうんざりして手を引いたのだが、わたしの妻に子宝が授かるよう尽くしてくれたかれらの助力に感謝の祈りを捧げた。そのあとかれらのまえにすわり、〈女薬草まじない師〉に会いにいくという、わたしの心のうちを打ち明けた。そしてさらに、つぎの市の日、すなわち六日後にこの町を出立するつもりだと話した。

だがとても驚いたことに、わたしがその話をしたとたんに、義理の父は、実は自分もその女のことはもう何年もまえから聞いて知っている、その女は全知全能の年寄りの女だが、その女のところへは絶対に行かないようにと、わたしに警告した。さらにその女の呪力はしばしばその女に理性を失なわせ、そのためにわたしをその町に留めおくことも十分ありうるのだと注意してくれた。だが義理の父がわたしにこう言ってきかせたのは、わたしが怖気づくのを狙ってのことだということは、いうまでもなくわたしにはよくわかっていた。そこでわたしは、もしもわたしの〈第二の最高神〉がほんとうに親切に面倒をみてくれるならば、旅のあいだずっと傷ひとつ負うようなこともなくわたしを安全に導いてくださるだろうとみんなに話した。義理の父とわたしの父と母、それに妻にそう答えたとき、義理の父は、多くの人たちがその町へ行こうともしないのは、この町から十日の道のりの、道路に近い洞くつに、狂暴なジャングルの生き物が住んでいるからだとつけくわえた。そしてさらにわたしがその地域を通過しているときに、運悪くこの狂暴な生き物がその棲家から出てくるかもしれないといって、真剣にわたしをいさめるのだった。

　わたしの父と妻の父が、この旅と女まじない師の危険をわたしにじゅんじゅんと説きかせ、とりわけわたしの母と妻がわっと泣きふしてどうしても行かないでほしいと哀願するさまを見て、さすがのわたしも、もうすこしのところで〈女薬草まじない師〉のところへ会いにいくのをあきらめるところだった。でもしばらくたってまた気を取りなおし、行く決心を変えるようなことはしなかった。それどころかみんなにはっきりと、わたしは野生の動物の狩人だったし、数種のジュジュをもっているかぎり、旅先は絶対に安全であると明言した。勇気をもってそう明言したとき、かれらはそれ以上わたしをいさめるのをやめたことはいうまでもない。そしてかれらは、わたしがその町に無事たどりつき、自分たちのもとに元気でもどってくるよう祈ってくれた。そのあと父と義理の父は、わたしの母と妻をあとに残して、わたしの部屋から家の外へと出ていった。

　父とその友人は、わたしの部屋を出たあと、家のまえにすわって二人でやし酒を飲みはじめた。わたしは母に、妻といっしょに豊饒を祈願するご供物を取りそろえ、わたしの前世の棲家であった〈イロコの木〉のなかに住んでいる〈生まれながらにして死んでいる赤ん坊〉族のわたしの仲間たちにそれを供えてきてほしいと言った。そしてさらに、もしそうしてくれれば、わたしはなんの危害も受けずに旅を続けられるでしょうと、つけくわえた。わたしがそう言うと、母と妻はとてもよろこんだ。そのあと二人は、わたしの部屋から出ていった。

そういうわけで、そのときからわたしは、旅のあいだわたしを助けてくれる、さまざまな種類のジュジュやそのほかいろいろなものの準備をはじめた。一方母と妻は出立の日のまえにご供物をととのえて、わたしの一族である〈生まれながらにして死んでいる赤ん坊〉族の者たちが、富裕な女性が見つかる日まで仮の宿を営んでいる〈イロコの木〉にそのご供物を供えた。このご供物は、わたしの旅を妨害しようとする道路の悪鬼や幽霊、精霊、その他もろもろの害敵をやっつけるのを手助けしてくれるよう、かれらを慰撫するためのものだった。

旅に出る予定にしていた日まであと二日と迫ったとき、わたしは重いマサカリを入念に研《と》いで鞘《さや》に入れ、とても頑丈な弓と毒矢をいっぱい作った。そのあとやし油で前の日に殺していた野生の動物の肉をどっさり焼いて、それを乾いた大きな葉でくるみ、ひもでしっかりとゆわき、それらを部屋に置いてから市場へ出かけた。

そして〈女薬草まじない師〉が妻のために調合してくれる薬を入れる大きな陶器の壺をひとつ買ってきて、それもわたしの部屋に置いた。さらに旅行中にはきっと火が必要になるということを思いだした。そこで家のまわりをまわってみたら、火打ち石がいっぱい見つかった。打ちあわすと間違いなく火が出そうな石をそのなかから二つ拾いあげた。そのあとコショウをいっぱい搗《つ》いて粉にし、乾いた大きな葉にくるみ、それも部屋に置いた。

　そのように準備万端ととのうと、別の袋に入れるジュジュと陶器の壺以外は、すべて大きな袋に押しこんだ。そして重いマサカリと弓と毒矢を、この二つの袋の上にのせた。夕方、異教徒と偶像、精霊、神さまなどの崇拝者の頭領であるわたしの父とそれらの創始者である義理の父、それに母と妻と妻の母が、わたしを、川の土手にある鉄の神さまと雷の神さまを祀るお社へ連れていった。年をとった男女が多数同じように、川までわたしたちのあとをついてきた。

　着くとすぐさま、父はわたしに鉄の神さまのまえにひざまずくように言った。父と義理の父は十分間わたしのために祈り、その間ほかの者たちは「鉄の神さま、わたしどものお願いをお聞きとどけくださいませ！」と念仏を唱えた。そのあとこんどはわたしの母の守り神である雷の神さまのお社へみんなで行った。母は神のまえで何秒もの間わたしのために祈り、人びとは口ぐちに「雷の神さま、どうかわたしどものお願いをお聞きとどけくださいませ」と唱えた。かれらは祈りのなかでつぎのようなお題目を唱えた。「ブッシュで休んでいるヘビをたたき起して、這いずりまわらせるようなことを、イバラがするようなことさえなければ、そなたの旅の邪魔をするものは皆無でしょう！もしあるとしても、そなたの〈第二の最高神〉がそれらすべてやっつける手助けをしてくれるでしょう！そなたは石女《うまずめ》のそなたの妻に子宝が授かるよう、一命を賭して危険な旅に出るのだから、鉄の神さまはきっと旅のあいだずっと、そなたを助けてくれましょう！鉄の神さまと雷の神さまは、そなたが安全に〈女薬草まじない師〉のいる町にたどりつき、無事にわたしたちのもとへもどってくることを約束されました。鉄の神さまと雷の神さまはさらに、そなたが〈女薬草まじない師〉と交渉する際、そなたの妻の〈第二の最高神〉がそなたを全面的に援助するという保障を与えてくださいました。最後に鉄の神さまと雷の神さまは、〈女薬草まじない師〉がそなたに与える指図には絶対に従うよう、さもないと帰途そなたの身に重大事件がふりかかることを、くれぐれもいましめられました」

わたしの父と母、それに義理の父がそのようにわたしに説明したあとすぐに、大きな犬が一頭、鉄の神さまへのご供物として殺された。犬の血はその神さまの頭の上に注がれ、またわたしの頭と両腕、両足にも注がれた。

そのあと母はわたしに稲妻の矢を三本渡し、危険な目に遭ったときはいつでもこれを使うがよいと教えてくれた。そのあとみんなで歌い踊りながら、父の家へと引き返していった。時に朝の七時だった。

〈さい果ての町〉に向ってわが町を去る

さて、わたしのように長旅に出る者は、自分のことで鉄の神さまにご供物を捧げたからには、すわることは一切禁じられていたので、家に帰りつくとすぐわたしは自分の部屋に入って、やし酒を一タル飲んだ。それから狩猟の装束を身に着け、腰と首と両ひじそれに両脚にさまざまな種類のジュジュをつけた。そしてヘビとか猛禽類、トカゲのガイ骨などのその他のジュジュは大きな帽子に結びつけ、それを頭にかぶった。そんな装いをしたあと、わたしは弓矢をもち、弓にはいたるところにさまざまなジュジュを結びつけた。それから弓矢と長くて重いマサカリを左肩にかけ、人の視力を奪うジュジュ輪を、左指のひとつにはめた。

そのあと焼き肉、新鮮なヤムいもをいくつかと粉コショウの包み、大きな陶器の壺、火打石二個、それに残りのジュジュを、わたしが以前に殺した野獣の皮で作った大きな袋のなかに入れた。そしてこの大きな袋も左肩にかけた。いよいよ装備が完了したので、さらにやし酒一タルを飲んだ。それから重いマサカリを鞘から取りだして、右手に持ち、よろよろしながらわたしの部屋から家の外へ出た。そしてすぐさま、ロック(巨岩)の下にある町、つまりロッキータウンの慣習にしたがって、わたしのために無事を祈り、わたしに別れを告げるために家のまえでわたしを待っていた、父と母、妻の父、そのほかの人たちのまえにひざまずいた。

人びとのまえにひざまずいて、わたしが身に着けたあらゆるジュジュの力と部屋で飲んだ強烈なやし酒の力に陶酔するため全身をゆさぶりはじめたとき、みんなはわたしの無事を祈ってくれた。祈りのあと人びとは、わたしの母、父、わたしの妻、その母、父をふくめて、ひとりひとりがわたしの衣装と頭、首、胸、腰などいたるところに、数種類のジュジュのヒョウタンをぶらさげた。こうしてジュジュのヒョウタンをさげてもらったあと、すぐさまわたしは立ちあがり、ただちに旅に出立した。

みんなはわたしにつきそって歩きながら、わたしに旅の安全を祈る言葉と別れを告げ、わたしもかれらに別れを告げた。でも母と妻、それに多くの人びとは、町はずれまでわたしについてきて、激しく泣きじゃくるのだった。そんなことには一切心をわずらわせまいと、わたしはできるだけ足ばやに歩いていった。もちろんわたしには、もしも運よく〈さい果ての町〉に無事たどりつけたとして、そこに行くまでの途中でわたしが出会うとかれらが信じていた苦難、難儀、危険、悪霊、幽霊、狂暴なジャングルの住人たちのことを思ってはげしく泣いているのだということは、いたいほどわかっていた。だがわたしにしてみれば、途中でわたしの邪魔をするどんなものにでも勇敢に立ち向っていく決心は、十分ついていたのだった。

こんな具合にして、わたしの母と父、妻、義理の父と母、そのほか何人かが、悲歎にくれながら見送りに町はずれまでわたしについてきたのだった。そしてふたたび町はずれでかれらは涙ながらに、わたしの〈第一の最高神〉がわたしを〈女薬草まじない師〉のもとに導いてくれますよう、そして無事みんなのもとに帰してくださいますように、と祈った。かりにもわたしが帰れないようなことがあったら、それはかれらにとって大変悲しいことになるので、そうしたのだった。みんながわたしについて町はずれまできたとき、わたしは最後のお別れを告げ、みんなもまた気の進まないままに、さようならを言った。でもみんながまたまたワッと泣きだしたときには、わたしもさすがにかれらに背を向け、〈女薬草まじない師〉の町に通ずる道の方に顔を向けた。そしてできるだけ足ばやに歩きはじめると、みんなもわたしに背を向けて、しぶる足を町へともどっていった。こうしてわたしは、石女《うまずめ》の妻に子宝が授かるよう手助けをしてくれると信じていた〈女薬草まじない師〉の住む〈さい果ての町〉に向って、その朝ロッキータウンを出立したのだった。

わたしは、道づれになる人間の徒歩旅行者、つまり伴侶が一人もいない状態で町を出立したのだったけれども、わたしの第一の〈心〉と第二の〈心〉という伴侶がわたしについていたし、わたしの二つの〈心〉がわたしに指針を示すことができなくなったり、わたしを見すてるようなときには、第三の伴侶である〈記憶力〉がわたしを助けるつもりになってくれていた。

そしてさらに〈記憶力〉は、二つの〈心〉が犯すかもしれない罪状をすべて記録に留めておく腹づもりでもいたのだ。さらにわたしの第四の伴侶として〈第二の最高神〉がいた。

これは姿はまったく見えないし、この四つのうちでは文句なく最高の立場に位置していたのだったが、これまたわたしの旅のあいだずっとわたしを導いてくれるつもりになっていたのだ。

残忍な尾なしザル

まもなく、みんなの姿が見えなくなり、わたしの姿もみんなから見えなくなった。わたしの旅のつれ合いは、いまやわたしの伴侶でもあり、指南役でもある第一の〈心〉と第二の〈心〉、それに〈記憶力〉だけになってしまった。だがそのほかにわたしの守護神として、目には見えない〈第二の最高神〉がいた。

日が暮れるまえに町からできるだけ遠い、しかも一夜を安全にそして快適にすごせるところまで行っておきたかったので、わたしは、できる限り足ばやに道をどんどん進んでいった。そしてこの邪魔もののいない道を午後二時まで、わたしは一目散に歩きつづけた。その間第一の〈心〉と第二の〈心〉は、日が暮れるまでは絶対に休んではいけないと、くりかえしわたしに忠告した。当初わたしはこの忠告に耳を貸さなかったが、それでも人間といっしょにいるという感じがして、とても心強かったことはいうまでもない。

わたしがもっていた二つの〈心〉のうち、左側にある第一の方は、信用できないことがしばしばあった。間違った指導をすることがあったからだ。でもその忠告が有益なこともあった。右側にある第二の〈心〉の方は、とても信用できた。いつも真実を告げた。それに二つの〈心〉に見すてられて、わたしが危険な状態に置かれたときには、どんなときにも、〈記憶力〉は決してわたしを見すてなかったし、二つの〈心〉のそれぞれが犯した罪状を、必ず記録に書き留めておくのを忘れなかった。

幸いにしてこのときはちょうど乾期の真中ごろだったので、午後の二時前に、わたしは町から遠く離れたところまで行くことができた。でもその直後、第二の〈心〉が、もう午後の二時だと告げた。ひどく空腹だったので、わたしは第一の〈心〉と第二の〈心〉に相談もしないで、大きな木の蔭で休んだ。この大きな木の頂きには長い枝が一面にひろがっていた。その葉は大きく、その枝のいくつかは道までひろがって伸び、さらに道からその背後三百メートルばかりへだたった小川までも伸びていた。

その日の太陽は火のように熱く、わたしの体は布切れのように干あがりそうだった。でもこの木のしたに足をとめたとたんに、全身がとても涼しくなった。数分間立ったままこの木蔭の涼しさを十分楽しんでから、わたしは荷物を全部したへ置いて、木のしたにあった白アリ塚のうえに腰をおろした。アリ塚にすわると、わたしは食事をするまえに、涼しい風をたっぷり楽しみたいとアリ塚のちょうどひじかけ椅子のようにうしろ曲がりになった箇所に背中をもたせかけた。生き物の声も最初は耳に入ってこなかったし、わたしはとても平穏にくつろいでいた。でも第一の〈心〉は、あまり長居をするとなにかが起るだろうと告げ、すると第二の〈心〉は、たとえなにかが起っても最後には切りぬけられると保証してくれた。第二の〈心〉が保証してくれたので、わたしは心ゆくまでそこに留まり、そこを離れることは考えもしなかった。

この木のしたで六十分ばかり休んでから、右側の身辺に置いてあった袋の口をほどいて焼き肉をひとつ取りだし、たっぷり味わいながら食べた。そのあと立ちあがり、重いマサカリをもって、この木の背後にある小川の方に歩いていった。小川の土手に立ち、きっと危険な生き物がいるにちがいないと考えながら、こわごわと首を伸ばして、ジャングルの随所を見まわした。生き物も、危険な物もまったくいないことを確かめてから、わたしは身をかがめ、小川の水を心ゆくまで飲み、そのあと周囲《まわり》に気をくばりながら木のところへもどった。ところが驚いたことに、わたしが白アリ塚のうえにすわり、背中を例の場所にもたせかけたとたんに、いつしか深い睡魔におそわれてきた。

とても気持よくうとうとしながら、三十秒とたたないうちに夢を見はじめた。小川のへりまで多くの野生動物に追いつめられ殺されそうになる夢である。これらの動物はみんなずっと以前にわたしが町で殺した動物だった。そこでわたしはためらうことなく、夢のなかでは弓矢をもっていなかったので、素手で動物たちに立ち向いだした。数分間戦ったあとその多くを打ちのめして殺し、そのため動物の多くはこわくなって逃げていった。だが、そのなかでいちばん力のあるとても強い尾なしザルは、わたしをこわがらなかった。そのサルは、ほかの動物が必死で逃げたにもかかわらず、逃げないばかりかわたしに立ち向ってきた。

わたしに戦いを挑んできたその尾なしザルは、怖ろしく手ごわいサルだったので、わたしはこわさのあまりに眠っていたアリ塚からころがり落ち、そこで目が覚めた。目を開けたとき、その夢は正夢となった。目のまえに尾なしザルがしかと大地に足をすえて立っていたからだ。間髪を入れずその尾なしザルはわたしのジュジュの入った袋と、焼き肉その他を入れた袋をひったくり、マサカリも取りあげた。尾なしザルの動きを見て、わたしはすっかりこわくなり、必死に逃げるほかになす術《すべ》を知らなかった。そこで突然、立ちあがって逃げだしはじめたのだが、尾なしザルも急いで持っていたわたしの持ち物ぜんぶを木の近くに置き、すぐさまわたしをつかまえようと猛然と追いかけだした。尾なしザルはとても速く、数分とたたないうちにわたしに追いついた。わたしを引きもどそうとして、わたしの後頭部に尾なしザルの手がかすかにさわったとき、すでにわたしはくたくたに疲れはてていたのだが、恐怖のあまり渾身の力をふりしぼって、いっそう速力を増し、ふたたびサルとの距離を少しばかり引き離すことができた。

これを見た尾なしザルはいよいよ激怒し、さらに速力をあげ、ふたたびわたしに追いついた。そのとたんに尾なしザルは、わたしの頭をしっかりつかんで、わたしの持ち物を置いてあった場所まで、わたしを引きずりもどしはじめた。

荒々しくわたしを引きずりながら、その地点にもどると、尾なしザルは重いマサカリをつかむやすかさず、それでわたしを殴打しだした。三十分間ほど情容赦なく乱打したあと、わたしを力ずくで、大きな木のまえの地面にすわらせ、自分もわたしのまえにすわった。尾なしザルがまだ休んでいたとき、わたしの第二の〈心〉の働きが急に活発になり、休んだあとこの残忍な尾なしザルはきっとわたしを殺すつもりだと告げた。さらに、いまはジュジュのひとつまたは二つを取りだして使えるような場面でもないから、人間としての自分の力を使わざるをえないし、それによって尾なしザルをやっつけられるだろうとわたしに忠告してくれた。

この残忍な尾なしザルからのがれる手だてを、第二の〈心〉が忠告してくれたとたん、とりわけ、わたしがかつてわたしの町で勇敢な狩人であり、あらゆる種類の野獣を数えきれないほど殺したということが、わたしの〈記憶力〉に浮んできたとたんに、勇気がこみあげてきた。そこで勇敢にもわたしは、この残忍な尾なしザルの不意をついて襲いかかった。わたしは必死に尾なしザルの頭を抑えつけ即刻尾なしザルを絞め殺そうとしたのだが、尾なしザルも必死に跳《と》びはねた。尾なしザルが突然跳びはねたので、わたしはその前方六メートルのところにどうと倒れた。そしてその倒れ方がとてもひどかったので、両腕が折れそうだった。

だがこのとき、結果はどうにでもなれとばかりにわたしは即座に飛びあがり、尾なしザルのところにもどって、そのまんまえに立って戦いをつづける合図を手まねで送った。手で合図を送ったのは、動物である尾なしザルには、口で話してもわたしの言うことがわかってもらえなかったからだ。両手で尾なしザルに合図を送りはじめたとたんに、尾なしザルはまたまたわたしに挑みかかってきて、怒りにまかせてわたしを組み伏せはじめた。そんなわけで尾なしザルとわたしは、一瞬の間に数回、大きな木のまわりで取っ組みあいをした。二十分間以上もの間、お互い取っ組みあいながら相手を打ちのめそうとしたのだが、尾なしザルはわたしを打ちのめすことができなかったし、わたしも尾なしザルを打ちのめすことができなかった。

尾なしザルはわたしの全身を持ちあげて、地面に叩きつけて殺そうとしたのだが、結局は失敗し、わたしも同じことをしたが、だめだった。そのあと尾なしザルは、目を固く閉じてあらん限りの力をふりしぼって、両手でわたしの頭をがっしりつかまえた。わたしも両手で尾なしザルの首をしっかりつかんだので両者はともに動きがとれず、同じところをのろのろと動きまわっていた。尾なしザルがどこかへ行くのをわたしは許さなかったし、尾なしザルもまた同じだった。

尾なしザルとわたしは、相も変らずそのあたりをたえず汗をかきながら、のろのろ動きまわっていた。しばらくそうしているうちに、わたしたちはマサカリを置いてあった場所へもどってきていた。わずかに開いたわたしの目にマサカリが映ると即座に、わたしは左足を使ってそれを地面からもちあげた。

そこでわたしは首をつかんでいた右手を急いでゆるめ、その手でマサカリを握りしめた。そしてすぐさまマサカリで尾なしザルの首を切りつけはじめた。尾なしザルは、首にひどい痛みを感じ、血が地面に噴きだしているのを見たとたん、急いで両手をわたしの首からはずした。そしてふたたび反撃に転じたり、わたしを待ち受けて復讐する気力も失なって、生命からがら必死に逃げだした。尾なしザルを殺そうと思ってわたしはあとを追跡したのだが、ジャングルのなかに姿を消したため、追いつくことができなかった。

尾なしザルがジャングルに姿を消したあとすぐ、尾なしザルがわたしの持ち物全部を置いていたところにもどり、それら全部をもって、即刻わたしは旅を続けた。

これは、町を出立して以来、わたしが出会った最初の苦難だった。残忍な尾なしザルは、わたしに傷害を加えなかったばかりか、最後にはわたしが打ち勝ったのだ。そしてその現場を離れるまえにわたしは、残忍な尾なしザルをやっつけるのに大いに手助けしてくれた、わたしの〈第二の最高神〉に心から感謝した。

ジャングルのアブノーマルな蹲踞《そんきょ》の姿勢の男

生き物にはまるで出会わないまま、およそ百二十分ばかりこの道路の旅を続けたあと、わたしは、道ばたの小さな岩のそばで足をとめた。それから岩にのぼり、てっぺんにジュジュの袋と食糧袋、そのほかの持ち物を置いて腰をおろし、数分間休んでから、袋をほどいて大きなヤムいも一個、焼き肉ひと切れ、粉コショウにやし油、それに火打ち石二個を取りだした。それら全部をしたに置き、まわりを歩いて乾いた棒とがらくたを集めてから、岩のてっぺんへもどった。そのあと乾いた棒切れとがらくたをいっしょくたに並べてから、火打ち石で発火させた火を棒切れとがらくたに移した。

火がすっかり燃えあがると、即座にそのなかに大きなヤムいもを入れ、ヤムいもがこんがり焼きあがるまでやし油と焼き肉を火であぶりはじめた。これらを火のまえに置いてから、わたしは近くの大きな葉のついた木のところへ行った。そこで大きな葉を何枚か切りとって、火のところにもどり、葉を地面に置いてからその上に焼き肉と粉コショウ、やし油を置いた。そのあとヤムいもの皮をむいて薄く切り、それも葉のうえに置いた。これらの大きな葉を皿に使ったのだ。このときはひどく空腹だったので、できるだけ大いそぎで食事の準備をし、終るとすぐ食べはじめ、数分とたたないうちにすっかりきれいに平らげてしまった。だが食べおわると同時に、夜の暗闇がおそってきた。

岩の上に夜が迫り、あたりがよく見えなくなったとき、第一の〈心〉が、もうこれ以上旅を続けることはできないのだから、岩のてっぺんで眠った方がよいと告げた。だが第一の〈心〉がわたしにそう忠告したとたんに、第二の〈心〉がこれをさえぎって、岩の近辺に、夜通し蹲踞《そんきょ》の姿勢でうろつきまわる残忍な男が住んでいるので、もし今夜この岩の上で眠るようなことになるととんでもない罰を受けるだろう、その男は夜になると出てきてわたしを罰として殺そうとするだろう、しかし最後にはその男から逃げられるだろうと言うのだった。間違ってわたしを導いたことのない第二の〈心〉は、そう警告してくれた。

その岩の上で夜をあかした場合、その夜わが身にふりかかることの次第を第二の〈心〉が明言してくれたとき、もちろん、わたしはとてもこわかった。しばしば間違ってわたしを導く第一の〈心〉とはちがって、第二の〈心〉はわたしを間違って導いたことはいままでに一度もなかったからだ。だが残忍な尾なしザルとの格闘で、わたしはすでに精魂を使いはたしていたし、そのうえこの岩のところにくるまえにすっかりくたびれて力もなくなり、疲労と衰弱のためこれ以上旅を続けられなかったので、やむなくこの岩の上で一夜を明かすことにした。

虫の音ひとつ聞えないその場所で百二十分ばかり休んでから、わたしは食糧袋の近くで横になり、ジュジュを入れた袋を枕に、重いマサカリと弓と毒矢は右手のすぐ傍に置いた。それからわたしは空と向いあい、第二の〈心〉がわたしに告げたジャングルの蹲踞の姿勢の男のこと、〈女薬草まじない師〉の住む〈さい果ての町〉にたどりつくまでのわたしの前途に待ち受けているさまざまな危険のことなどを、恐怖にかられながら考えはじめた。

さまざまな障害について深刻に考えているうちに、わたしはしらずしらずのうちに寝いってしまった。六十分ばかり眠りを楽しんでいたとき、とても冷たい怖ろしい手がわたしの胸の骨を重くたたくのに気がついてぞっとした。この奇妙な手は氷の塊のように重く冷たかったので、とたんに目が覚めた。目を開き、こわさのあまり背すじをまっすぐに伸ばしてすわったとき、わたしのすぐそばにとても怖ろしい黒い生き物がうずくまっているのに気がついた。するとまっすぐにすわっているわたしの体が、怖ろしさのあまりにブルブルふるえだし、その男にじっと目をすえているうちに、夢でも見ているのではないかという気がしだした。

どぎまぎしていると、やがてあたりが冷えていくのを感じはじめた。これは夜の冷気ではなく、このジャングルの蹲踞の姿勢の男の腹から噴きだしている奇妙な冷気のせいだった。そして三十秒とたたないうちに、わたしはこの冷気に堪えられなくなってきた。体が急に冷却し、全身がガタガタふるえだしたからだ。

手・足・首と、わたしの全身が硬直してきて、体を動かすこともできなくなりそうな気配だった。やがて事態がますます悪化していくのを見てとったわたしは、袋のなかのジュジュのひとつを使えば、このジャングルの蹲踞の姿勢の男を追っぱらえるのではないかと思い、ジュジュの袋を取ろうと右手を伸ばした。だがおったまげたことに、この蹲踞の姿勢の男がジュジュの袋の方に顔を向けその方角に冷気を吹きつけたとたん、わたしの手も硬直してなにもつかめなかった。ことの真相は知る由もないが、おそらくこの男は、わたしがなにを袋から取りだそうとしていたのか、知っていたにちがいない。

右手で袋からジュジュのひとつを取りだすことができなかったわたしは、眠るまえにマサカリと弓矢を置いてあった場所の右側に左手をもっていこうともがいた。そして数分間の努力の末、左手はやっとのことでマサカリに届いたのだが、その柄を握ろうとした瞬間、この怖ろしい残忍な蹲踞の姿勢の男がすばやく顔をそちらの方角に向けたのが暗闇を通してわたしの目に映った。その男はまたまた冷気を吹きつけ、それが終ったとたんに、わたしの左手は肩から指まで凍りついて硬直し、まったくマサカリを握ることができなくなった。そのため、望もうと望むまいとに関係なく、左手をそのままの状態にしておかざるをえなかった。わたしには知る術もないことだが、おそらくこの残忍な蹲踞の姿勢の男は、わたしがマサカリでその男を仕とめようと思っていたことを知っていたのだ。

そんなわけで両腕は硬直してしまい、いつまでも両側に伸びきったままだらりとぶらさがっていた。わたしにはこの蹲踞の姿勢の男から自分を護るために打つ有効なつぎの手が見つからなかった。その男がわたしのすぐ傍にうずくまったとき、わたしはその男と面と向いあいながら、第一の〈心〉と第二の〈心〉に、どうすればこのジャングルのアブノーマルで残忍な、蹲踞の姿勢の大男からのがれられるか聞いてみた。わたしの両腕はすっかり硬直してしまい、その男と一戦を交えるためのジュジュもマサカリも弓も矢もこのままでは取りだすこともできなかったからだ。すると第一の〈心〉は即座に、かりに今夜命が助かって無事にこの場を切りぬけることができたら、旅を続けることをあきらめて、即刻この場から自分の町へ引き返した方がよいと忠告し、さらにわたしの妻に子宝が授かろうと授かるまいと、そんなことは気にするにたりないと言葉をそえた。

だがそのとたんに第二の〈心〉が、〈女薬草まじない師〉の住む〈さい果ての町〉へ行き、妻に子宝を授けてくれる薬をもち帰らなかった場合、町の人間はきっとその薬をもって帰るものと思いこんでいるだけに、わたしにとって大へんな恥辱になる、だから第一の〈心〉の助言には従うべきではないと忠告してくれた。さらに第二の〈心〉は、わたしのジュジュが袋のなかにあるといっても、身近にあることには変りはなく、必ずや奇蹟を起してでもわたしを護っていてくれるだろうから、残忍な蹲踞の姿勢の大男がわたしを殺害するようなことは絶対にありえないとつけくわえた。そして蹲踞の姿勢の男がわたしを苦しめるとしても、空に朝の太陽が昇るときまでだろうし、わたしの〈第二の最高神〉もきっとわたしに救いの手を差しのべてくれるだろうと、忠告してくれた。

だが、わたしをそれ以上に恐怖におとしいれ、さらにまごつかせたことは、第二の〈心〉の忠告にわたしが従おうとするかしないうちに、この残忍なジャングルの蹲踞の姿勢の男が突然わたしの顔と胸にとても冷たい空気を吹きつけ、みるみるうちに全身が硬直して乾燥した棒のようになってしまったことだった。こうなっては〈記憶力〉をのぞいては第一の〈心〉も第二の〈心〉も従来のように責任をもって忠告することもできなくなったわけだが、〈第二の最高神〉は依然としてわたしのすぐ傍にいてくれるものと信じていたので、事態はけっして最悪ではなく、夜が明ければなんとかなるぐらいにわたしは考えていた。

両腕も首もさらに身体の各部分も曲げることも動かすこともわたしにはできなかった。しかし、大きく見開いたまま硬直した目で蹲踞の姿勢の男をじっと見つめているうちに、その男の正体がしだいにはっきりとわかってきた。つまり、わたしの顔をじっとにらみつけているその男というのは、象を楽々といくつかの切片に引き裂けるほどの力の強い蹲踞の姿勢の男だということが一秒とたたぬうちにわかった。さらにその男は衣服を着用せず、とても長い髪が身体の一部分をおおい、頭は必要以上に大きく、怖ろしい目が二つ頭についていた。この二つの目は頭ガイ骨のなかに深く喰いこみ、とても長くて胸までおおっていた頭髪は、大量の濃いグリースでこすられたかのようにぼさぼさしていた。その男がたくわえていた長いヒゲは、三十センチメートルも伸び、左右にわかれていた。

この残忍な〈ジャングルのアブノーマルな蹲踞の姿勢の野生の男〉のお腹は、とても大きくふくれあがり、地面にまでついていた。わたしは、そのときちょうど真夜中の空に姿を見せた月の光で、その男の姿をはっきりと見ることができた。アゴヒゲの長さは約四十センチメートルもあり、もじゃもじゃとうす汚なく何百匹ものノミがそこここに動いていた。太くてよじ曲った腕と脚で、ふくれあがりすぎたお腹を運びながら、このお腹からえじきたちに冷気を吹きつけていたのだった。耳は、汚ならしいぼさぼさの髪の毛ですっぽりおおわれていたため、もちろん外からは見えなかった。

さて、汚ならしいぼさぼさの髪の毛でおおわれていない部分には、大きな、悪息を放つ虫がいっぱいたかっていた。そして驚いたことにこの男は、離れてみると非力でいかにも弱々しい、ジャングルの野生の男に見えるのだが、ひとたび近づくととても危険であり、要するに近づかないで逃げだすのが賢明ということになる。その男はえじきどもをおびきよせる手管をもうひとつもっていた。つまり、頭と身体をおおっている髪の毛がちょうど明るい褐色の雑草のようだったので、太陽がギラギラ照りつける日中のある時間を見はからって、えじきを待ち受けながら雑草のなかに身をひそめ、えじきが近づいてきたとき突然襲いかかり、できるだけすばやくその身体に冷気を吹きかけはじめるのだ。またしばしば道化師のふりをしたり、遠方に人を見かけるとまるで気狂いのように急にバカ笑いをしたりする余技ももっていた。そしてその人が注意力のすべてを集中してその男を見はじめると即座に、意表をついて襲いかかった。いつもこんな具合に、この男はえじきをつかまえていたのだった。

その夜、男は結局百二十分間もわたしの体にたえまなくひどい冷気を吹きつけてわたしを苦しめつづけ、わたしの全身を麻痺させてしまうと、ただちに冷気を吹きつけるのをやめて、わたしには皆目わからない言葉でしゃべりだした。その声はぞっとするような奇妙な声だったので、恐怖のあまりわたしは体のどの部分も動かすことができず、そのうち男を横目で見ながら、あまりの恐怖にのたうちまわりはじめた。

この残忍で〈アブノーマルな蹲踞の姿勢の野生の人間〉が甲高いキーキー声でしゃべりだして間もなく、とてもいらいらしながら長話をしているように、間断なく冷たい水がその男の体の随所から噴出しだした。しばらくの間いいたい放題にひとりごとを言ってから、その男は突然ひどくいらいらしだし、褐色の長い上歯で情容赦なくわたしの頭を突きはじめた。このときわたしは恐怖のどん底に陥り、また痛みを感じて、自分で気を失なったのも知らなかった。その男の目的はわたしを食べることだとばかり思っていたのだが、実際はそうではなく、相も変らずわたしを虐待しつづけた。その男がえじきをいためつけているのは、けっして空腹で食物がほしいからではなく、こうしているのが、その男にとって無上の幸福であり、それが最高の好物であるというわけだ。

わたしが気を失なっている間、その男はなおもわたしに罰を加えつづけていたが、幸いなことに夜明けまでわたしの頭に嚙みつこうとはしなかった。ちょうどそのときは乾期の真中ごろだったので、夜が明けたとたんに突然熱い太陽が空に姿を見せ、わたしたちを照らした。その男は太陽の熱のもとでは、そう長くは留まっていられなかった。つまり、大きな腹がそのとたんに破裂してしまうからだ。身動きのとれないわたしをあとに残して、その男はいずこともなく自分の棲家へと立ち去っていった。

運よく太陽が数分間わたしの体を温めたとき、わたしは失神から回復し、体のどの部分も意のままに動かせるようになった。そこで急いで立ちあがってジュジュ袋と食糧袋それに弓矢をひとまとめにし、重いマサカリだけは手にもって、のこりはみんな肩にかけた。そこを離れて旅を続けようと思ったとき、第一の〈心〉は、わたしがロッキータウンにいたころ勇敢な狩人だったこと、それにジュジュも豊富に持っていることでもあり、〈アブノーマルなジャングルの蹲踞の姿勢の男〉の姿を見つけ次第、わたしに加えられた数々の刑罰のお返しとして、その男と渡りあい殺すべきだということをわたしに思いつかせた。第一の〈心〉がそう気づかせている間に、わたしはいつしか大きな声で、まるで人間にでも話しかけているかのように、「そうだ、まったく君のいう通りだ。あの男を探しだして復讐をしなくては」と答えているのだった。

　だが荷物を全部肩からおろしてその男を探しにいこうとしたとき、第二の〈心〉が、いまその男に復讐しようなどと思わないで、ただちに旅を続けた方がよい、復讐する機会はいずれあるだろうから、ということに気づかせてくれた。この第二の〈心〉はさらに、石女の妻に子宝が授かるようにするのが、なによりも大切なことだということも思いださせてくれた。第二の〈心〉がわたしにそう気づかせてくれたとき、即座にわたしは「君のいう通りだ。人間は自分のしなくてはならない仕事をするのが最高だ。ありがとう！」と答えた。わたしは、まるで人間に対するように、第二の〈心〉に答えたのだった。

　そのあと、しばしばわたしを間違った方向に導く第一の〈心〉の忠告には耳を貸さないで、即刻旅を続けた。まもなくでこぼこ道にさしかかったので、残忍で〈アブノーマルな蹲踞の姿勢の男〉が、またぞろわたしに危害を加えにやってきはしまいかと、それを確かめるため一分間に何度か、こわごわとうしろを振り返りながら旅を続けていった。

道のどんづまり

〈ジャングルのアブノーマルな蹲踞の姿勢の男〉の住む領域からできるだけはやく遠ざかりたいと、わたしは旅の速度をあげはじめた。そのため、とても空腹でしかもくたくたに疲れてはいたものの、食事とか休息をとるために足をとめるようなことはしないで正午まで歩きつづけた。

ところが正午を数分すぎたころ、飢えと疲労のため、どうにも足をとめずにはいられなくなった。そこで、残忍で〈アブノーマルな蹲踞の姿勢の男〉がこわくて、なおもあちらこちらと見まわしながら、でこぼこ道の傍の木のしたで足をとめ、持ち物をすべてこの木のしたに置いてから木のまわりをひとまわりして、乾いた小枝をいっぱい集めてきた。そしてすぐに火を起し、大きなヤムいもを一個焼き、それから焼き肉をひと切れあたためた。それらを満ち足りた気持でたっぷり味わいながらぺろりと平らげてから、蹲踞の姿勢の男に対する恐怖心はありながらも、しばらくの間休息をとった。そのあと起きあがって近くの水たまりのところへ行き、冷たい水を心ゆくまで飲んだ。運よく水たまりとか小川などは、このジャングルのいたるところで見つかった。

それからまた木のところにもどり、旅を続けるまえに数分間休息をとっておくため腰をおろした。すると知らぬまにぐっすり寝こんでしまい、そんなわけで翌朝までたんまり熟睡したというわけだ。目を覚ましたときもまだ蹲踞の姿勢の男の行動半径内にいると思うと、とてもこわかった。でも掌《てのひら》で何度も目をぬぐっていると数分とたたないうちに平常心に立ち返り、もはやその男の手の届く範囲内にいないことがわかって、心はすっかり落着いた。

ところでその朝旅を続けるまえに、わたしはヤムいもをもう一個焼き、大きな焼き肉をひと切れあたため、それらに粉コショウをふりかけ、これまた食糧袋に入っていたやし油をつけて食べた。空腹が満たされ新たな活力が猛然と湧きでてきたとき、わたしはただちに持ち物をすべて集めて両肩にかけ、マサカリだけは右手にもって、十時きっかりにまた旅に出た。だができるかぎり足ばやに午後二時まで旅を続けたとき、肝を冷やすような奇妙なことが起った。数日まえ町を出立して以来、その道に沿って旅を続けてきたでこぼこ道が、突然、行きどまりになったのだ。

この日この道のどんづまりにやってきて、こんな立派な道の道中でさえわたしが出くわしてきた危険、辛苦、刑罰、難儀などのことを思いうかべたとき、そしてこれからも旅を続けてゆかねばならぬ野生のジャングルや森林、砂漠で、このあとどんな危険や苦難や刑罰や難儀などがわたしを待ち受けているのだろうかと思いをはせたとき、わたしの心はすっかり打ちひしがれてしまった。悲しみのあまりに気力も失せてなよなよとすわりこみ、そんなことを考えこんでいると、第一の〈心〉が即刻わたしの町に引き返すよう忠告した。しばしばわたしを誤まって導き、また惑わせてきた第一の〈心〉ではあるが、わたしはその忠告を受けいれようと思った。だがそのとたんに、第二の〈心〉が急いで、第一の〈心〉の言うことなどに気をとめないで旅を続けるべきだ、危害を加えられることなどぜんぜん考えられないし、それにジャングルの危険な野生の人間どもをすべて打ちまかすだけの力をわたしは十分もっていると忠告してくれた。この日も第二の〈心〉はわたしに確信をもって断言し、そのあと第一の〈心〉に向って、わたしの意気を沮喪させるようなことは断じてやめるべきだと警告した。

第二の〈心〉が成功間違いなし、と請けあってくれたので、わたしは持ち物全部を両肩にかけて立ちあがり、でこぼこ道のどんづまりからはじまる野生のジャングルのなかへと、威勢よく旅を続けていった。装備も完全だし、それに第二の〈心〉の忠告も十分承知してはいたものの、それにしても行く手をさえぎる無数の木の小枝をやっとの思いで払いのけてジャングルの旅をはじめながら、わたしはなんだかこわくて、あちこちであたりをうかがいうかがい歩いていった。そんな調子で、この野生のジャングルの不死の生物と仲よく暮していた、野生の残忍な人間どもの住む領域である野生のジャングルの旅を続けたのだった。

野生のジャングルの富裕な人間

難行苦業を重ねながら、夕方の六時まで、野生のジャングルの危険な野生の人間とか、ジャングルの生き物に会わないで旅を続けた。そのころには暗闇がこの野生のジャングル一面をおおい、望む望まないに関係なく、わたしは白い岩のふもとで足をとめた。そして足をとめたとたんに、わたしは恐怖と困惑で頭をあげたりさげたりして思案にくれながら、果してこの白い岩にのぼって、そのてっぺんで睡眠をとったものかどうか、おそらくそうした方が野生の人間とかそのほかの危険な生き物が加える刑罰から安全に身を守ることができるのではないか、などと考えはじめた。そんなわけで、どうしたらよいものやらまだ妙案が浮ばないままにそこに立ちつくしていると、第一の〈心〉がこの奇妙な岩のてっぺんまで登ってそこで睡眠をとった方が安全だと忠告してくれた。

この第一の〈心〉は、ときにはわたしに正しい忠告をしてくれることもあったが、しばしば間違った忠告もした。そこでその夜は第一の〈心〉の忠告には耳を貸さなかった。そしてわたしは、いつも正しい忠告をしてくれる第二の〈心〉の忠告を待っていた。ところが第二の〈心〉は、このときはなにも指示しなかった。そこでわたしは恐怖と死を代償に、この奇妙な岩のてっぺんにのぼり、持ち物をすべてしたに置いてその近くにすわった。しばらく休んでいるうちに、町や都市などに住む人間を憎み、かれらにつらくあたる野生のジャングルに住むこれら野生の人間のことを考えはじめた。あれこれ考えつづけていると、やがて第二の〈心〉の働きが活発になってきた。そしてわたしに、野生のジャングルの野生の人間が町や都市の人間を憎む理由は、わたしたち町の人間の方がかれらより優れており、かれらより賢く清潔だと主張するからだと説明し、さらに、かれらがわたしたち町の人間と出会ったときにいつも死の刑罰に処するのはそのためだと説明した。

野生のジャングルの野生の人間どもが町や都市などに住む人間を死の刑罰に処する理由を第二の〈心〉から聞いてから、このような貴重な岩がいままでにこのような野生のジャングルとか小川の土手にあったためしが金輪際なかったので、奇妙な白い岩がどうしてこんなところにできたのかについてまたまた考えはじめた。というのはその岩は雪のように白く、数分間隔でピカピカと、銅・金・銀・真鍮・深紅色・雪・黄・赤・青・緑・オレンジなどの色彩の光をあたりに放っていた。その光は約一キロメートルの遠くにまで届いていた。

〈記憶力〉をたよりに、わたしはなおもこのすばらしい白い岩について、驚異と困惑と恐怖の入りまじった複雑な気持で考えつづけていた。するととつぜん、〈記憶力〉のなかで、この白い岩が磐石のように腰をすえている川の土手のことが甦ってきた。そこでただちに〈記憶力〉を呼びだし、その岩にじっと目をすえた。その結果、岩の発する光からすると、川はこの野生のジャングルの北に向って流れていることがわかった。その川の水は澄み、野生のジャングルの野生の人間の美しい音楽である美しい音色をいくつか奏でていた。

しばしのあいだ川に見とれ、その美しい調べに聞きいってから、目を川からそらした。この岩に登るにしてはひどく空腹だったので、すぐさまわたしはヤムいもを焼く火を起した。「飢えが胃を占拠しているときには、胃が受けつけるものは、なにもない」の譬えのように、多重音楽のように美しい川の音色に聞きいりつづけるまえにまず腹ごしらえからというわけで、心ゆくまでヤムいもを食べた。数秒間本物かどうか判断を保留しながら、聞きいったあげく、その美しい音色は本物の音楽のであることがよくわかった。この楽の音のなかには、ハープとかバンドとかギターなどといったこの世のあらゆる種類の楽器の音色と、さまざまな言葉で歌われる世界の歌がすべてふくまれていた。

バリトン、バス、ソプラノなどの声音で、世界のあらゆる言葉で歌がうたわれ、それにあわせてあらゆる種族の楽器が引きつづき演奏された。夜がしだいに深まるにつれて、この白い岩の周辺と空には楽の音がいっぱいに充満し、三キロメートル離れた遠くからでもはっきりと聞きとれた。この夜、わたしが驚き恐れいったことは、これらの歌に聞きいっていた人間はすべて、ほかの数多い町の歌のなかから自分たちの町の歌をはっきりとしかも楽に識別できたことだった。さらに自分たちの土着のドラムや楽器と、ほかの種族のそれとを容易に識別できるのだった。この美しい楽の音は、ただ聞くだけの能しかなく、それにあわせて踊れない人までも狂わせて、ついその中に引きずりこむだけの魅力をもっていた。

さてすっかり感動したわたしは、またまたためらいがちにではあったが、これらの奇妙な美しい出来事をふいにしてしまうものに対しては断乎として大胆に立ちむかう気になっていた。しばらくたって、この美しい楽の音は実ははるか遠方から流れてくるのであって、わたしが想像していたように川とか白い岩から流れてくるのではないことがわかった。

早朝のきっかり一時には、美しいこの楽の音は流れの速い川の水面いっぱいにみちあふれ、それから数分とたたないうちに、いままでよりは一段とはっきりと大きな音で聞えるようになり、まえにもまして大空いっぱいにひろがっていった。そこで、この美しい楽の音を奏でている人たちを見ることができるかもしれないと考えながら、わたしはまえよりいっそう注意深くこの川の流れを見つめていた。だが驚いたことに誰ひとりとしてわたしの目には入らなかった。あたりはすっかり暗くなってはいたが、それでも白い岩の光輝のおかげで、目のまえで起っていることが見えた。注意力を集中してこの川の流れをなおもじっと見ていると、おどろいたことに、とつぜん川はばいっぱいに多彩な投光照明が一面にひろがっていくのが目に映った。この種の投光照明はわたしの人生でいまだかつて見たことのないものであり、この川の流れのすみずみ、さらにはその地域全体を明るく照らし出していた。その色彩のひとつひとつは楽の音が高く低く変化するにつれて、際立って美しい色彩に変っていった。白い岩のてっぺんで背をまっすぐに伸ばして立っていたわたしは、すっかりまごつきながら、このようなすばらしい投光照明をのぞきこむようにして見いっていた。そして〈記憶力〉をたぐり寄せながらその中で、この白い岩はこの世で最も驚嘆すべき岩であり、この投光照明はこの世で最もすばらしいものだという確信を得た。

この流れの早い川面で起っているふしぎな現象になおも注意を集中していると、まるで遠く離れていたものがいまではますます近くなってくるかのように、さまざまな種類のドラムの音や歌が、次第に大きな声になって聞えてきた。そして数秒とたたないうちに、第一の〈心〉がわたしに「こんな夜、こんな美しい楽の音を奏で美しい歌をうたう、野生のジャングルの生物とは、いったいどんな生物なのだろうか？」とたずねた。そこでわたしがこんな美しい楽の音を奏で美しい歌をうたっているのは「きっと野生の人間たちだろうよ」と説明しはじめたとたんに、この野生のジャングルに日が暮れるころからおぼろげながら姿を見せはじめていた無数の幽霊がいくつもわたしの目に映った。でも美しい楽の音を奏で美しい歌をうたっている者の姿はまだ見えず、ただ音楽の音と歌だけがますます大きく聞えてくるだけだった。

やがて、幽霊がおぼろげにその姿を見せるや、それらはいくつかのグループにわかれ、それぞれのグループは川の別々の方角へと進んでいった。そのあとそれぞれのグループは川面のうえの高い腰かけに、大きな丸いテーブルをかこんで円座になってすわった。そのとき、かれらが富裕な野生の人間であることがわかった。ところで流れの早い川の水がかれらをどこかへ運びさったり、揺りうごかしたりしないのが、わたしにはとてもふしぎだった。ちょうどそのとき、第二の〈心〉が、かれらは富裕だけれども絶対に打ち勝てる野生の人間だから、別にこわがる必要はないとわたしを安心させてくれたのだが、間髪をいれず第一の〈心〉は、この野生の人間をたとえやっつけることができても、わたしの任務は、〈女薬草まじない師〉のところへ行って石女の妻を身ごもらせる薬を手に入れることであるということだけは絶対に忘れないようにと、わたしに念を押した。第一の〈心〉がそのように思いおこさせた瞬間、それぞれのグループの間で、白い岩のてっぺんにいるわたしの姿を見かけでもしたかのように、なにごとかささやきが交わされはじめたのがはっきりとわたしの目に入り、とてもこわかった。

さて驚いたことに、流れる水の表面に楽士たちが姿を見せた直後に、多彩な投光照明が川面一面を照らしだしたので、これらの富裕な野生の人間のなかに黄色や黒などの肌の色をした人間がいることがわかった。

　かれらとその周辺を照らしだしていた多彩な投光照明が、一人一人をとても美しくくっきりと浮びあがらせた。とりわけかれらはみんな自分たちの種族のとても高価な衣裳を身に着けていたので、そのときこれが野生のジャングルの野生の人間だなどとは、とても信じることができなかった。さらに各自、首、手首、足首などに、最高に高価な金、サンゴ、ダイヤモンド、銀などをつけ、頭にかぶっている帽子はまるで王冠のようだった。これら野生の人間の一人一人が身につけているこの高価な衣裳を見て、わたしはかれらが日没時に姿を見せるこの野生のジャングルの最高に富裕な野生の人間であって、その夜たまたまこの川でとても重要な儀式をとりおこなうためにやってきたのだと確信した。それにしてもこの種の華麗で豪華な儀式にはいまだかつてお目にかかったことがなかった。

　この光りかがやく白い岩の上に立って、わたしは体じゅうが恐怖と驚嘆ですでに麻痺していたし、またこの夜、多彩なこれら野生の人間を見て、すっかり口がきけなくなってしまっていた。そのときまたまた、美しい楽の音を奏でながら色とりどりの無数の野生の人間が手や肩などに楽器をもって水面にやってくるのが、わたしの目に映った。かれらは音楽を演奏しながら、いくつかのグループにわかれ、それぞれのグループはそれぞれの野生の富裕な人間のところへ行き、なおも楽の音を奏でながら富裕な人間から少し離れた腰かけにすわった。

ジャングルのこれら富裕な人間が到着してからグループにわかれ、金や銀の腰かけに腰をおろし、その楽士たちが、それぞれグループから少し離れた腰かけにすわるとすぐさま、いままで演奏していたさまざまな楽の音はぴたりとやみ、そのとたんにあたりはしんと静まりかえった。やがて、グループにわかれた富裕なジャングルの人間全員がいっせいに立ちあがり、続いて楽士たちも立ちあがり、光りかがやく白い岩の方に顔を向けた。実はわたしは、その岩のてっぺんに立ってことの成行きを一部始終じっと見ていたのだった。かれらは体をかがめてお辞儀をするまえに数秒間注意力を集中し、そのあと最高指導者が三回、大きな叫び声を発した。

この男はわたしには皆目わからない言葉で、ひきつづき数分間この白い岩に向って讃仰の言葉を述べ、終ると即刻残りの者が低い声でそれに呼応した。そして、習慣にしたがってお互いに挨拶を交わし、握手し、笑いあった。そしてそのようにお互いに交歓してから、また自分たちの席へもどっていった。驚いたことに、かれらがグループごとに水面の席にもどってすわると同時に、あらゆる種類の飲み物がかれらの前にあった大きな丸テーブルや楽士たちのまえの大きなテーブルに運びこまれた。

とても高価な飲み物を数分間飲んでから、楽士たちはさまざまな楽の音を奏ではじめると、富裕な野生の人間たちは全員腰かけから跳びだしていかにも幸福そうに踊りはじめた。オーケストラが数分後に、楽器の音色を、温かいとても美しいほかの曲目に変えたとき、富裕な野生の人間たちは陶然としてそのリズムに合せて体を振り動かしながら、自分ですら何をしているのかわからないほど陶酔していた。しばらくたってから、かれらはときおり腹をかかえて笑うかと思うと、各自左手に飲み物の容器をもちながら、いかにもうれしそうに、あたりかまわず駆けずりまわり、跳びはねながら、ときおり光りかがやく白い岩に向ってお辞儀をしたりした。その様を見ながら、この光りかがやく白い岩は、実はかれらの守り神で、その夜この神さまのお祭りにやってきたのだということが、やっとわたしにわかった。

そのようにして、ずっとかれらの動きを真剣に観察していると、ほかの多くの音楽にまじって、わたしの町の音楽の音色が、突如わたしの耳に聞えてきた。あらゆる種族の音楽がオーケストラによって演奏されていたのだが、わたしの町の音楽を耳にしたのはこのときがはじめてだった。いくぶんためらいがちにその音楽に聞きいっていたとき、楽器の調子が変った。するとこれら野生のジャングルの野生の富裕な人間たちは全員踊りながら自分の席へともどり、オーケストラや野生の召使いたちといっしょに、いっせいにわたしがいたこの光りかがやく白い岩と向いあった。そして全員でこの岩に登りかけたとき、わたしの町の美しい音楽がオーケストラの演奏に乗って、はっきりとわたしの耳に入ってきた。

さて、うれしいやらなつかしいやらで、わたしはいつの間にかこのリズムに合せて踊りだしていた。そして踊りながらわたしは、すぐさま帽子をかぶり、ジュジュと食糧の入った袋を左肩に、弓と矢を右肩にかけた。さらに重いマサカリを右手にもって、早速うれしさのあまりに、なおも笑い踊りながら、水面のかれらと合流するために岩をおりていった。かれらもすでに川を離れて、右手に飲み物の容器をもって、なおもとてもうれしそうに笑い踊りながら、白い岩のてっぺんめざしてやってくるところだった。

おりしもこのとき、第二の〈心〉がまたもや、わたしはいま石女の妻に子宝が授かるよう力を貸してくれる〈女薬草まじない師〉のもとへ行くところなのだということをゆめゆめ忘れてはならないことをわたしに気づかせてくれた。そこでわたしは、人間に対して言うように、第二の〈心〉に向って「その通りだ。そなたの申す通りだ。でもそのまえにこの野生のジャングルの野生の富裕な人間たちといっしょに踊ってみたいのだ」と言い、さらに「この踊りをいっしょに踊れないぐらいなら、石女の妻が一生、石女であってもかまわない」とまで言いだしていた。そう第二の〈心〉に説明しながら、わたしはこの光りかがやく白い岩のてっぺんから中腹まで、なおも踊りながらおりていった。一方、野生の富裕な人間たち、野生のオーケストラ、野生の召使いたちは、全員これまた踊りながら、白い岩の中腹までのぼってきていた。そこでわたしはまったく怖気づくでもなく、踊りながらわたしの町の音楽が奏でられている場所へと一目散に進んでいった。

これらの野生の人間がわたしを殺すかもしれない、あるいは危害を加えるかもしれないなどとはぜんぜん考えもしないで、わたしの町の音楽のリズムに合せて浮かれ踊っているわたしに――とりわけかれらの目にはわたしの衣裳が奇異に映ったはずなのに――かれらが目もくれようとしなかったのには、さすがのわたしも驚いた。そこでなんのためらいもなく、わたしは白い岩のてっぺんを目指して踊っているかれらと合流し、いっしょになっててっぺんまで踊りつづけた。

踊りながら岩の頂きに来たとたんに、かれらは踊りをやめ、野生のオーケストラたちは音楽の演奏をぴたりととめた。楽の音が耳に聞えなくなると、わたしも踊るのをやめた。ところでそのときはじめて、かれらはわたしをしげしげと見る機会をもったのだった。そしてわたしが、野生の人間の仲間ではなく、町の人間だとわかったとき、かれらは一様におし黙った。かれらはきびしい目をわたしに注ぎ、わたしも無言のまま、じっとかれらを見返した。

五分以上ものあいだ、仰天しておし黙ったまま頭から足までわたしをじっと見てから、最高指導者は高く跳びあがり大きな怖ろしい叫び声を発した。これは、「町の人間がわれわれをスパイしにやってきたのだ！　だからこの男をおまえたちの手でひっとらえ、容赦せずに殺してしまえ！」という意味だった。すっかり不機嫌になっていたかれらは、そこですぐさま種族の戦争の歌を歌いだし、それに合せて戦争の踊りをおどりはじめたときには、わたしも愕然とした。やがて数分とたたないうちに、全員が突然狂乱状態に陥り、まるで大乱闘のようにところせましと交錯しとびはねた。

そのときすでに、手負いのトラのように狂暴になっていたかれらは、お互い同士で激しくなぐり合いを始め、力つきて白い岩の頂きでぶっ倒れる者の数は数百をかぞえた。でも残りの者は平気だった。だが悲しいことに、当初わたしは、かれらのこのような様はわたしが原因だとはつゆ知らず、かれらと合流し、ところせましと踊りだし、かれらの戦争の歌を気が狂ったようにいっしょにうたっていたのだった。この歌と踊りはきわめて熱狂的だったので、その夜この種の戦争の歌をきき、踊りを見て、これらの野生の富裕な人間の仲間入りをしていっしょに踊らないでいられるような生き物は、この世に一人としていないはずだ。

このとき、わたしの知覚は機能を喪失していたし、また第一の〈心〉はなんべんとなくわたしを欺き、これら野生の人間といっしょに踊り歌いつづけるようわたしに言いつづけていた。そこでとうとう第二の〈心〉が、石女の妻のことで〈女薬草まじない師〉のところへ行く途中であることをゆめ忘れないようにと、わたしに思いおこさせてくれた。でもこれらの野生の富裕な人間たちといっしょに踊り歌いつづけることだけで頭がいっぱいで、この第二の〈心〉の警告に耳を貸さなかったことは、わたしの重大な過失だった。悲しいことに、第二の〈心〉がそのように警告し、わたしがその警告に従わないでいると、突然これらの野生の富裕な人間は手に手に棒切れと飲み物の容器をもってわたしに襲いかかってきて、押したり突いたりしながら、わたしをなぐりはじめた。かれらはなさけ容赦なくわたしをなぐり、押しまくりながら、結局はあのアブノーマルなジャングルの蹲踞の姿勢の男のところまで押していった。その男というのは数日前わたしを死の刑罰に処するつもりで、大きな腹から冷気を吹きだしながらわたしの全身を麻痺させた男だった。この残忍な蹲踞の姿勢の男が、これら富裕な人間の仲間だとは、知る由もなかったのだが、この男はやがてこれら野生の人間の体に冷気を吹きつけはじめた。かれらの体を冷却して活力を取りもどさせ、わたしをもっと激しくぶたせるためだった。そのうち多彩な投光照明の灯でわたしを見たその男は、わたしを認めるや、ただちにかれらの体に冷気を吹きつけるのをやめ、わたしと面と向いあった。その男自身はわたしをぶつことはできなかったので、全速力でわたしの体に冷気を吹きつけはじめた。わたしの体を冷気で麻痺させてから、総がかりでわたしをぶたせ、殺すつもりだったのだ。

その男が、えじきをお腹の冷気で死の刑罰に処する蹲踞の姿勢の男だということがすでにわたしにはわかっていたので、そうする暇も与えずに、急いでジュジュのひとつを使って、姿をくらまし、かれらから遠ざかり、巨大な木の蔭に隠れた。この巨大な木はかれらからは遠く離れた隅っこのところに立っていた。そこから見ていると、わたしの姿を見失なってかれらがすっかりうろたえている様がありありと目に映った。ジュジュを使って巨大な木のしたに身を潜めると即刻、わたしはアブノーマルなジャングルの蹲踞の姿勢の男を弓で射はじめた。

でもたまげたことに、毒矢の一本がその男のふくれあがったお腹を射ぬいたとたんに、腹が破裂し、お腹から押しだされた冷気はその地域全体と野生の富裕な人間ども、それにわたしをさえゆり動かすようなとても怖ろしい音をたてた。それはそれはとてもものすごい音響だったので、わたしたちは思わず恐怖のあまりに地面にひれ伏した。そればかりか、この野生のジャングルの生き物と樹木はすべてこの残忍な蹲踞の姿勢の男の大きな腹から噴出する強力な冷気に感染し、寒さでふるえだし、やっと自制できるようになるまでには百二十分以上もかかった。町の人間だったわたしにしてみても、ジュジュの助けで自分の身体を自由にコントロールできるようになるまでには、百二十分ものあいだ寒さのために体が麻痺寸前にあったのだった。

そのうえ冷気は、野生の富裕な人間、野生のオーケストラの連中、野生の召使いたちみんなを麻痺させ、かれらが立ちあがれるようになるまでの百二十分間というものは、この白い岩の頂きでいつひれ伏したのかかれら自身にもわからないほどだった。そんな具合で、かれらは立ちあがると即刻すっかり狼狽して、野生のジャングルのさまざまな方向へと散っていき、それからしばらくたって、この残忍でアブノーマルな蹲踞の姿勢の男は、激痛のために大地を這いずりながら立ちさっていった。とどのつまり、わたしの跡をつけ、わたしに復讐しようとしたその男の努力はすべて水泡に帰したのだった。しばらくまえにお腹の冷気ですんでのところでわたしを死の刑罰に陥れようとしたこの蹲踞の姿勢の男に、わたしが見事に復讐した事情は、ざっとこんな具合だった。だが怖ろしさのためにわたしはすぐには旅を続ける気にはなれなかった。そこで夜が明けるまでわたしはこの巨大な木の根っこに留まっていたのだ。

奇妙なまるい日蔭

夜が明けたとたんに第二の〈心〉は、この巨大な根っこのところで一分と留まらないで、いますぐにでも旅に出立するようわたしに忠告した。そうしないと、またいつ何時あの残忍な蹲踞の姿勢の男がわたしの跡をつけてきて、わたしを最後には死の刑罰に陥れてしまうことにもなりかねないというのだ。「さらに、この残忍な蹲踞の姿勢の男はそなたを法廷に引きずりだし、自分に危害を加えたかどでそなたに即時死刑の宣告を法廷で言い渡すようにするだろう」と、予告するのだった。

この第二の〈心〉はいつも真実を告げてきたので、わたしはその忠告に従うことにした。そこでこの朝はなにも食べないで即刻旅に出立した。だが第二の〈心〉が、危害を加えたことを理由にわたしが即時死刑の宣告を言い渡されるだろうと暗示する形で言ったことで、わたしは内心穏やかではなかった。ともあれ、わたしは恐怖にかられながら朝の十一時まで旅を続けたあげく、やっと野生のジャングルから抜けでて、野生のサバンナへと足を踏み入れた。それから午後一時までこのサバンナの旅を続け、大きなまるい日蔭で足をとめた。そこでは休息をとらないで一日じゅう旅を続けるつもりだったのだが、ひもじくてどうしようもなかったからだ。

熱い太陽の照りつけるなか、この奇妙なまるい日蔭にやってきたとき、もちろんわたしはすぐさまその周辺を注意深く見まわしたことはいうまでもない。この濃厚な日蔭はとても涼しくて、いったんその上にすわった者は、とりわけ太陽が火のように熱い乾期には二度とそこを離れたくなくなることは請けあいだった。

ヤムいもを一個焼いて食べたあと、ヤムいもを焼いた火から少し離れたところにすわっていたわたしは、この奇妙な濃厚なまるい日蔭とその周辺を念入りに点検しはじめた。だがその近くにこの涼しいまるい日蔭を投げかける丘とか巨大な木とかそのほか投影物がひとつも見あたらなかったので、なんとなく薄気味悪かった。そこでこわくなって空を見上げた。投影物がないのにどうしてこんな涼しいまるい濃厚な日蔭ができたのかなどと、あれやこれやと臆測しているうちに頭がこんがらがってきた。

投影物がないのにできたこの奇妙な日蔭について、なおもあれやこれやと思いめぐらしていたとき、頑丈なロープが六本、するするっと空からこのまるい日蔭の端に向っておりてくるのが、目に映った。見る見るうちに、その六本の頑丈なロープはこの日蔭のまるい端を引っかけた。ロープとロープの間隔は完全に等しく、したがって六本のロープが日蔭を大空に引きあげていくとき、実によくバランスがとれていた。

さてことの成行きを見ていたわたしは、急いで持ち物をまとめて、この奇妙な日蔭から外へ飛びだそうとした。だがもはや後の祭りで、日蔭から脱出する有効な手だてはひとつとしてなかった。大空へ飛翔する速度があまりにも速すぎたからだ。

ところで、のがれる術がなにひとつないままに、だからといって地面に跳びおりることもできず、わたしは六本のロープが目的地に向けて奇妙な日蔭を引っぱってゆく成行きのままに身を任せることに覚悟をきめた。すでに大空高く引きあげられていた日蔭の中央にすわりながら、六本のロープをよく見たところ、その一本一本が濃厚な日蔭であることがわかった。そのことがわかったとき、わたしの〈心〉は二つともすっかり気落ちし、ひどい悲しみに陥った。わたしの方も完全に意気沮喪し、もしこの出来事つまり破滅的な事件から難を免れることができたら、〈女薬草まじない師〉の町へ行く旅を断念して、ただちにわたしの町へ引き返そうとまで決心した。わたしがそうとまで決心したのは、とりわけ今度にかぎって悲嘆と意気消沈がひどく、わたしの第一と第二の〈心〉が完全に麻痺してしまい、双方ともいつものようにわたしに有効な忠告をすることができなくなったために、わたし自身恐怖と狼狽の極致にたちいたっていたからだ。

そんなわけでわたしの第一の〈心〉と第二の〈心〉が、あまりの急上昇のために奇妙な日蔭からわたしを救出する手だてを指示できないままに、わたしは〈記憶力〉の助けを借りて悲嘆と意気消沈を拭いさる別の方法を考えはじめた。わたしを乗せたこの濃厚な日蔭が相も変らず大空高く上昇してからしばらくたったとき、突然、わたしの姿を急に消す力をもつジュジュのひとつをこの場で使ってみたらどうだろうという考えが、わたしの〈記憶力〉のなかに浮かんだ。そこですぐさまこのジュジュを使ったのだが、使ってもなんの効果ももたらさなかったので、大変なショックを受けた。わたしの素足が地面の土を踏んでいないかぎり、そのジュジュはなんの役にも立たないことがしばらくたってわかった。

　さて、ジュジュがわたしを救出できないことがわかったとき、わたしは日蔭にむかって毒矢を何本か射た。だがすべては徒労に帰した。日蔭の動きを矢がくいとめることはできなかったからだ。この日蔭からわたしを解放するすべての努力が水泡に帰した最後のどたん場で、こんなことぐらい屁《へ》の河童だといわんばかりに歌い踊りだしてみたらどうだろうという考えが、わたしの〈記憶力〉のなかに浮んだ。この考えが〈記憶力〉に浮ぶと同時に、わたしたちの町の〈国の守り神〉に助けを祈願するときにいつも唱えた嘆願の文句を思いだした。そこでわたしはこの文句をすぐさま長い歌に変え、陽気に踊りながら、澄んだ声でこの歌を歌いはじめた。しばらくするとわたしの伴侶であり忠告者でもあった第一と第二の〈心〉は、活力をとりもどし、もはや悲嘆にくれ意気消沈することはなかった。なおも歌い踊りながら、六本のロープが濃厚な日蔭をいままでのように垂直に引っぱりつづけるのをやめて、空を横断するように引っぱりはじめたのにわたしは気がついた。そして六十分ほど快速で空を横切ると、はるか前方に山が見えてきた。しばらくたって日蔭は山の頂上に向って動きはじめ、わたしはといえば、相変らず陽気に歌い踊りつづけた。

やがて、突然四十人ばかりの子どもがこの奇妙な日蔭のうえのわたしの目の前に姿をあらわした。かれらはみんなわたしの前にたち、一人一人を見たところ八歳から十歳までの間の子どもたちだということがわかった。女の子はほんの数人で、それぞれが自分たちの種族とか郷土色ゆたかな多彩な衣裳を着ていた。衣裳は首から足首まで垂れ、そではヒジから手首までをおおっていた。衣裳に染めぬかれていた星と太陽と月の模様は、この野生のサバンナにある草の葉とかあらゆる種類の木の葉の模様とともに、きらきら輝いていた。何人かは、実際の年齢よりもふけて見えた。

かれらの皮膚と顔の色は、サバンナの色と同じだった。したがってかれらが野生のサバンナに立つと、識別することがむずかしかった。

かれらの口も耳も、野生のジャングルの野生の人間と同様、ごく普通だった。だが瞼と眼球はとても美しい形にふくらんでいた。腕の長さと掌の大きさは普通だった。だがどこからかれらがやって来たのか、またいつこのまるい日蔭に歩いて(または飛んで)きたのか、わたしにはわからなかったので、なんともこわかった。恐怖のあまり、かれらを見たとたんにわたしは歌うのも踊るのもやめ、なおも驚きと恐怖の目差しでかれらひとりひとりをじろじろ見ていた。かれらの方も数分間お互いに口もきかず、わたしにも話しかけないで、じっとわたしを見ていた。そのうちひとりの子どもがわたしの近くへ歩みよってきて、突然わたしにこんな質問をしはじめた。「あなたはどなたですか？町の住人ですか？」そこでわたしは答えた。「わたしは町からきた男で、町では野生の動物を捕える勇敢な狩人だった。いままでも多くの野生の人間とそれに残忍なジャングルの蹲踞の姿勢の男と渡りあってやっつけてきた、勇敢な男なのだ」。

残りの子どもたちがきびしい目でわたしを見つめているなかを、その子はさらにたずねた。「あなたの町ってどこですか？」わたしは答えた。「わたしの町はここからはるか遠く離れたところにあるのだ」。するとまたその子はたずねた。「あなたがたの歴史を簡単に話して下さいませんか？」わたしは答えた。「そう、わたしの町の人間はみんな、異教徒なのだ。わたしの父も、神像や神さまなどを崇拝する者たちを司祭する頭領なのだ。父は神さまを崇拝する儀式の一切をとりしきっている。わたしのことを申せば、実は〈生まれながらにして死んでいる赤ん坊〉族の者なのだ。でも母が最後にわたしを産んでからは二度とわたしの一族のもとへは帰れないのだ。父は、ジュジュを使いこなす強い人で、ジュジュの力でわたしをこの世にずっとつなぎ留めてきたからだ。そのためわたしは一族のもとへ二度と帰れないでいるのだ。でももちろん、ときにはわたしだって仲間のところへ帰りたくなることがあるんだよ」。すっかりこの話に興味を覚えたその子は、さらにわたしにたずねるのだった。「よくわかりました。ところであなたはこれからどこへ行くのですか？」わたしは答えた。「わたしの町から遠く離れた〈さい果ての町〉の〈女薬草まじない師〉のところへ行くところなのだよ」。「なんのためにその〈女薬草まじない師〉に会いにいくのです？」驚いたようにその子はたずねた。そこでわたしは「そう、結婚して以来ずっと子宝に恵まれないわたしの妻のことでその女に会いにいくのだ。〈女薬草まじない師〉の助けで妻にぜひ子宝を授けてほしいのだ」と説明した。

このようにその子に説明したとき、かれらはみんなびっくりしたように、いっせいにうなずいてみせた。わたしに質問していた子どもがさらにたずねた。「このまるい濃厚な日蔭がいまわたしたちをどこへ連れていっているのか、あなたはご存知ですか？」「知らない」とわたしは答えた。するとその子は「わたしたちといっしょに山で暮しているわたしたちの母のところへ連れていっているのです」。この子がなおも質問していると、その横の子が突然間に入ってわたしに質問した。「でもあなたは〈乳房の長い母〉について、聞いて、知っているでしょう？」このたまげた質問を聞いて、わたしは頭を左右に重々しくふり、答えるまえにとてもこわくなった。「わたしは〈乳房の長い母〉に会ったことはない。だがこの旅に出かけるずっと以前に、町の古老たちから、その母のことを聞いたことがある」。そうわたしが答えると、かれらは声をそろえていっせいに大声で叫んだ。「それなら、今日はその方にお会いなされ！」

「そのお方は、わたしに親切にしてくれるだろうか？」わたしは怖ろしくなり、とりわけこのとき、ジャングルの蹲踞の姿勢の男に危害を加えた罪で早晩わたしは死刑の宣告を受けるだろうと、わたしの第二の〈心〉がほのめかしていたことがわたしの〈記憶力〉に浮んだので、そのことをかれらに聞いてみたのだった。するとかれらは答えた。「どなたに対しても、そのことばかりはなんとも申しあげられません。そのお方は親切なときもあれば、ひどく不親切なときもあるからです。でもとりわけ町の人と会うのをひどく嫌っていることだけは申しあげられます」。

かれらはこう説明し、なんとも表現のしようのないひどい恐怖をわたしの表情から見てとると、すぐさまわたしのまわりを取りかこんで歌い踊りだした。わたしはなおも沈痛な気持でうなだれ、その間かれらはとても陽気に踊り、大きな声で歌っていた。夕方の四時ごろ、濃厚な日蔭はわたしたちを山の頂きに運び、そこでとまったかと思うと、突然姿を消した。

山の頂きにおろされ、地面に放りだされると、突然子どもたちは粗暴になり、すぐさまわたしの両腕をひっぱりあげた。たまげたわたしは立ちあがった。そのあとかれらは、どこともわからぬ場所へわたしを引きずりはじめ、しばらくたって数千の岩の裂け目のある場所へやってきた。その裂け目をつる状の植物が一面におおっていて、それらはまるで森林やジャングルに建てられた古ぼけた小屋のように見えるのだった。この荒涼とした地域にわたしを引きずりこむと、かれらとほぼ同年代の数百を数える子どもたちが岩の裂け目から雪崩のようにわたしを目がけて殺到してきた。そして、各自頭にのせていた短い棒でわたしをなぐりはじめた。かれらはこの短い棒で休む暇《いとま》もなくわたしをなぐりつけながら、わたしが泥棒ででもあるかのように、わたしに向って大声で罵声を浴びせかけ、なぐるのをやめようともしなかった自分たちの仲間につき従っていった。やがて仲間の者たちもいっしょになってわたしをなぐり、罵声を浴びせかけた。

岩の裂け目に向ってなおもわたしを引きずりながら、かれらはなさけ容赦なく棒でわたしをなぐりつづけた。そのときひどい痛みを感じたわたしは、引きずっていた連中から身をふりほどき、すぐさま重いマサカリで逆襲に出た。だがたまげたことにかれらをなぐりはじめたとき、かれらの罵声はひときわ大きくなり、岩の裂け目から出てきた連中がわたしを引きずっていた連中と合流した。そして岩のあちらこちらと、わたしを押しこみながら、いままでよりも一段と激しくわたしをなぐった。このときわたしは、絶体絶命の生きるか死ぬかの瀬戸際だったので、命からがら逃げだすため、わたしの姿を別の姿に変えようとした。だが、このときにかぎって、姿を変えるジュジュは作動しなかった。有効な呪文を唱えるだけの時間がわたしにはなかったからだ。それにしてもかりに首尾よくかれらから逃げだせたとしても、決してわたしはうれしくはなかったろう。むしろ冒険を楽しみたかったからだ。

さてジュジュで失敗したとき、わたしは必死にマサカリを使いつづけた。マサカリで相手方の力を減退させることはできなかったが、それでもわたしは引きつづきかれらをなぐりつづけ、かれらの方はわたしを枯れたつる植物ですっかりおおわれた岩の散在する裂け目へと、ジグザグ型に押しつづけた。そして三分の一キロメートルばかり押されて、結局は旅をしてきたでこぼこ道にまでもどった。そこはカーブの大きいとても清潔な場所だった。かれらがわたしを道のこの湾曲部まで押しやったとたんに、道の中央に奇妙な濃厚な日蔭がまたまた姿を現わし、そのときわたしは老人の姿を見かけた。その老人はひじかけ椅子にすわり、背中をそれにもたせかけていた。このひじかけ椅子はとても古く大きかった。やがて岩の裂け目の子どもたちは老人のところへ駆けよってきて、古いひじかけ椅子にすわったままのその老人を、奇妙な日蔭の中央まで運んでいった。

だがわたしにとってとても幸運だったことに、これら凶暴な子どもたちは、この老人、すなわち〈山の老人〉の姿を見かけたとたんに、わたしをなぐるのをやめた。かれらは全員、できるだけ足ばやにこの山の頂きの東の方に日蔭のあとをついて行きながら、あらんかぎりの声を出して老人を賞讃しはじめた。かれらがわたしをなぐり引きずるのをやめたとき、わたしもかれらをマサカリでなぐるのをやめたので、いまではこの〈山の老人〉とその大きなひじかけ椅子をじっくり観察する時間がたっぷりあった。老人は山の凶暴な子どもたちとは一言も口をきかず、かれらに視線を注ごうともしないで、まるで死人のように道のはるか遠くの方に目を注いでいた。

この老人は身体をぴくりともさせず、まゆ毛ひとつ動かさなかった。口にくわえていたタバコのパイプには、火が赤々とついていたにもかかわらず、煙はでなかった。このタバコのパイプは長さ二メートル、とても分厚く、タバコホールダーは巨大な鉢のように大きかった。老人は左手でパイプをしっかり握りしめ、その手はまるで永久にそこに釘づけされたようだった。アゴヒゲはとても怖ろしく、長さが一メートルもあり、もじゃもじゃしていて、前にではなく胸と両肩に伸びていた。口ヒゲも長く上唇の両側に伸びていた。頭には髪の毛が一本もなく、アゴヒゲ、口ヒゲ、頭などから判断して、すごい高齢であることがわかった。さらにいえば、この老人の身体はどの部分も骨だけが露わで、町の人間であるわたしの目で見たところ、五百歳をこえているように見えた。山の凶暴な子どもたちは、この老人に、良き父にふさわしい尊敬の念を払っていたけれども、この老人がかれらの実の父なのかどうかは、わたしにはわからなかった。

ところで山の子どもたちは、とても陽気に浮かれ騒ぎながら老人を賞め讃えていたのに、老人の方はうれしそうな素振りをおくびにも出さず、また子どもたちが老人に対して示したあらゆる動作に対しても、身体ひとつ動かすでもなかったことは、わたしにとって驚異であり、また怖ろしくもあった。でも子どもたちは全力をあげてこの儀式をとりおこない、それがあまりに一生けんめいだったので、まるで水に浸《つか》ったように汗びっしょりだった。

しばらくたってわたしは子どもたちに合流し、いっしょに踊り、歌い、歓喜の声を発しながら、あたりを駆けずりまわった。そのあとひもじさを感じはじめたので、食糧袋をあけて大きな焼き肉をひと切れ取りだした。だが驚いたことに、このときはじめて老人が、ほんのわずか動くのが目に入った。わたしが焼き肉を口に入れ、歯でその肉片を引きちぎり、かみはじめたとたん、老人の乾いた目がまたたいたのだ。そのまたたきはほんのかすかだったので、とても鋭敏な目でもしていないかぎり、見すごしたことだろう。だがこの老人のかすかなまたたきは一回限りで、そのあとはまたいままで通り身動きひとつしなかった。だがこのことで、この老人はいまでも生きていることがわかった。

おいしそうにわたしが肉を食べていたとき、子どもたちは手にもった肉を見て、わたしの方に突進してきた。そこでわたしたちはのこりの肉を分けあって食べた。子どもたちのおかげでわたしは空腹を完全に満すことはできなかったが、このときからかれらはわたしに寛大になった。肉を食べたときのかれらの喜びようは大変なもので、まえよりいっそう力強く踊り、いっそう大きな声で叫び歌った。そしてそのあと、このうえない美しい声で老いた父を賞め讃えた。もちろんわたしも道に沿ってかれらのする通りにしていたのだった。

山の乳房の長い母

夕方の六時ごろに、わたしたちは岩の裂け目地帯を去り、野生のジャングルの野生の人間の領土であるこの山の頂きの、とある場所へとやってきた。そこは平坦で、周囲が三キロメートル以上もあったのに、つる植物ですっぽりとおおわれた岩の裂け目がまわりを取り囲んでいた。そして岩の裂け目の中央にとても大きな町があった。でもこの町の家の建てかたはとても醜悪で、ほかの町の建てかたとは完全に違っていた。子どもたちとわたしは、なんのためらいもなく、〈山の老人〉といっしょに、その町へと全速力で動いていた濃厚な日蔭についていった。数分たつとわたしたちは町外れにやってきた。町外れには、大きな入口のある巨大な建物があった。その奇妙な日蔭は門のところで停止もせずに、老人と連れだってこの広大な建物の構内へと入り、わたしたちもそれに従った。建物にはとても大きなホールがあり、構内には小さな家がいっぱいあった。子どもたちは構内に入ったとたんに静かになり、わたしもそうした。

さてこの濃厚な奇妙なまるい日蔭は、広大な建物の大きなホールの中央に並んでいた重い石の台の方に静かに移動していった。そして石の台の頂きにきたとき、姿が見えなくなった。このときわたしの目にははっきりと、石の台の頂きにある古い大きなひじかけ椅子に〈山の老人〉がすわっている姿が映った。石の台のうえに老人をのせると同時に、日蔭は消えたのだった。子どもたちはみんな頭を低く下げて老人に敬意を表わし、そのあと構内のほかの場所へ移動した。だが驚いたことに、この老人はピクリとも動かず、また子どもたちが老人に示した敬意に対しても満足の表情さえ示さなかった。

わたしは子どもたちのあとを追って構内までついていかずに、この老人から少し離れたところに立っていた。驚異と恐怖で、数分間この老人に目を注いだのち、ホールと周囲の方に目を向けた。すると大きなホールのあるこの広大な建物の壁も、そのまわりの小さな家も、泥ではなく平たい石でできていることがわかった。それらの家屋の屋根はとても分厚いクモの巣でできていて、大きな木の葉とかその他の材料で屋根を葺いたという構造ではなく、さまざまな種類の大きな鳥の羽がその巣にのっかかったという恰好で、これらの鳥の羽はすべて、違った色をしていた。この大きなホールのなかに並んでいる石の台は野生の山の野生の人間たちの座席だった。

わたしは〈山の老人〉のまえに立ったまま、とどのつまりはそこにあった一切のものを満足のゆくまで眺めたのだった。それからわたしは目をまたこの老人に移した。そしておよそ二十分間、老人のところにやってくるほかの生き物には目もくれずに、じっとこの老人に目をすえているうちに、そこに長居するのがこわくなってきた。そこでこの広大な建物のほかの場所へいってみると、そこでがつがつと食事をしていた凶暴な子どもたちに出会った。かれらは飢え死にするほど空腹だったのだ。早速かれらの食事のお相伴にあずかろうと、そのまえにすわり、食べ物のひとかけらを口に入れたとたんに、吐きだしてしまった。牛糞のような味と臭いがしたからだ。このような食べ物は町の人間の食べるものではなかった。

食事が終ると子どもたちはホールにいる老人のところにもどった。わたしも腹をすかしたままそのあとに従った。ところが驚いたことに、これらの子どもたちはとても大きな声をはりあげて老人を賞め讃えるのだった。そのあと、数千の重い石が地面をその場所に向って這ってくるような、ものすごい轟音が聞えてきた。その音はとてもすさまじく、そのために構内の地面がいっせいに揺れだした。すっかり怖気づいたわたしが、怖ろしい轟音をたてている物の正体を見ようとあたりをキョロキョロ見まわしはじめたとき、構内の隅から、とても大きな女性が姿を現わした。その女性は力量感をみなぎらせながらホールに入ってきた。野生の子どもたちはその女性が姿を見せるやただちに駆けだし、構内のもうひとつの隅に隠れた。だがわたしはあまりの怖ろしさに子どもたちのあとを隠れ場までついていけずに、ただただひどい恐怖で老人のまえに立ちすくむだけだった。

さらに驚いたことに、このものすごい頑健な野生の女をじっと見つめていたとき、その女に乳房がいっぱいあることがわかった。それぞれの乳房は長さが約六十センチもあり、直径三十センチの管よりも分厚く、先細りになっていて、その乳首は直径十センチ以上もあった。腕は肩からヒジにかけてとても分厚くまわりが約八十センチあった。でもヒジは肩と手首よりも細かった。両肩から両ヒジにいたる筋肉は隆々とふくれあがり、石のように堅かった。首から腰まではまるく、とても大きかった。そしてとてつもなくでっかい頭は、首と肩にかぶさり、腕の未熟な男が彫った像のように醜悪な形をしていた。

頭髪はぜんぜん見えなかった。ヘッドカバーが頭をおおっていたからだ。そのヘッドカバーは、白と赤と緑の微細なビーズで美しく織られていた。モモはまるくてとても太く、足首もとても大きく一風変った形をしていた。両足の指も数が多く町の人間のように十本ではなかった。モモはとても丈夫で、歩いたり立ったりすわったり、さらには何か彼女がしっかりつかまえたりするときにもとても安定していた。腰のまわりから足首までラッパー(化粧着)のようなものをまとい、このラッパーは、色とりどりのビーズでできており、そのビーズのひとつひとつはトウモロコシの粒ぐらいの大きさでとても美しかった。でも乳房は長くて、分厚く、なんのおおいもせず、露出したままだった。

その女は両足首と手首にとても高価なサンゴをつけ、これら野生のジャングルと野生のサバンナに住む人間のものである、多くの古代遺物の偶像がビーズでできたラッパーの随所と微細なビーズのヘッドカバーに結びつけられていた。ところでその女は、すべての町の住民とか種族を異にするあらゆる他の野生のジャングルの野生の人間に対しては、冷酷非情な敵対者として行動した。簡単に言ってしまえば、この女の身長と容姿全体が町の人間の目から見れば、見るに耐えないおぞましいものだったのだ。

わたしは半死半生の状態でつっ立っていたので、この〈山の乳房の長い母〉が現われたとき、すぐさま野生の子どもたちといっしょに逃げることができなかった。見ていると、その女はこの大きなホールに並んでいる石の台の方に向って、どっしりした足どりで歩いていった。そして山の老父がすわっていた台のすぐ隣りの台のところまで歩いていき、その台にすわった。このことはその女が老人につぐ地位にあることを示していた。女は老父に挨拶をしようともせず、老父の方も女に挨拶をしなかった。

数分間休んでから、女はわたしの方に怖ろしい目を向け、仏頂面をしてわたしを頭から足までじろじろと見はじめた。そして一言もわたしに話しかけなかった。ところでこの女の怖ろしい容姿はわたしの知覚活動を完全に失なわせたので、このときどうすればよいのか皆目見当がつかなかった。わたしはとてもこわかったし、わたしの第一の〈心〉と第二の〈心〉も、この野生の母が姿を現わすや、即座に、ひどい恐怖のため完全に活動が麻痺してしまった。そんなわけでこのとき第一と第二の〈心〉はわたしに忠告することができなかったし、必死に逃げるべきかそれともこの野生の母を弓で射てわが命を救うべきか、わたし自身では決断がつかなかった。

こうして夜の八時ごろまでその女は怖ろしい目でわたしをじっと見つめていた。やがて八時を数分すぎたころ山の野生の人間どもがどんどんこのホールに入ってくるのがわたしの目に映った。かれらはそれぞれ石の台のうえにすわった。結局九時まえにはこのホールに男女あわせて二百人以上が集った。

このホールというのは実は、山の野生の人間どもの法廷であることが、そのとき、わたしの〈記憶力〉のなかではっきりわかった。すなわち野生の〈乳房の長い母〉は判事で、〈山の老父〉はこの法廷の座長、つまり裁判長なのだ。そしてかれらはこの夜いくつかの事件の裁判を受けるためにやってきたのだ。しばらくまえに第二の〈心〉が、おそかれはやかれわたしは死刑の宣告を受けるだろうと予告していたことが、ちょうどそのときわたしの〈記憶力〉に甦ってきた。だがこのことがわたしの〈記憶力〉に浮んだときには、すでに第一と第二の〈心〉は、〈乳房の長い母〉が法廷に姿を見せたとたんに力を喪失し、わたしを見すててしまっていて、なんの役にも立たなかった。そこでわたしはもっぱら〈記憶力〉の助けを借りて、これら野生の人間から自分を救いだす手だてを考えだそうと、腹を決めた。かれらから自分を救出する手だてを思いめぐらしていたとき、野生のジャングルからこの山へわたしを連れてきた奇妙なまるい日蔭というのは、実は〈乳房の長い母〉が町の人間とか罪を犯した他の野生の人間を捕えるために仕組んだワナであることが、わたしの〈記憶力〉に浮んだ。そしてこの日蔭はかれらを輸送するためにも使われていたのだ。

さて長い事件の裁判が終ってから、ついでわたしの罪状が読みあげられた。「そなたはまえに光りかがやく白い岩の上で、ジャングルの〈アブノーマルな蹲踞の姿勢の男〉に傷害を与えた。さらにそなたは、町の人間の息子であるにもかかわらず、故意に山の野生の人間の帰属物である〈まるい日蔭〉にすわった。さらにそなたはそのとき、この山の頂きの方角に〈まるい日蔭〉の方向を転換したこの山の野生の子どもたちがいなかったならば、〈まるい日蔭〉を盗んでいたに違いない。したがってそなたには盗みの罪と、しばらく前にそなたの毒矢で〈アブノーマルな蹲踞の姿勢の男〉に傷害を加えた罪が適用される。何か申すことがあれば申してみよ」。とても不機嫌で、冷酷非情な〈乳房の長い母〉は、わたしの罪状をこんな具合に告発した。

二つの罪状がそのようにわたしに対して読みあげられたとき、わたしは勇気を出して判事である母にこう申したてた。「たしかにわたしは毒矢で〈アブノーマルな蹲踞の姿勢の男〉を射ました。でもそれはその男が腹の冷気でわたしを殺そうとしたからです。わたしはこの危険から身を守る必要があったのでございます」。さらにわたしは判事である母に、まるい日蔭の件についても勇気を出して異議を申したてた。「この罪にはわたしは承服できません。と申しますのもわたしは〈女薬草まじない師〉の住む〈さい果ての町〉へ旅をしていたのでございます。そのとき、たまたま野生のジャングルの土地に濃厚な日蔭を見つけたのです。その日太陽はとても熱く、そのためわたしは旅を続けるまえにそこで休息と食事をとる、ただそれだけのために濃厚な日蔭にすわったのでございます。それがふつうの日蔭ではなく、この山の野生の人間が使う輸送のワナだったとは、つゆ存じませんでした。不幸にもそのとき、日蔭が突然わたしを乗せたまま空に向って飛翔しはじめるのに気がつきました。でも速度がとても早くてそれから飛びおりることはとてもわたしにはできませんでした。そんな次第で、わたしになんの罪もございません。また〈アブノーマルな蹲踞の姿勢の男〉に傷害を加えた件につきましてもわたしの罪ではございません」。そうわたしは判事である野生の母に説明した。第一と第二の〈心〉は〈乳房の長い母〉に対する恐怖からわたしを見すててしまっていたので、わたしは〈記憶力〉の助けを借りて、こう申し立てたのだ。もちろんわたしの〈記憶力〉は、二つの〈心〉の行動をいつも記録にとどめていたことはいうまでもない。おそらく〈記憶力〉はこの記録を、わたしが旅から帰ったとき、ある目的に利用するつもりらしい。

ところでわたしがそう申したて、とりわけわたしが町の人間であることを聞いて知ったとき、その女は怒り狂った怖ろしい目をわたしからそらし、隣りにすわっていた山の老人の方に荒々しくその目を向けた。そして左手でわたしを指差しながら、その女はこう言いはじめた。「〈老父〉よ〈〈老父〉は法廷の座長、すなわち裁判長〉、奇妙なことですが、町の人間は一人として、自分の犯した誤ちを認めようとはしないのです。なんたることです、〈老父〉よ、この男にしたってそうでございます。この男は奇妙なまるくて濃厚な日蔭を盗んだことを認めようとはしないのです！　町の人間はみんな、野生のジャングルの野生の人間とかその他の野生の生き物など、すべての生き物のなかで、自分たちがいちばん賢いと思っているのです！　この男の申したてでもおわかりの通り、この男は自分の町から天ほども遠く隔っている〈さい果ての町〉に住む〈女薬草まじない師〉のところに行くのだと申しております。この男の申したてによりますと、妻が石女だからと申しておりますが、この男の〈女薬草まじない師〉のところへ行く理由なんか、信用できるものではございません！　これは、町の人間の創造主がかれらに与えたものに、かれらが決して満足していないなによりの証拠でございます。だからこそ町の人間は創造主が与えてくれなかった宝物を探して日夜うろついているのでございます！　かれらは野生の人間の財宝を盗んでいるのでございます！　裁判長であられる〈老父〉よ、ごらんの通りこの男はわたしたちの輸送機関である濃厚な日蔭を盗んだことを完全に否認しております！」

こんな具合に、判事である、〈山の乳房の長い母〉は、いかにも腹立たしげに左手でわたしを指さしながら、裁判長である〈老父〉に、意識を取りもどさせたのだった。そして野生の〈乳房の長い母〉が町の人間の罪状のいくつかを〈老父〉に説明しはじめたとたんに、たまげたことにこの〈老父〉がしだいに生気をとりもどしはじめた。〈老父〉はまず呼吸をはじめ、ついでかすかにまばたきをするようになり、濃厚な日蔭が運んできてからずっとすわっていた石の台のうえの古くて大きなひじかけ椅子から頭をもちあげるようになった。

その後、わたしと町の人間の行動の全容についての、野生の母である判事の陳述がますます詳細になってゆくにつれて、〈老父〉の身体の一部がひとつひとつ、ますます生気をとりもどし活発になってきた。そして陳述が終るころには、裁判長であるこの〈老父〉は完全に生気をとりもどした。深い眠りに陥っていた者が突然目を覚ましたかの感があった。

完全に生気をとりもどすと同時に、〈老父〉は石の台から立ちあがり、まず最初に何ヵ月もの間に体の各部分にたまっていたほこりをすべて体から振り払った。その後、何ヵ月もの間、口にくわえたままでいた長いタバコのパイプからタバコを何回もふかした。そのあと伸びをしてから、法廷である大きなホールをしっかりとした足どりでゆききした。その後法廷の役人の何人かと、まるでどこかからちょうどいま帰ってきたかのように、笑いながら握手を交わし、あいさつをしたあと自分の席にもどった。

〈老父〉は、石の台のうえにある例の古くて大きなひじかけ椅子にすわると、すぐさま

〈乳房の長い母〉とその左側にすわっていた法廷の事務局長とに向って話しだした。そのあと〈老父〉はわたしの方に目をもどし、わたしを指さしながら、鋭い声でこう言った。「よく聞くがよい、泥棒というものはいつなんどきでも盗みを働くことはできようが、いずれは財宝の所有者につかまるものなのじゃ！」

そのあと〈老父〉は、判事である母を支持する論告を続けた。「その通り、そなたが町の人間について申したことにわたしはまったく同感じゃ。やつらはやつらの創造主が与えてくれたすべての恩恵に満足していないのだ。そればかりかさらに多くの財宝を求めていまなお日夜うろつきまわっているのだ。創造主から満足を与えられているにもかかわらず、やつらの多くは、その満足の方はそっちのけにして、一生あちこちと不満をばかり探し求めているのだ。やつらのなかの富める者はすべて、貧しき者がもっているごくわずかのものすら、無理じいして自分たちに提供させようとしているのだ」。

〈老父〉と母は怒りで狂った目をわたしに向け、〈老父〉は論告を続けた。「たとえばの話だが、このあわれな男を見よ。この男は両親と妻と友人などを町に残して、石女の妻に子宝が授かる手だてを探しはじめたのだ。この男は、妻に子宝が授かるよう力を貸してくれる〈女薬草まじない師〉のところへ行くところだと申している。つまりそれがこの男が石女の妻に満足していないなによりの証拠じゃ。この男はこの男の創造主が与えてくれたものに満足していない、それが理由でいまから数分以内に死の苦しみを味わうことになるのじゃ。この男は両手いっぱいに不満を抱えこんでいるからじゃ。そなたの申す通り、この男には盗みと、ジャングルの〈アブノーマルな蹲踞の姿勢の男〉に危害を加えたかどで死刑の宣告を与えてしかるべきである!」

このような次第で、〈老父〉と〈乳房の長い母〉の二人にとって、事の善悪に関係なく、とにかく町の人間がしていることはなんであれ一切承服できないのだった。そのあと二人は、怒りで狂った怖ろしい目をわたしからそらした。そしてもっと多くをわたしから聞きだすために、〈乳房の長い母〉は、もう一度わたしに訊問した。「そなたが犯した罪状に関してしかるべき判決をわたしがくだすまえに、なにかこれ以上申し述べたいことがあるか?」このときは、裁判長である〈老父〉と法廷の事務局長と役人たち、それに母を含めて、野生の人間の残りの者みんながお互い同士で話を交わすのを差しひかえながら、わたしの申したてを聞こうと固唾をのんで待っていた。

そこでわたしは、申し述べたいことがいっぱいあると、母、裁判長、事務局長に申したてた。するとかれらはいっせいに怒号するように口を切った。「町の人間であるそなたにこれ以上申し述べたいなにがあるというのじゃ？」このとき突然、第二の〈心〉の働きが活発になり、わたしに〈狩人の方言〉で弁明するよう忠告してくれた。おそらくその方がこれら山の野生の人間たちにわたしの申したての主旨がわかってもらえるだろうし、その結果、穏便に取り計ってもらえるかも知れないというのだ。一方その間わたしにも、自分が勇敢な野生の動物の狩人であったこと、町の人間の方がこの連中よりもずっとずっと分別があることを見せつけてやるため、かれらと渡りあう心構えができていた。

そうはいっても、わたしは第二の〈心〉の忠告に従って、〈狩人の方言〉でこんな調子で弁明をはじめた。

「分別のある人間というものは、そう多くの忠告を必要とはいたしませぬ。これは町の人間の意味深い言葉のひとつでございます。

「わたしのとった行動は道理があってしたことでございます。わたしが旅に出発したのもそのためでございます。と申しますのも理性のない場合、女性はクモル（ヨルバの諺に「女に理性がない場合、クモルという名で呼ばれてもその女は答えない」とある）とは呼ばれなかったでしょうから。

「なにもなかった場合、女性は死人なんか運びはしなかったでしょう！　くりかえして申しあげますが、忠告などというものは野生のジャングルの野生の人間には無用の長物でございます。でも町の人間は、いやしくも自分がしなくてはならないことは何か十分に承知しております。それに対して当然町の人間から学ぶべきであった野生の人間は、万物のなかで自分がいちばん賢いと思いこんでいるのでございます！

「ところでこの地球上に二種類の人間が存在することは申すまでもありません。

「そのひとつがカメ(のろま)よりは賢明な町の人間でございます。

「そしてあとのひとつが、ロバ同様に分別のないジャングルの野生の人間でございます。

「このことを今晩わたしはあなた方に声を大にして申し述べておかなくてはなりません。さらに申しあげれば、あなた方は自分たちのことを町の人間よりも分別もあり賢明だと考えておられる。だが残念ながら、あなた方はロバよりも鈍なのでございます！もちろんあなた方はみんな、このことを認めないでしょうが。わたしは町の人間という種族と血縁関係にあり、あなた方は野生の人間という種類と関係があります！　でも野生の人間と町の人間との間には大きな相違があります。そしてその違いを蠟でひとつにつなぎあわせることはできません！　お気の毒に！　あなた方にはこのことがおわかりでないのです。そしてただひたすら町の人間を憎んでいるのです。

「いうまでもなく、まず最初に穴に落ちた男は、あとに来る者にことの分別を教えましょう。

「たしかにわたしは、あなた方の術中にはまったことは認めます！　町の人間に仕掛けたワナでもあるあなた方の濃厚なまるい日蔭は、わたしをとらえ、あなた方のもとに連れて参りました。そんなわけで今晩わたしは犯罪者として、あなた方のまえにいるのでございます。

「ところでわたしは罪を犯してはおりませぬ。でもあなた方が下される判決はそれとしてお受けするつもりです。道にはぐれるような犬は、主人の口笛にも主人の呼ぶ声にも耳を貸さないからでしょうが、わたしは今晩あなた方が科せられる刑罰にはそれなりに報復するつもりです！　わたしはあなた方に、町の人間は、あなた方野生のジャングルの野生の人間よりは賢いことを証明するつもりです。町の人間があなた方の敵であることは百も承知です。でも今晩あなた方の多くは理性を失くしておられる。わたしの説明を是認しようとしないのですから！　あなた方の判決を宣告するまえにぜひ〈アブノーマルなジャングルの蹲踞の姿勢の男〉に会わせていただきたい。あの男にいくつか質問したいのでございます！」

このようにわたしはその晩、判事である〈乳房の長い母〉と裁判長である〈老父〉と法廷の事務局長のまえで、〈狩人の方言〉を使って弁明した。幸いにしてかれらは数ヵ月まえ、わたしに死の刑罰を加えようとした〈ジャングルのアブノーマルな蹲踞の姿勢の男〉を連れてくることに同意した。

無上に幸運だったことに、数分もたたないうちに例の奇妙な濃厚なまるい日蔭がその男を法廷に連れてきた。その男が大きなお腹を床につけ高笑いしながら、法廷の役人たちとおしゃべりをつづけていたとき、第二の〈心〉の働きが突然活発になり、例によってこの男のお腹に毒矢を射る準備をするよう急いでわたしに忠告した。

〈母〉や〈老父〉たちとその男がおしゃべりをしていた最中に、〈母〉がその手でわたしを指さしながらその男にたずねた。「町のこの者が以前に矢でそなたに傷害を加えたことがあるか?」その男はわたしを見て即座に答えた。「仰せの通り、この者は二度にわたって、逃亡するまえにわたしの腹を射て、すんでのところでわたしは殺されるところでした。わたしは即刻この者に復讐し、この者を生かしておかないために、この者を探していたところでございます」。

〈アブノーマルな蹲踞の姿勢の男〉が〈母〉やほかの者たちのまえで、事実をこのように確認したとたんに、〈母〉は大きな声でわたしに死刑の宣告を言い渡した。法廷の役人約四十名がわたしを取り押えにやってきたとき、わたしは早速、弓で〈アブノーマルな蹲踞の姿勢の男〉の腹を射た。矢がその男の腹に命中したとたんに、腹が大爆発を起し、例のものすごい冷気が腹から大量に流出し、ホールのすみずみ、さらには山にまで一面にひろがった。やがて力尽きてその男がどうと倒れたとき、役人と残りのこの山の野生の人間どもは、奇妙な〈アブノーマルな蹲踞の姿勢の男〉の腹から流出したこの冷気にあてられて、いてもたってもいられなくなり、てんでにちりぢりばらばらに散っていった。

そこでわたしは、ためらわずに一目散に逃げだした。この法廷つまり広大な建物の門のところまで、あわてふためいて走っていったとき、鉄の門はすでに閉っていた。そこで急いで門をよじのぼり、門の向う側の地面におりた。そこからは、寒くて震えながらすっかりうろたえ、町の方へと走りだした。〈乳房の長い母〉も〈山の老父〉も役人たちもみんな寒さで震えながら、町のさまざまな方へと散っていった。

山のてっぺんにある町の野生の人間たちすべてが、寒さで震えがきだしたので、この極寒から身を隠す場所を見つけるためにあたふたと走りながら散っていった。その町を出るまえにきっとこれら野生の人間どもはわたしをつかまえにくるだろうと信じていたので、わたしはうろたえながら一軒の空家へと駆けこんだ。そしてその家に入るとすぐ衣類掛けにかけてあった大きな衣服を二着取りはずし、それを着て頭にはやはりそこにかかっていた大きな帽子のひとつをかぶった。わたしを町の人間ではなく、かれらの仲間だと見誤まるように変装したのだった。

そうしてわたしは即刻、その家を出て、相変らず寒さのため全身震えながら、この町の正門まで走りつづけた。しばらくたつと正門にたどりついた。その門をくぐって山の向う側に出たかったのだが、門番はわたしを町の人間ではないかと疑った。そして門を通させまいと、わたしをがっしりつかまえたので、衣服二着がわたしの体からすり落ち、帽子もおちた。おかげでわたしが山の野生の人間でないことが、門番にはっきりとわかった。なおも〈アブノーマルな蹲踞の姿勢の男〉の腹から流れだしたひどい冷気のため、全身がたがた震えていた門番は、間髪を入れず、ラッパを吹いて門の近くにいた者どもを召集した。だがその連中がわたしに向って殺到してくるまえに、わたしは門番の額に痛撃をくらわせた。門番は気を失なってぶったおれたので、わたしはこの正門をくぐって山の向う側に抜けでることができた。

一刻の猶予も与えず、わたしはあわてふためきながらも、できるだけ快足を飛ばしてこの山の下り坂を走りつづけた。だが山の中腹に達するか達しないかのうちに、数千の野生の山の人間たちが、山のてっぺんの端に駆けよってきて、一秒の無駄もなくただちに、わたしをめがけて容赦なく重い石を押して落としはじめた。石の下敷にしてわたしを押しつぶして殺そうとしたのだ。だがわたしはジグザグ型に駆けおりたので、重い石はわたしに命中しなかった。

かれらはなおも石を押して落としつづけていたので、わたしは弓でかれらを射た。そのためわたしが麓におりるまでに負傷者がいっぱい出た。こんな具合にして、わたしはこれら山の野生の人間ども、〈乳房の長い母〉〈山の老父〉それに残忍な〈ジャングルのアブノーマルな蹲踞の姿勢の男〉たちから、首尾よく難をのがれることができたのだった。

頭の取りはずしのきく狂暴な野生の男

その山の麓で朝の六時まで待機していると、第一の〈心〉が、朝食の食べ物を探すまえにもうすこし旅を続けてその場から離れておいた方がよいと、わたしに忠告した。六キロメートルほど行ったとき、第二の〈心〉が停止して休息をとるよう忠告したので、わたしは木の近くで足をとめ、数分間の休息をとるために持ち物を全部したに置いてそのそばにすわった。だが休息をとりながら、わたしは食べ物のことを考えていた。町から持ってきたヤムいもとか焼き肉などは、すでにすっかり使いはたして底をついていたからだ。

食べ物についてなおも考えながらも、わたしはこの木の蔭から離れようともしなかった。その木蔭がどんな種類の木蔭なのか、わたしには定かではなかったからだ。つまりこの木蔭もまた、山の野生の人間が仕掛けたワナなのかどうか、はっきりしなかったからだ。この木蔭は大きな木の蔭であることはわたしにもわかったのだが、この新しい野生のジャングルの別の野生の人間のワナにまんまとひっかかるのではないかと、それがわたしにはこわかったのだ。

この木の近くで四十分ばかり休んだとき、第一の〈心〉が、いますぐ立ちあがってその木から六百メートルばかり歩くように忠告した。そうすれば、食べられるものが奇妙なところにあるというのだ。わたしはしぶしぶ第一の〈心〉のこの忠告に従った。第一の〈心〉は、しばしばわたしを間違った方向に導いてきたし、一度だってわたしをだましたことのない第二の〈心〉ほどはわたしも信頼していなかったからだ。このときもわたしは第二の〈心〉の忠告に期待したのだが、しかし、第一の〈心〉の忠告に対してなんの反応も反対も示さなかった。そこでわたしは荷物をすべてひとまとめにして、しぶしぶ第一の〈心〉が忠告してくれた方向へと六百メートルばかり歩きだした。

ところが、たまげたことに、六百メートルの距離をあと二十メートル余すところまで来たとき、二十メートルさきにいるこの野生のジャングルの怖ろしい野生の男の姿がわたしの目に入ったのだ。この男はコマのようにたえずグルグル回転していた。この奇妙な怖ろしい野生の男を見たとたんに、わたしは恐怖のあまりに荷物を両肩にかけたまま一点に立ちすくんでしまった。グルグル回転する野生の男を見た瞬間、恐怖のためにわたしのあらゆる知覚がその機能を喪失してしまったからだ。わたしは必死に逃げだすこともできず、足から頭まで全身で、ただただ震えだす始末だった。恐怖のあまりに足がすくみ、全身が震えだしたとき、さらに驚いたことに、この回転する野生の男は、三十秒たりとも回転をとめてわたしを見ようとはしなかった。十分間以上もそのように震えていると、第二の〈心〉が「でもそなたは、そなたの町を出立するまえには、野獣を射とめる勇敢な狩人ではなかったのか？　それならどうしてこれほどまでにこの回転する野生の男をこわがるのだ。そなたはいまこそ勇気を取りもどし、勇敢な狩人のように振舞うべきなのだ」といって元気づけてくれた。わたしを決して欺いたことのない第二の〈心〉はこのようにわたしに思いおこさせてくれたのだった。

第二の〈心〉がそのように思いおこさせてくれたとき、最初わたしは第二の〈心〉に食ってかかった。そしていまごろになってわたしが野獣をやっつけた勇敢な狩人だったことを思いださせてくれても、もうおそすぎるといって、第二の〈心〉をなじった。第二の〈心〉はこうなるまえにわたしに忠告すべきだったのだし、そうすればわたしは金輪際、第一の〈心〉の間違った忠告には従わなかっただろう。だがわたしが腹を立てて、そのように第二の〈心〉をなじったとき、第二の〈心〉は、実は第一の〈心〉がわたしをしばしばだまし、だから信頼するに足りないことを、わたしにわかってもらいたかった、ただそれだけのことだ、と説明した。

わたしが第二の〈心〉と口論したいきさつは、ざっとそういうことだった。ところで驚いたことに、わたしたちの誤解がとけたとたんに、わたしの恐怖は消え、いつもの勇気をとりもどした。だがわたしの〈記憶力〉はこの解決に不満だった。それどころか〈記憶力〉は、第一の〈心〉が間違って導くことを百も承知していながら、それにまかせっきりで第二の〈心〉が自分の考えをすぐに忠告しなかったことを、罪状として記録に書き留めた。そしてさらに〈記憶力〉はこのとき、止むをえなかったとはいえ、第一の〈心〉がわたしを見すてたことも罪状として記録に留めた。

そんなわけで、勇気がまたわいてきてわたしは、この回転する野生の男、つまり〈頭の取りはずしのきく狂暴な野生の男〉をじっくり観察した。この男には足が二本あり、それがほとんど人間の目には見えないことがはっきりとわかった。足が満月のようにまんまるい胴体の下に隠れて半ば見えなくなっていたからだ。そのまんまるい胴体は黒く、そのためその男が直立しながらとても速い速度で回転していると、あたりが暗くなった。だからもしもその日、太陽がキラキラ光りかがやいていなかったら、わたしの目でその男を見ることは、とてもできなかったことだろう。

この〈頭の取りはずしのきく狂暴な野生の男〉のまるい胴体の上には、大きく、醜悪な、怖ろしい頭がついていた。この頭は、人間の目で時間をかけてよく見ると、とてもこわかった。というのはまるい首のうえから頭を取りはずすことができるのだ。そしてその取りはずしのきく頭の横についている口でハミングしたり、しゃべったり、歌ったりするのだった。その男は口で食べ、口からツバを吐きだし、この醜悪な取りはずしのきく頭についている醜悪な鼻で、正常に呼吸していた。また、頭の尖端に一時的にとりつけられていた二つの耳で話を聞いた。さらに、頭にある二つの目もとても大きくこわかった。その目は頭の前面の正常な位置についているわけではなく、取りはずすこともできた。

さてその男は、敏速に回転しながら大きな声で鼻歌をうたった。その騒音は、二キロメートルも離れたところにいたいくつもの種類の野生の人間に頭痛をひきおこすほどのすさまじさだった。ところで数分の間、すっかり怖気づきたまげながらこの男を観察していると、〈頭の取りはずしのきく狂暴な野生の男〉がたえず回転している、キラキラ光る地点から少し離れたところに、小さな小屋がひとつあるのに気がついた。よく見ると、その小屋のなかで動物がいっぱい火のうえで焼かれていた。このときわたしはひどく飢えていたので、早速勇気を出して小屋へとまっしぐらに駆けこんだ。火のまえで体を屈めたとたんに、反射的に、きっとこの〈頭の取りはずしのきく狂暴な野生の男〉が、わたしに危害を加えにやってくるにちがいないという考えがわたしの心に浮び、恐怖で顔をひきつらせながら、がつがつと食べはじめた。

わたしの考えたことは、即座に真実になった。わたしが小屋にいるのを見たとたんに、その男はまえよりも速く回転しながら、小屋の方へとやってきたからだ。この小さな小屋は実は、その男の家だということがわかったのは、そのときだった。さらにたまげたことに、まえよりもいっそう速く回転しながら小屋へ入ってくると即刻、その男はまるい胴体でわたしを火のなかへ押しこんだ。勇敢な狩人だったわたしは、即座に火から飛びだした。だがその火がわたしの体の一部を焼いたことはいうまでもない。しかしそのためにわたしの活力が減退することはまったくなかった。

わたしが火から飛びだすやいなや、男はどっしりした腹でわたしを火のなかへ押しもどしつづけた。そして肝を冷やしたことに、わたしがなんとか立ちあがって一矢を報いようとすると、そのまえにふたたびわたしは押したおされてしまうのだった。そんな調子で、男はわたしをたえず地面に強く押したおしつづけたので、数分たらずでわたしの体の各々の部分は、こっぱみじんに分解してしまいそうだった。それにしてもこんなことをしながらよくも、取りはずしのきくこの男の頭が首から落っこちないものだと、わたしは感心した。

そのうちにとうとう、この〈頭の取りはずしのきく狂暴な野生の男〉が、わたしを押しつづけやがては殺されてしまうことにもなりかねないことがわかったので、わたしは必死に抵抗した。そこで、その男がわたしを押しこんだときに、わたしも必死にその男を押しかえした。地面に押したおすことはできなかったが、その男もそれまでのようには、わたしを押したおすことはできなかった。とても体重のあるこの男を地面に押したおすことは至難の業だった。

そんな調子でわたしたち二人は、小屋の屋根が火のうえに落ち、同時にわたしたちのうえにも落ちるまで、小屋のなかで押したおしあいを続けていた。二人とも、逃げることなどぜんぜん考えなかった。数秒後に屋根に火がまわり、数分というもの火はゆっくりと燃えていた。だがこの野生の男はわたしに小屋から逃げだす機会を与えなかった。それにわたしだって、この男をやっつけるまでは火から逃げだす気はさらさらなかった。だがさらにわたしに恐怖感をつのらせたことは、この男が必死にわたしを押したおそうとしながら、そしてこのままでいけば当然わたしは殺されてしまうのだろうが、そのあいだでも男は速い回転をとめなかったことだ。つまりこの男は、じっと静止していることのできない男であることがわたしにはよくわかった。

二人が火のついた小屋でなおもお互いにあっちへこっちへと押したおしあいをしていたとき、数百をかぞえるさまざまな種類の大きな頭、腕、短い足、広い耳、狂暴な目、まんまるい黒い胴体などが、小屋の壁にかかっているのがわたしの目に入った。それらはいずれも見てゾーッとする代物《しろもの》ばかりだった。

その男もわたしを押したおすことができず、わたしもまたその男を一度だって押したおすことができないままに、二人で激しく渡りあいをつづけていた間、火はみるみる大きな炎になっていった。そしていまでは大空高く舞いあがり、わたしたちはもはや小屋のなかにいて、格闘を続けることができなくなった。各自それぞれに火から脱出する努力をはじめたその瞬間、取りはずしのきくその男の頭が、誤まって地面に落ちた。あわててその男が頭を拾いあげて首に付けなおそうとしたとき、わたしはすばやくその男の機先を制してその頭を拾いあげた。そしてなんのためらいもなく火から脱出し、快足をとばしてその男の取りはずしのきく頭をもって駆けだしていった。

こうしてわたしは、〈頭の取りはずしのきく狂暴な野生の男〉をうちのめすことができたのだった。その男は、取りはずしのきく頭が首から落ちたとたんに力がなくなってしまったからだ。そしてわたしがその頭を拾いあげると同時に、その男はやむなく大火をくぐって小屋へ引き返し、わたしの方はその頭を手にもって即刻旅を続けた。そのあと男は急いで壁に掛けてあった別の頭を探しはじめた。だが運悪く、わたしたちが格闘していたとき、頭が誤って首から落ちたとたんに、男は目が見えなくなっていたのだ。そんなわけでわたしは、壁にかけてあった頭にその男の手が触ることができるまえに、はるか遠くまで逃げのびていた。ところでその男が首に据えていた頭というのは、いうまでもないことだがサルの頭だった。さて、やっと目が見えるようになると、男はわたしをとっつかまえて殺してやろうと、勇躍わたしのあとを追いはじめた。だがときすでにおそく、わたしはその男の小屋からはるかに離れたところに行ってしまっていたのだ。

〈生まれながらにして死んでいる赤ん坊〉族の町

はるか遠くまで行き、野生のジャングルのあの〈頭の取りはずしのきく狂暴な野生の男〉の手のとどかないところまで逃げのびたという確信を抱いたとき、わたしは大きな岩の涼しい蔭の近くで足をとめた。そしてジュジュの袋と、食糧袋、それに〈頭の取りはずしのきく狂暴な野生の男〉からひったくってきた、取りはずしのきく頭を下に置いた。そのあと重いマサカリを持って近くを歩いてまわり、長さ二メートルの細い木の枝を一本切りとり、その先をとがらしてからまた荷物を置いた場所へともどった。そして木の枝の棒の先にこの取りはずしのきく頭をつきさし、わたしのすぐまえの地面にその棒をまっすぐにすえつけた。そんなわけでわたしは、取りはずしのきく頭に付いている怖ろしい狂暴な目とじかに向いあうことになったのだが、それはまるで危険からわたしを守るために監視していてくれる生き物のようだった。

そのあと休息をとるため腰をおろし、しばらくたってなにか食べるものを探そうと立ちあがり、まず最初にいまはわたしの戦利品となったこの頭のまえに立って、〈頭の取りはずしのきく狂暴な野生の男〉をやっつけるのに力を貸してくれた〈第二の最高神〉にわたしは感謝の祈りを捧げた。そしてさらにわたしの町の〈国の守り神〉にも感謝の祈りを捧げた。この〈国の守り神〉は、わたしの町の八百万《やおよろず》の神さまたちのなかでもいちばん霊験あらたかな力強い神さまのひとつだった。そんなわけでこの日からわたしは、この頭を単なる戯れごとの成果だというふうにはみないことにした。

数分の間休息をとってから、立ちあがり、手にマサカリを持って食べられるものを探しに岩の周辺を歩いた。ところが数分とたたないうちに、肉づきのよい食べられる大きな果実が枝もたわわに実っている奇妙な木を見つけた。この果実はすっかり熟していたのだが、その木の名はわからなかった。このような種類の木は、わたしの町にはなかったからだ。

〈頭の取りはずしのきく狂暴な野生の男〉の手にかかって、やっとの思いでその男から脱出して以来ずっと、わたしはなにも食べていなかったので、食べものにひどく飢えていた。だから、この果実が食べられるかどうかなど、どうでもよかった。そこでがむしゃらに木のてっぺんによじのぼって、果実をいっぱいむしり落した。木からおりると、即座に木の実を集めて、荷物を置いていた場所にもどった。それから木の実をつぎからつぎへとがつがつと食べはじめた。

この果物は尋常のものではなかった。ひとつを口に入れると、もうひとつ、という具合に、食べるのをやめられなかったからだ。わたしはつぎからつぎへと、お腹が、〈頭の取りはずしのきく狂暴な野生の男〉ほどの大きさにふくれあがるまで食べつづけた。そしてたまげたことに、最後のひとつを呑みこんだときには、ふくれあがったお腹はすっかり重くなっていて立ちあがることもできず、ほんのわずか体を動かすことさえも、さらには目をまばたきすることもできなくなっていた。わたしはただ、この奇妙な果物を食べはじめるまえにすわっていた塚のうえで死んだようにじっとしているだけだった。でも護身用のジュジュもあることとて、野生の人間やほかの残忍な動物がわたしに危害を加えることはあるまいとかたく信じていた。

ところでまたまた驚いたことに、三十秒とたたないうちに、睡魔が襲ってきた。そして眠くなったとたんに、実はこの果物の木は〈生まれながらにして死んでいる赤ん坊〉族の領地に生える木だということがわかった。その木の果実を食べることは、ほかの人間には禁じられていた。以前わたしは、〈生まれながらにして死んでいる赤ん坊〉族の一員だったのだが、わたしの父が強力なジュジュでわたしをこの世に縛りつけてからは、もはやかれらの仲間ではなかった。ところでこの果物の木の名前は、〈大試練の果物の木〉と言った。数分後には、わたしはついに口もきけなくなり、第一の〈心〉も第二の〈心〉も、ともども働きが鈍くなった。わたしはといえば、このときひどく鈍重になり、どうしたらよいのか決断がつかないままに、まるで死人のようにこの塚のうえでじっと横たわっていた。あらゆる生き物、野生の人間それにわたし自身にとってさえ、わたしはいまや、まがうことなき道化役者になりはててしまっていたのだ。そして五分とたたないうちに、頭をうなだれ、うとうとした。するとこんな光景が浮んできた――

「頭をうなだれてうとうとしていたとき、突然わたしの目のまえに、お腹の最下部まで垂れさがったわたしの胸が、まるで鋭利な刃物で切断されたように左右に引き裂かれる光景が映った。そして胸が左右に引き裂かれると同時に、わたしはまるで〈生まれながらにして死んでいる赤ん坊〉族の赤ん坊のようになっていたのがわかった。そのあとわたしは立ちあがって、引き裂かれた胸から外へ飛びだして地面に向って歩いていった。そして胸から地面に向って歩いていったとたんに、わたしはふと、いまは生命をなくしたいままでのわたしの体の方に顔を向け、それを数分間見つめてから、まるでわたしにとって忌むべき物であるかのように急いでそれに背を向けた。

「さて生命のないわたしの体に背を向けたとたんに、わたしは明るい月光のなかを大きな町の門に向って歩きだした。柵のついているこの門には、白・赤・青・黄色のペンキが塗ってあった。ペンキはすべてとてもきれいに塗られ、生き物ならだれしもつい誘いこまれてさわりたくなるほどの魅力をたたえていた。ところでこの美しい門の後方にわたしが立つと即座に、門番が立ちあがり詰所から静かに歩いてきた。そして門のところにやってきて、柵のてっぺんに胸をもたせかけ、そのあとその場所を暗くしていた美しい花を片側に押しやった。すると明月の光が柵いっぱいに照らしだした。

「月の光を通してその男はわたしを見、わたしもその男を見たのだが、その門番はまるまると太り、とても背が高く、皮膚はつやつやしていて、〈生まれながらにして死んでいる赤ん坊〉族の衣裳をまとっていた。驚異のまなざしでなおもその男を見ながら、わたしは〈記憶力〉のなかで、この男はどういう種族の男なのかを考えこんでいた。門番は甲高い声でシーッと制止してから、〈生まれながらにして死んでいる赤ん坊〉族の声で、どこへ行くつもりなのかとわたしに聞いた。たまげたことにその声がわたしの耳に届いたとたんに、わたしの伴侶で指南役でもあり、またわたしが果物を食べて以来わたしを見すてていた第一の〈心〉と第二の〈心〉の働きが同時に活発になった。それにふくれあがりすぎたわたしのお腹も元通りになり、門番がわたしに話しかけてきたとたんに、眠気もふっ飛んでしまっていた。しかしわたしの〈記憶力〉は、わたしが眠りに誘われた奇妙な果物を食べた時にわたしを見すてた第一と第二の〈心〉のことを、その罪状として記録に書き留めた。

「そのとき、いまのわたしがそこから赤ん坊のように出てきた従前の体が、なおも木蔭に近い同じ塚ですわっていることを思い出した。

「門番が質問したとき、わたしはこう説明した、――わたしが自分の町を出発したのはずっとまえのことで、そのとき以来わたしは、〈女薬草まじない師〉の〈さい果ての町〉に通ずる道を見つけるため、ジャングルや野生のジャングル、野生の密林の山などをさまよってきました。わが身に奇妙なことが起った今日という日まで、わたしはいまだに間違いなくその町へ通ずる本道を見つけるにいたっておりません！

「だがこの門番は『わが身に奇妙なことが起った』と聞いたとき、急いでわたしをさえぎって『今日どのような〈奇妙なこと〉があなたに起ったのか？』とたずねた。

「そこで、ある木の果実を食べてから数分後にとても眠くなり、だるくて体のどの部分もぜんぜん動かせなくなったことを話した。そしてさらにわたしが眠りに陥ったときの状態をつぎのように話した。わたしが頭をうなだれてうとうと眠っていると、目のまえで胸から腹の最下部にいたる部分がまるで鋭利な刃物で切断されたかのように左右に引き裂かれる、そんなことが実際に起ったのです。その後わたしは赤ん坊のように立ちあがり、人間が自分の家から外へ歩いてでていくように、自分のお腹から地面へ向って歩いていったのです。

「そう門番に説明すると、門番は数分間、頭を上下に振っていた。わたしの身に起ったことを門番は理解したものとわたしは思った。そのあと門番は、もしわたしが死すべき体をあとに残してこなかったなら、この門まではこられなかっただろうと、わたしに説明してくれた。さらに門番は、わたしがかつては〈生まれながらにして死んでいる赤ん坊〉族の一員だったのだが、いまでは死すべき人間に属していて、かれらのもとには帰れないのだということも承知していると述べた。

「そうわたしに説明したあと、門を開けてなかに入るように言ったので、わたしは門番にしたがった。わたしたちは、ひろく清潔な道路に沿って肩を並べて歩きはじめ、はるか彼方の丘の頂きに見える、美しい緑の木で囲まれた大きな美しい町へと道を急いだ。

「わたしたちが数分間肩を並べて道路に沿って議論をかわしながら歩いていたとき、わたしは門番にどこへ連れていこうとしているのかたずねた。すると門番は、わたしを〈生まれながらにして死んでいる赤ん坊〉族の王さまのところと、町のすばらしい住民たちとの面会に連れていくところだと答えた。そしてその住民たちはすべて〈生まれながらにして死んでいる赤ん坊〉族の者だとつけくわえた。

「さらにわたしは、その町の名前を門番に聞いた。すると門番は、〈生まれながらにして死んでいる赤ん坊族の町〉という名だと教えてくれた。そのとき、わたしは、自分が〈生まれながらにして死んでいる赤ん坊〉族の一員であったとき、この町に住んでいたのだと門番に告げた。わたしの子どもたちや妻は今でもそこに住んでいた。だがわたしは、〈生まれながらにして死んでいる赤ん坊〉族の一員としてこの町にもどれなかったので、二度とわたしの家で、子どもや妻たちといっしょに暮すわけにはいかなかった。この話を聞いて門番はわたしの哀切な心情を察して頭をふり、わたしと同じように町へもどれないでいる一族の者は数千を数えるのだと言った。門番は〈生まれながらにして死んでいる赤ん坊〉族の生命は、兵士の生命のようなものだと申しそえた。つまり戦場で死んで、幸運にもこの町にもどれる者も数多くいるとのことだった。

「それからわたしたちは、その頂きにお目当ての町がある丘へと旅を急いだ。丘を登りはじめながら、その町を取り囲んでいた美しい木々がすべて、わたしとの再会を心から喜んでいるかのように、いたるところでサラサラとそよいでいるのに気がついた。

「しばらくすると、美しい家が建ち並んでいるこの丘の頂きにのぼりついた。二人で連れだって町を歩いていると、わたしがまだ〈生まれながらにして死んでいる赤ん坊〉族の一員だったときに建てた家のまえにやってきた。わたしは門番にその家を指さしながら、これがわたしの家だと言った。門番は、家に入って家族の者たちと会ってみてはどうかとうながした。そこで家に入ってみたのだが、家族の者たちはわたしを見ても、ぜんぜんうれしそうではなかった。〈生まれながらにして死んでいる赤ん坊〉族のひとりとして家族のもとにもどろうとしなかったわたしのことを、家族の者たちは、臆病な父だと思っていたからだ。それでも家族の者たちは、わたしとそれに門番にも冷たい水をくれた。その水を飲んだあとかれらは、かれらのもとを去って以来もどってこないのはどうしてなのかとたずねた。そのわけを話したとき、家族の者たちはワッと泣きだした。そこで門番とわたしは、かれらをやさしく抱擁し、泣きやむまでかれらをなだめた。

「家族の者たちが決して幸福ではないのを見てとった門番は、かれらが泣きやむと早速、王さまの宮殿へ行こうと言いだした。涙ながらに家族のもとを立ち去ってしばらくすると、〈生まれながらにして死んでいる赤ん坊〉族の王さまの宮殿にやってきた。そこで門番は、当時王位にあった王さまのもとに直接わたしを連れていった。いうまでもなく、わたしが〈生まれながらにして死んでいる赤ん坊〉族のひとりだったときには、王宮をはじめとしてその他町のすみずみまでよく知っていたのだ。

「門番は王のまえで低く頭をひれ伏し、そのあと王さまの左右にすわっていた者たちにも同じことをした。そこでわたしも同様のことをした。そのあと王さまの従者の一人が椅子をひとつもってきた。その者はその椅子を王さまのまえに置き、わたしはそれにすわった。すわりながら王さまがどういうことをわたしにたずねるつもりなのかと、なおも期待に胸をふくらませていた。門番は王さまに、わたしが非常な難儀をしており、わたしを王さまのところにお連れしたのもそのためだと奏上した。そう申し上げてから門番は一礼をし、そのあと神像のまえにあった椅子に腰をおろした。門番はアゴを左手で支えながら、王さまがわたしになにをしてくれるのか期待に胸をふくらませていた。だが王さまはこのときとても多忙で、わたしの望んだ通りにはわたしのことを構ってはくれなかった。そこでわたしは玉座のまわりを観察するのにたっぷり時間をかけることができた。ところで驚いたことに、わたしが〈生まれながらにして死んでいる赤ん坊〉族のひとりとしてこの町で暮していたときに比べて、万事につけ、かなり変っていることに気がついた。〈生まれながらにして死んでいる赤ん坊〉族の数百の人の肖像が、玉座のまわりに半円形にはめこまれていた。これらの肖像は、わたしのようにこの町にもどることのできない仲間の者をかたどったもので、そのなかに自分の肖像を見たとき、さすがにわたしもびっくり仰天した。

「その何人かは長いアゴヒゲをもじゃもじゃはやしていたけれども、大部分はなにもはやしていなかった。そしてキラキラ光る目、身につけていたとても高価な衣服から、かれらはまるで生きた人間のように見えた。

「一方王さまは、所用をかたづけたとたんに頭をあげ、急に不機嫌そうにわたしにたずねた。『そなたはかつてわが〈生まれながらにして死んでいる赤ん坊〉族の者であったと思うのだが、いかがであろう』王さまはいかにも腹立たしげにこうたずねた。そこでわたしはすぐさまおそるおそる答えた。『お仰せの通りにございます。でもその後わたしを生んだ父と母がとても強力なジュジュでわたしを呪縛いたしましたため、わたしはこの町に二度ともどれなくなったのでございます。何回となくわたしはそのジュジュを打ち破ろうといたしましたが、そのジュジュはとても強力で、わたしの力のおよぶところではございませんでした』

「『ようくわかった。それでそなたはそのとき死すべき人間になったのじゃ。だからそなたはわれわれにとってもはや無用の者なのじゃ！』王さまはひどくむかつきながら、こう言った。王さまがそう言ったとたんに、わたしにはもうこれ以上申しあげる術もなく、ただただ頭を上下に振ってひれ伏すだけだった。わたしがなにも言わないのを見て、王さまはわたしの例の肖像を指さしたあと、こう言った。『そこにある自分の像をとくと見るがよい。自分の町へもどる勇気もないなどとはよくよくの恥辱であるぞ！　恥を知るのじゃ！』

「いかにも腹立たしげにそう言ってから、王さまは頭を垂れ、しばらくしてまた頭を上げ、わたしに食事を出すよう従者の一人に命じた。食事を食べ終ってすっかり満ち足りた気持になったとき、王さまはもう一人の従者に熱い飲み物を出すよう命じた。その飲み物を味わいながらのんでいたとき、王さまはわたしに『毎年のように凶悪な悪鬼が丸天井の建物から出没してとても高価な貢物を取っていくのじゃ。貢物をやらないと、町にかならず大飢饉が起り、また貢物が悪鬼の期待した通りのものでないときには、町の人間にひどい危害を加えるのだ』と話した。さらに王さまは、わたしがその町にやって来たちょうどその日が、丸天井の建物から凶悪な悪鬼が姿を見せる日なのだと説明した。そこでその悪鬼と渡りあってぜひ自分たちを救ってほしいと言い、さらにもしも悪鬼をうちのめすことができれば、自分たちは悪鬼の刑罰からのがれられるのだとつけくわえた。

「王さまがそう言ったとき、わたしは即座に承知した。わたしはわたしの町を出立するまえには勇敢な狩人だったことを思い出したからだ。悪鬼がこの町の人間に刑罰を加えていたことはもちろん事実だが、実際は、王さまは死すべき人間になったわたしの実力のほどを試してみたかったのだということもすぐにわかった。

「数分たって王さまは立ち上り、長老たちがそのあとに従った。王さまは手を振ってわたしに立つ合図をしたので、わたしはその通りにし、従者たちもそうした。それからわたしは熱い飲み物のタルを手に持って、王さまたちと連れだって町に出た。王さまを先頭に、そのうしろにわたしたちがつき従って町の中央に来たとたんに、数かぎりない人間が、おそらくは百年以上も見たことのない王さまを一目見んものと、家から駆けだしてきた。

「数千をこえる〈生まれながらにして死んでいる赤ん坊〉族の群衆が、王さまやその家臣たちのまえやまわりでドラムをたたき、また〈生まれながらにして死んでいる赤ん坊〉族の美しい旋律の歌をうたう者もあればダンスを踊る者もあり、とにかく王さまを見ようと、そこここで押しあいへしあいの大混雑だった。さらに王さまとその家臣と従者たち、それにわたしを含めた一行が、町の中心部深く入っていったとき、家々からはさらにおびただしい数の人間が駆けだしてきて、ほかの者たちに合流し、みんながいっしょになって陽気に踊り歌った。群がる群衆と王さま、家臣と従者たち、それにわたしが熱い飲み物をすすりながらなおも町のなかを練り歩いているうちに、次第に町の様子がわたしにもわかりはじめてきた。この町はわたしのいないうちにすっかり変ってしまっていることに気がついた。

「しばらくたってわたしたちは、このとても美しい町を離れ、西の方角に歩きだした。

わたしたちみんなが通っていた道路は、とてもひろかったので、踊る者、歌う者、ドラムをたたく者それぞれにたちどまらずに自分の演技を楽しみながら歩きつづけた。そして踊る者たちの足元から砂ぼこりが大空高く舞いあがり、そのためにお互い同士よく識別できなくなってほどなく、わたしたちは別の町の近くにやってきた。

「この町もとても清潔だった。だが木は一本もなかった。そよ風が町一円にゆるやかに吹き、とても涼しくて生き物すべてにさわやかさを与えていた。実はこの町の周辺地のセンターに巨大な丸天井の建物があったのだ。その建物は、建築されてから千年以上もたっているように見える、とても珍しい建物だった。このように珍しい建物は、〈生まれながらにして死んでいる赤ん坊〉族のひとりとしてわたしがこの町に住んでいた当時はもちろん見かけないものだった。

「さらに驚き、怖ろしかったことに、その丸天井の建物から、内部に大きな町でもあるかのように、おびただしい数の人間どもの騒々しい音が、わたしの耳にはっきりと聞えてきた。巨大な丸天井の建物のところにわたしたちがやってきたとき、ドラムをたたき、踊り、歌っていた連中は、その建物に近づこうとはしなかった。王さまと家臣と従者たち、それにわたし以外の者どもは、その建物のまわりを囲んではいるものの、こわくて建物からは遠く離れていた。そのうちかれらは余興の演技をやめて、急に腕を組んだまま静まりかえり、こわごわと丸天井の建物の方をのぞきはじめた。なにか奇妙なことがほどなく起るにちがいないことがわたしにもわかった。

「丸天井の建物のまえにはとても長い塚があり、この塚は、金色の花とか、金や青銅色の装飾用の鉢とか、この〈生まれながらにして死んでいる赤ん坊〉族の町の紋章とかそのほかさまざまな種類の銀の楯とか長槍で、麗々しく飾りたてられていた。そしてこの塚の頂きは、シカ、カモシカ、トラなどの動物の乾燥した皮で屋根のようにおおわれ、その塚にすわるときに王さまが足を置く地面にはライオンの皮がひろげられていた。家臣たちはこの塚の王さまの左右両側にすわり、従者たちはその後方に立っていた。そのとき王さまは、自分のまえの地面にすわるようわたしに申しつけた。そこでわたしは熱い飲み物とその容器を両手にもったまま王さまの言う通りにした。

「さてわたしたちは、いよいよ二十メートルほど離れた丸天井の建物と相向いあったわけだ。相変らず熱い飲み物をすすりながら、しばらく見ていると、出せるかぎりの甲高い声を張りあげて、王さまを讃美していた讃美者たちは別として、王さまと家臣のまわりを囲んでいたおびただしい数の群衆は突然シーンと静まり返った。

「するとたまげたことに、まだ熱い飲み物を楽しみながら飲んでいたわたしに、丸天井の建物のなかに住んでいる悪鬼と渡りあう準備をせよ、と王さまが言うのだった。さらにその建物からまもなく悪鬼が出てくる、とつけくわえた。王さまがそう言いおわるかおわらぬうちに、戸も窓もないこの巨大な丸天井の建物は、真中から真二つに左右に裂け、その裂け目からこの建物の住人が荒れ狂いながら飛びだしてきた。そのとたんに、この凶悪な悪鬼は、やにわに王さまと家臣たちの方に向って猛烈な勢いで突進してきた。これを見て遠巻きの連中が恐怖のあまり思わずたじろいだとき、王さまと家臣たちはすくっと立ちあがり、数分後また塚に腰をおろした。

「わたしたちはみんな、固唾をのんでこの凶悪な悪鬼が今年はどんな魔術を演じるものやら、形勢をじっと見守っていた。というのは悪鬼が姿を見せる年には、かならず毎年違った種類の魔術をみんなに披露して見せてくれたからだ。だが悪鬼が魔術を演じはじめるまえに、王さまはまずその年の感謝の貢物を悪鬼のまえに放り投げなくてはならなかった。そして仮にもその感謝の貢物が悪鬼の期待していたもの以下であった場合、悪鬼は魔術を披露しないばかりか、群衆に飛びかかり、その多くを八つ裂きにし、さらに悪いことにその年にはかならず大飢饉が訪れた。王さまが感謝の貢物を悪鬼のまえに放り投げはじめたとき、わたしは急いで悪鬼の体の細部をひとつひとつ点検しはじめた。そのことが、結局わたしに大恐慌をもたらす原因ともなったのだが。いうまでもなくわたしの町で勇敢な狩人であったときもそうだったが、いまもつづいているこの旅をはじめてからこのかた、わたしは数かぎりないさまざまな種類の黄泉《よみ》の国の生き物をこの目で見てきた。しかしいま目のまえにしているこの種の悪鬼(そう呼んでよいと思うのだが)には、いまだかつて一度もお目にかかったことがなかった。

「この日はじめてこの悪鬼にお目にかかりながら、わたしは〈上には上があるものだ〉とつくづく思った。そしてこの悪鬼にじっと目を凝らしているうちに、その背丈が優に十メートル以上もあり、体つきがこわくて信じられないほど頑丈なことがわかった。さらにその皮膚は象の皮ほどの分厚さで、しかもいたって不潔、ハエやらほかのさまざまな虫が無数にたかり、さらにおびただしい数の虫がそのまわりを飛んでいた。背骨はほかの生物よりも大きく、目はとても狂暴で、しかも火のように真赤だった。要するに表現を絶するほどの怖ろしさということだ。

「王さまがわたしをこの悪鬼の前面に押しだしたとき、わたしはとてもこわかった。いよいよ王さまは悪鬼と渡りあうよう命じた。この悪鬼は自分のまえにいるわたしを見たとたんに、飛びかかってきた。だがわたしの動きの方がすばやく、悪鬼がわたしに触れるまえにわたしは右に体をかわした。そのため、当然抵抗を予想しながらも悪鬼はわたしを取りおさえようとして結局おさえそこね、地面にぱったり腹ばいになった——ひとたび倒れると起きあがるのに六十分は優にかかることも知らないで。王さまと民衆たちがこのことを知ったのも、この日がはじめてだった。

「悪鬼がなおも立ちあがろうともがいていたあいだに、わたしは急いで王さまの近くに置いてあった飲み物をのんですぐに悪鬼のところにもどり、悪鬼をひっぱりあげた。悪鬼は立ちあがりざま、猛然とわたしに突っかかってきた。悪鬼はわたしを打ちのめして殺そうとしはじめたのだが、わたしはそのチャンスを与えなかった。わたしを打ちのめすことができずに、悪鬼は突然、必死になってわたしを押してきた。そのためこんどはわたしがドシンと倒れ、それを見た〈生まれながらにして死んでいる赤ん坊〉族の者どもはいっせいに大声で、わたしに声援を送った。わたしは倒れるや、屈辱感からすぐさま跳びおきた。それから王さまの近くの、熱い飲み物の置いてあった場所へ走っていって、少しばかり口にふくんだ。そして一分の無駄もなく悪鬼のところへ走ってもどり、こんどはわたしが悪鬼をつかまえ、悪鬼もわたしをつかまえた。わたしは悪鬼を打ちのめそうとしたがしそんじ、悪鬼の方も必死になってわたしをうちのめそうとしたのだが、そうする機会をわたしは与えなかった。

「そんな調子で四十分近く渡りあっていたが、なかなか勝負がつかなかった。〈生まれながらにして死んでいる赤ん坊〉族の者どもと王さまそれに家臣たちは、みんなとても心配しながら、ことの推移を首を長くして見守っている間に、わたしは突然口にふくんでいた熱い飲み物を相手の目に注ぎこんだ。すると悪鬼は目が見えなくなってすっかりうろたえ、そのためわたしは難なく悪鬼を押し倒すことができた。早速王さまと家臣たちがすわっていた塚の方へ走り寄って、槍を取って駆けもどり、その槍で悪鬼に瀕死の重傷を負わせた。悪鬼は、差しだされた感謝の貢物も持たずに地面をはいながら、ほうほうのていで丸天井の建物へともどらざるをえなかった。この町の人間と王さまは、毎年かれらを苦しめていたこの悪鬼をわたしがやっつけたのを見て、とても幸福そうだった。

「そのあと王さまと家臣たち、それにおびただしい数の〈生まれながらにして死んでいる赤ん坊〉族のこの町の人間は、大喜びで踊りながら町へともどっていった。だがわたしはもはやかれらの種族の一員ではなかったので、王さまに今日この町を去りたいと申しでた。すると王さまと家臣たちは、天敵である悪鬼を退治してかれらを救ってくれたことで、わたしに大いに感謝の意を表した。王さまはさらに、言い表わしようのないほどのうれしさをこめてこう言った。『そなたは〈生まれながらにして死んでいる赤ん坊〉族に属していた者だが、そなたの力はわれらの力のはるかにおよぶところではない！』そのように申したあと、すぐさま大勢の人間を呼びよせて、かれらに町の門のところまでわたしを見送るよう申しつけ、かれらはその通りにした。かれらはわたしを門まで見送り、門のところで門番は頭を低くたれお辞儀をして門の柵をあげ、わたしは門を通って道路の向う側に出た。

「門を出ると即刻、わたしはジャングルのなかをジグザグ型に歩きはじめた。そしてそれほど遠くまで行かないうちに、悪鬼と渡りあいはじめたとたんにわたしを見すてた第一の〈心〉と第二の〈心〉の働きが突然活発になった。かれらはわたしに悪鬼をやっつけた幸運を祝福したかったのだが、わたしの〈記憶力〉は腹立たしげにこう言った。『おまえさんたちは、この方が悪鬼と渡りあっていたとき、どこにおられたのかな？　お二方ともこの方に悪いことが起るのがこわくて間違いなくこの方を見すてたのじゃ。もちろんわたしはこの旅が終った後で使わしていただく考課表に、すでにこの弁明の余地のない罪状を記録してあるのじゃ』そういって、わたしの〈記憶力〉は第一と第二の〈心〉をなじった。

「そんなわけでしばらくたってわたしは、わたしの死すべき体が同じ塚のうえになおも体を横たえていた場所にたどりついた。体は、元のままで、ぜんぜん腐ってはいなかった。だがたまげたことに、死すべき体のところへもどってよくよくその体を見ると、わたしの体が胸から下へお腹の最下部にいたるまで真二つに引き裂かれているのがはっきりとわかった。つまりわたしの体が左右に裂けたとたんに、わたしは生後一日の赤ん坊になったのだ。そこでなんのためらいもなくこんどは逆に、わたしは地面の方から裂けたお腹の方に向って歩き、まるでベッドのうえに横になるように裂け目のなかで横になった。するとその瞬間、それまでわたしが宿っていた〈生まれながらにして死んでいる赤ん坊〉族の不死の体は突然消えてなくなった。そしてそれが消滅すると同時にわたしのお腹はまた元通りに閉じ、わたしは完全に現世に生き返ったのだ。

「さてわたしは、息をふきかえしたとたんに塚から立ちあがり、すっかり心をかき乱されながら、自分自身とそれに持ち物、マサカリ、弓と矢、さらには岩へ向う旅のまえに野生のジャングルの、〈頭の取りはずしのきく野生の男〉からひったくってきた、取りはずしのきく頭を、改めてしげしげと眺めはじめた。そして意識がもどると同時に、わたしの〈死すべき体〉を〈生まれながらにして死んでいる赤ん坊〉族の〈不死の体〉に変えないかぎり、〈生まれながらにして死んでいる赤ん坊〉族の町へは行けなかったのだなということがはっきりとわかった。そしてさらに、〈大試練の果実〉を食べたとき、眠くなり体が鈍重になったのは、決して夢幻のなかでのことではなかったことも、いまになってよくわかった。そうではなくこれらのことはすべて実際に起ったのだった」。

不愉快きわまりない野生の人間

意識がもどると同時に、わたしはジュジュと食糧の入った袋と弓と毒矢を左肩にかけ、取りはずしのきく頭を左手に、重いマサカリを右手にもって、なにも食べないで、即刻〈さい果ての町〉への旅に出発した。

このジャングルにはちゃんとした道路はなかったけれども、真暗闇で道が見えなくなるまで、わたしは走っては歩きしながら、この日はどんどん旅を続けた。そして最後にはとうとう、どうにもあたりが見えなくなったので足をとめた。そのあと荷物を全部したに置いて、そのてっぺんに取りはずしのきく頭を突き刺していた棒を地面にすえつけ、ひもじさを抱えたまま地面に横になった。それから空と向いあいながら、わたしの町を出てから遭遇したさまざまな艱難、刑罰、苦難などのことを考えはじめた。だがいうまでもなくわたしの意気はぜんぜん沮喪していなかったし、わたしの町を旅立つまえに心に固く抱いていたわたしの強い望みは、心のなかでいまもって新鮮に息づいていた。〈さい果ての町〉の〈女薬草まじない師〉に会って、石女の妻に子宝を授けることのできる薬を調合してくれるよう頼むのだというわたしの決心は、ごうも変ってはいなかったのだ。これからさき、なおも数々の危害に遭遇しなくてはならない覚悟ももちろんわたしにはできていた。そんなことを心で考えているうちに知らず知らずのうちにこわさも吹っとんで、いつしか寝こんでしまった。というのもこの〈取りはずしのきく頭〉はとてもこわくて、かりにその夜わたしの眠っている間に野生の人間とか幽霊がわたしに危害を加えにやってきても、きっとそれを見たらすっかり慄えて逃げだすだろうと固く信じていたからだ。

さて、わたしは〈生まれながらにして死んでいる赤ん坊〉族の町を出て以来、なにひとつ食べ物にお目にかかっていなかったので、まだ夜が明けないのにひもじさのため目が覚めた。そこで起きだして取りはずしのきく頭もふくめて荷物をひとまとめにし、その荷物を左肩にかけ、重いマサカリは右手にもって、空腹のまま、この静かなジャングルの旅を続けた。そしてジャングルをジグザグ型に歩きだしたのだが、わたしにとってそれは決して容易な業ではなかった。つまり大小の樹木、長くて先のとがった野生の草、葉にトゲのついているつる植物などがからみついて、わたしの足手まといになったからだ。そんな調子で進みながら、わたしはひょっとしたら巨大な木のてっぺんに食べられる果実が熟しているかもしれないとかすかな希望を抱きながら、一本一本大きな木のてっぺんを見はじめた。

そんなわけで、空腹のまま正午までこの静かなジャングルのなかを難渋をきわめながらジグザグ型に旅を続けた。だが幸運にも、すっかりくたびれはてて、もうこれ以上一歩も歩けないというときに、ついにこのジャングルの深い大きな池のある場所へやってきた。その池は澄んだきれいな水を満々とたたえ、巨大な木がそこからはずっと離れたところにあったので、太陽は池一面に輝きわたっていた。そして幸いなことにこの池のまわりにはさまざまな種類の小さな果物の木がいっぱいにはえていた。

そこでなんのためらいもなく、わたしは小さな果物の木の下で立ちどまり、荷物をおろした。そして重いマサカリを手に、この果物の木によじ登り、熟した果実をいっぱいもぎとってしたに落とした。したへ降りてからその果実を集め、荷物を置いていた場所にもどり、即座にその果物をつぎつぎにがつがつ食べはじめた。飢えで死にそうだったからだ。

果物を腹いっぱい食べてすっかり満足したわたしは、しばらく休息をとった。それからいかにも強い男と言わんばかりのポーズで立ちあがり、なんの臆することもなく池に向って歩き、きれいな池の水を心ゆくまで飲んだ。そのあと、このときすでにわたしの衣服は多少ともぼろぼろになっていたのだが、その衣服を脱いでおよそ六十分ほどこの池の冷たくて新鮮な水で水浴をした。水浴をしたのち、またわたしは衣服を着たのだが、このときわたしはサルや尾なしザルなどがこの池に水を飲みにきたり、泳ぎにくるのに気がついた。そして同時に、熟した果物の木がここで発育するようになるまえにこの果物をここへ運んできた生き物、つまり世話人は、このサルどもだということも。そんなわけでこの果物の木がそこにはえるようになった理由がわかったあと、わたしは荷物のところへもどった。

さらに数分間休息をとってから、わたしは別の種類の果物の木のところへ行ってその木にのぼり、熟した果実をたっぷりとむしりおとした。したにおりてから、その果実を食糧袋に入れ、そのあと残りの荷物をつめこみ、即座に旅を続けた。だがそのときすでに夕方の六時に近かったので、暗くて見えなくなるまでにそう遠くまでは旅を続けられなかった。そこでわたしは足をとめ、大きな岩のてっぺんにのぼり、ひしひしと迫る夜の寒さのため凍え死にそうだったが、ともかくも夜が明けるまでそこで眠った。

翌朝もとてもひどい寒さのために立ちあがれず、したがって旅も続けられなかったのだが、それでも渾身の力をふりしぼってやっとの思いで立ちあがり、早速乾いたがらくたを集めてきて、それで大きな火を起した。その火で体を温めながら、わたしは前の日に池を離れるまえに食糧袋につめておいた果物を食べはじめた。そのようにして飢えをしのぎ、たっぷりと体を温めると、即座に立ちあがり荷物をまとめて、また旅を続けた。このようにわたしはさまざまな艱難に出会いながらも、けっして挫けることはなかった。このようなわたしの頑張りの根源は、ただひとつ、なにがなんでも〈女薬草まじない師〉の住む〈さい果ての町〉に行くという強固な願いであったのだ。

だがびっくり仰天し、またゾッとしたことに、わたしが睡眠をとった岩からおよそ六キロメートルばかりこの静かなジャングルを進んでいったとき、前方にこの静かなジャングルの野生の人間らしきものの姿がちらつきだした。かれらはまぎれもなく不愉快きわまりない野生の人間だった。というのも腕、足、モモ、頭、目、鼻などといった体の部分の造作が、創造主の手で醜悪の極致に造りあげられ、町の人間にとって異様このうえなく、見るに耐えない醜悪さだったからだ。ほとんどの者の鼻は長さが十五センチメートルほどもあり、鼻のはしがオウムのくちばしのように曲っていた。そして、首に見るもおぞましい甲状腺腫のある者の数は数百を数え、背筋が寒くなるようなこの甲状腺腫は、ひとつひとつがとても大きく、重く、胸のうえあたりまで垂れさがっていて、町の人間のものとはまるで異なっていた。だから歩くとそれがとても怖ろしい音を立て、さらにいえば、その怖ろしい音を聞いたとたんに、動物も鳥も怖ろしさのあまりに安全な場所をもとめてほうほうのていで逃げてゆくといった具合だった。またかれらの体の不潔な大きなただれ傷は、ジャングル全体に不愉快きわまりない悪臭を放っていた。このジャングルがいつも静かだったのは、実はそのためだった。つまりこの不愉快きわまりない野生の人間といっしょに住める生き物は他にひとつとしていなかったからだ。

さてわたしは、この静かなジャングルのなかの巨大な木の幹の広く張った根元に身を潜めながら、おそるおそるこの奇妙な不愉快きわまりない野生の人間ひとりひとりの動きをじっと観察していた。めいめいはお互いに口もきかずにあちらこちらと歩いていた。出る音といえばかれらの体が発する例の奇妙なおぞましい音だけだった。かれらの多くが、こわごわと樹の幹のかげに隠れているわたしに気づき、わたしの姿を見かけたとたんに、早速頭を樹の幹の方に向け、怒りで狂ったように全速力でわたしの方に向って疾走してきた。するとそのとき、わたしが頭のうえにかざし持っていた例の棒のてっぺんに突き刺した、取りはずしのきく頭がかれらの目に入った。きっとそれがわたしを救ってくれるかもしれぬと思って、頭上にかざしていたのだった。

わたしを殺して、頭を奪いとろうとして怒り狂いながら、かれらがわたしの方に向ってくるのを見たとたんに、大急ぎでわたしは樹の幹から飛びだした。そして必死の思いで逃げだしたが、かれらもすぐさまわたしをつかまえようと追ってきた。ほどなくわたしの方は、足が地面からあがらないほどくたくたになった。だが不愉快きわまりない野生の人間どもは、ぜんぜん疲れなかった。かれらがわたしをつかまえたら、たちどころに殺すものとわたしは固く信じていた。

ちょうどそのとき、数年前に町を出発するときには、わたしは野生の動物の勇敢な狩人だったことが、わたしの〈記憶力〉に浮んだ。そこでわたしは、なんのためらいもなく頭上にかざしていた重いマサカリを持って、塵ひとつ落ちていないきれいな場所に立った。わたしの〈記憶力〉は急いでそれをかれらの罪状として書き留めたのだが、このときもわたしの第一の〈心〉と第二の〈心〉はいずれも、わたしになんの忠告もすることができなかった。だからわたしはもっぱら〈記憶力〉を使い、かれらと必死になって渡りあおうと心に決めて、その場所に立ちはだかったのだった。このときわたしは狂人のように狂暴になり、かれらがわたしを取りかこんで、襲いかかろうとしたとき、かれらにつけいる隙《すき》を与えなかった。わたしは一分間に百回以上もかれらが取りかこんだ円陣をまわりながら、マサカリであたりかまわずかれらを切りつけはじめた。このときのわたしはというと、かれら以上に狂暴で、したがってかれらはわたしに触れることも、近づくこともできないのを察知して急に静かになり、敵意むきだしのわたしの振舞いをただただ見まもるだけだった。

だがこの日、おどろくほど奇妙なこの不愉快きわまりない野生の人間どもの力の方が、町の人間の力よりもはるかに上まわっていることを見せつけられたとき、さすがにわたしもショックだった。マサカリでなおも渡りあっていると、かれらは少しばかりうしろへ退きはじめ、そのうちの何人かが円陣に沿って、乾いたがらくたと棒の山をつくり、突然それに火をつけた。すると五秒とたたないうちに、その火は大空高く舞いあがるほどの大きな炎となった。そこでかれらはその火が自分たちに燃え移らないように、かれらの円陣をひろげた。こうしてわたしを焼き殺すつもりだったのだ。

まもなくわたしが焼死するだろうと期待しながら、かれらは火の囲りをかこんでわたしの動きをじっと見まもっていた。かれらがわたしの立っていた場所のまわりに火をつけたとたん、わたしはいままでのようにマサカリでかれらを切りつけることができなくなっていたからだ。おまけに第一の〈心〉と第二の〈心〉もすでにわたしを見すてていて、したがってわたしに忠告してくれる者はだれもいなかった。やがて火の炎がかすかにわたしの体に触れはじめたとたんに、ジュジュの呪文のひとつが〈記憶力〉のなかに浮んできた。そこで早速わたしは、このジュジュの呪文を唱え、そのおかげで、不愉快きわまりない野生の人間どもはたしかに力はあるが、頭の点では町の人間の方がはるかに賢いということを、かれらに見せつけてやることができたのだった。

さて一分と浪費することなく、わたしはこのジュジュの呪文をかれらに聞えよがしにずっと大きな声で唱えはじめた。この種のジュジュの呪文は火を鎮め、同時に人間を無力にする効果があった。数分の間わたしがこのジュジュの呪文を朗々と唱えていると、火は消え、同時に野生の人間どもも完全に無力になった。そこでわたしは早速荷物と弓と矢、それに取りはずしのきく頭をもって、円陣に並んでいた野生の人間の方に向って歩き、相も変らず狂暴な目でわたしをじっと見つめているかれらの円陣をくぐりぬけ、静かな野生のジャングルの旅を続けた。

だが、怖ろしくもあり、また驚いたことに、わたしが旅を続け、千メートルと行かないうちに、かれらはその力をとりもどしたのだ。かれらが力を回復したとたんに、石のように強靭で、首にとてもひどい甲状腺腫のある古老のなかの古老の一人が大空高くとびあがり、それから三回とてつもない怖ろしい叫び声を発し、そのあと人間を行動に駆りたてる歌をうたうようみんなにおごそかに言い渡した。そしてその通りにその歌をかれらがうたいだしたとたんに、全員が狂乱状態におちいり、数秒の間、円陣のまわりを狂ったように踊りだした。そのあとなおもその歌をうたいながら、かれらはわたしをつかまえようと追ってきた。

かれらが追ってくるのに気がついたとき、わたしは丘にのぼれば助かるかもしれないと思って、高い丘めざして駆けていった。わたしがその丘の方に走ってゆくのを見るや、かれらはこのジャングルのなかに散開してお互いに怖ろしい叫び声を発しながら、烈しくわたしを追いつづけた。「あの男の右手に走って、あいつをつかまえろ！　あの男の左手に走って、あいつをつかまえろ！　みんなであの男を包囲して、あいつをつかまえるんだ！」不愉快きわまりないこれら野生の人間が、わたしをつかまえようとして全力疾走であとを追ってきた様は、ざっとこんな具合だった。わたしをつかまえる気になっていることをその叫び声から察知して、わたしはすっかりうろたえて大急ぎでうしろを振り返った。だがまたまたたまげたことに、よく見ると〈ジャングルのアブノーマルな蹲踞の姿勢の男〉と〈頭の取りはずしのきく狂暴な野生の男〉がかれらのなかにまじっているではないか。ところで〈狂暴な野生の男〉をよく見ると、こんどは鼻の上に角のあるサイの頭をつけていた。そしてこの新しい頭は何年か前に渡りあってその男からひったくってきた頭よりは、はるかに怖ろしいものだった。不愉快きわまりない野生の人間の仲間であるこの男もまた、わたしをつかまえようとして快足をとばして左右に機敏に回転しながら必死に追ってきたのだった。ちょうどそのとき、この男からひったくってきた、いま手に持っている頭がこの男の目にとまった。

　さて〈ジャングルのアブノーマルな蹲踞の姿勢の男〉の方も、この朝ふたたびわたしとめぐりあって、ひどくいらだちまた狂暴になった。この男はわたしをひっつかまえて、大きな腹の例の冷気でわたしに復讐しようとわたしの左右に狂ったように飛びかかってきた。だがこの男をちらっと見て、わたしは何年かまえに光りかがやく白い岩で矢を射たお腹にまだ膏薬がはってあり、包帯をまいているのがわかった。

ところで不愉快きわまりない人間にまじって冷酷非情な野生の人間が二人いるのを見たとき、わたしは即座に丘にのぼることを中止し、むしろ一直線に走り、できるだけかれらから距離をひきはなし、安全な場所に身を隠そうと決心して真一文字にまえへと突っ走っていった。だがほどなく、その決心はまったく無駄であることがわかった。というのはおよそ十六分ばかり全力疾走したあと、ふと振り返ってみると、野生の人間たちがわたしの六メートルうしろに迫っていたからだ。なおも必死に疾走していると、わたしの目に別の高い丘が見えだした。その丘は〈ジャングルのアブノーマルな蹲踞の姿勢の男〉と、〈頭の取りはずしのきく狂暴な野生の男〉の二人の姿を見かけるまえにわたしがのぼろうと思っていた最初の丘よりも、ずっと高かった。

その丘のてっぺんにのぼって身を隠そうと望みながら、わたしは即座に、その丘に向けてまっすぐに走りだした。きっとこんな広大ですごく高い丘には、なにがなんでもこの野生の人間どもはのぼれないだろうと、わたしはまたまた〈記憶力〉のなかで踏んだのだった。すでに第一と第二の〈心〉は恐怖のためにわたしを見すてていたので、わたしは早速〈記憶力〉の助けをかりてそう考えたのだった。そして〈記憶力〉が、この件も二つの〈心〉の罪状として記録に書き留めたことはいうまでもない。

　計画どおりに、わたしはこの丘に向って走りだした。だがそのうちに必死になって走っていた歩道のような狭いあぜ道の両側にとても深い溝を見かけた。ひとつは歩道のような狭いあぜ道の右側に、もうひとつはその左側にあった。そしてこの危険な溝は、丘の麓約五十メートル下に位置し、二つとも歩道のような通路にそって、丘に通じていた。そこでまたまたうろたえる破目になったのだが、この左右のふたつの溝に気づいたときには、わたしはすでにこの歩道のようなあぜ道を、道のりの半ばまで走りすぎていたのだった。

　さてひとつには、わたしをつかまえて殺そうと烈しく追ってくる不愉快きわまりない野生の人間からの危険と、もうひとつは歩道のような狭いあぜ道の両側の二つの溝という、ふたつの危険にさらされて、このときはさすがのわたしもほとほと観念し、うろたえた。引き返せば不愉快きわまりない野生の人間が楽々とわたしをひっつかまえるだろうし、だからといって歩道のようなあぜ道から離れて別の方向に走りだすわけにもいかなかったのだ。そうすれば深い二つの溝のいずれかに落ち、わたしの人生もそれでおしまいということは目にみえていたからだ。すっかり狼狽してこれらふたつの危険について〈記憶力〉のなかでなおも思考を重ねていた間にも、野生の人間どもとの距離はますますせばまってきた。そこで望む望まないにかかわりなく、わたしはかれらがくるまえに丘のてっぺんにのぼって身を隠そうと、丘の麓めがけてスピードをさらにあげて全力疾走した。

ぐったり疲れきってはいたが、スピードをさらにあげたので、数分とたたないうちにわたしは丘の麓にたどり着き、間髪をいれず、丘のてっぺんから麓一帯の地を這っていた濃密なつる植物の一本にしがみついた。それから一秒とむだにせずに、手に持っていた取りはずしのきく頭とマサカリは別として、左肩にかけていたジュジュの袋と食糧袋、それに弓と矢を左右にぶらつかせながら、このつる植物にすがって丘のてっぺんまでのぼりはじめた。だが特に陶器の壺を入れていたジュジュの袋には、格別の注意を払った。〈女薬草まじない師〉が石女の妻に子宝を授けてくれるジュジュの薬をわたしのために調合してくれたときには、この陶器の壺に入れて持ちかえることになっていたからだ。それにしてもわたしが故郷のロッキータウンを出発してからというもの、ひびが入ったり割れたりしないように、この陶器の壺には格別の注意を払ってきたことを、この場を借りて特に強調しておきたい。もしかりに割れたりしようものなら、たちどころに〈女薬草まじない師〉から、割れていない壺をもってくるようにと、送りかえされてしまうだろうからだ。

ところで丘の標高の三分の一の地点までのぼりつめたときに、野生の人間どもがその丘の麓に走ってきたのがわたしの目に入った。〈頭の取り外しのきく狂暴な野生の男〉と〈ジャングルのアブノーマルな蹲踞の姿勢の男〉をふくめて、みんながおなじつる植物にしがみつき、わたしが姿をくらましたり逃げたりしないように、体をものすごく左右にゆらしながら必死に丘のてっぺんめざしてのぼりだした。

さてこのふしぎな丘がとても高いことはよくわかっていたのだが、とにもかくにもかれらがその丘の中腹に達するまでに、わたしはどうしてもてっぺんにたどりつきたかったので、ますますスピードをあげた。その丘の高さは一キロメートル以上もあり、周囲は約四分の一キロメートルでとても雨が多く、山のいたるところから冷たい水が麓へとしたたりおちていた。そしてそのてっぺんには一エーカーの土地がひろがっていて、灌木や大きな木、岩の裂け目などがいっぱいあった。

幸運にもわたしがこのふしぎな丘の頂上をきわめたときには、野生の人間どもは四分の三の高さにのぼったところだった。わたしは頂上にのぼりついたとたんに、かれらがやってくるまえに安全な隠れ場所を見つけようと、あちこち駆けずりまわりだした。だが残念ながら、安全な隠れ場所を見つけることはできなかった。一方かれらの方は、ほぼてっぺん近くまでのぼってきているのがわたしの目に入った。隠れ場所が見つからなかったし、それに時間も十分になかったので、わたしは大急ぎで丘の頂きのいちばん端へ引きかえし、毅然たる態度で、つる植物の大根《おおね》のある地点に立った。そしてその根を切断して野生の人間どもを丘の麓の溝にたたきおとそうとマサカリを振りあげたとたんに、このつる植物がなかったら、わたしも丘のてっぺんから麓へおりられないことが、わたしの〈記憶力〉に浮んだ。そこでぞっとしてわたしは、振りあげたマサカリをおろし、岩の裂け目の方にまた引きかえして、安全な隠れ場所を探しはじめた。

発見できないながらもなおも身を隠せる安全な場所を探しつづけながら、わたしはこれら凶暴な野生の人間どもから自分を救出する手だてをわたしの〈記憶力〉のなかで考えていた。そのとき、渾身の力を振りしぼって正々堂々と勇敢にかれらと渡りあわないかぎり、やつらにやっつけられるのが落ちだという考えが、またまたわたしの〈記憶力〉に浮んできた。そしてこのプランがわたしの〈記憶力〉に浮んだときには、すでに野生の人間たちは丘の頂上に達していた。頂上にたどりつくや、かれらは四方に散らばり、手わけして、いまではすっかり手負いのトラのように狂暴になって、わたしを探しはじめた。このような怖ろしいかれらの形相を見て、わたしは大急ぎで食糧袋とジュジュの袋を小さな岩の近くに置き、そのしたに取りはずしのきく頭を隠した。そのあとわたしは弓と毒矢を肩にかけた。きっとそれらが急に必要になるだろうから、いつでも使えるようにと思ったからだ。そしてマサカリをしかと握りしめ、わたしにいちばん近い男めがけて突進し、その重いマサカリでその男の額に痛撃を加えた。するとそのままその男はぶったおれて気を失なった。そこで別の男の方に向きなおり、ちょうどわたしにとびかかろうと身構えていたところだったので、わたしの方から機先を制してその男に挑みかかった。そのあと二人の間で格闘がはじまったが、数分とたたないうちにわたしは相手を地面から持ちあげ、丘の麓の溝のひとつに投げ込んだ。さらに気を失なっていた最初の男も溝のひとつに押しこんだ。

まるでトラのようにここかしこととびまわっているうちに、わたしの目から火花が散りはじめた。ちょうどそのとき別の二人がわたしに猛然とつっかかってきた。だが急いでマサカリを振りおろすと、かれらはなにもできず、わたしは難なく二人をとりおさえ、二人ともどもねじあげ、もろともに溝に放りこんだ。この二人をやっつけたとたんに、あの〈頭の取りはずしのきく狂暴な野生の男〉がわたしを見た。そして首にサイの頭を付けて、ぐるぐる回転しながら猛烈な勢いでわたしめがけて突進してきた。わたしは急いで地面からマサカリを拾いあげ、その男にむかって突進した。すると、出会いがしらにその男はわたしを丘のてっぺんの端の方へとグイグイ押しはじめた。わたしを溝のひとつに押しこもうという魂胆だったのだ。だがその男が腹でわたしを端近くまで追いこんだとたんに、わたしは必死になってマサカリでその男の首のうえのサイの頭に一撃をくらわした。その頭が首からとびはねると、わたしは即座に駆けよって、左手でその頭を拾いあげた。

そんなわけで、〈頭の取りはずしのきく狂暴な野生の男〉もいまではわたしになにも手だしができず、かといって回転することもできず、ただ同じ場所に力なくつっ立っているだけだった。その頭を拾いあげると、こんどは〈ジャングルのアブノーマルな蹲踞の姿勢の男〉がわたしを見た。そして怖ろしい罵声をわたしに浴びせかけたとたんに、岩屑のなかでなおもわたしを探していた残りの連中がわたしに向って突進してきた。かれらはわたしが手に持っていた頭を見ると、各自急いで身をかがめて石を拾った。その石をわたしに投げて即死させようという算段なのだ。かれらがなにをしようとしているのかがすぐにわかったので、わたしは急いで肩から弓と毒矢をはずし、それをじっと構え、〈ジャングルのアブノーマルな蹲踞の姿勢の男〉の、ひどくふくれあがったお腹を目がけて射た。

お腹が破裂すると同時に、ひどく冷たい空気が大空高く、さらにはジャングルのすみずみにむけて噴出し、残りの者はすっかり怖気づいて、どうしたらよいのかなす術を知らなかった。空は冷気で曇り、すべての者が寒さのあまりぶるぶる震えだした。〈アブノーマルな蹲踞の姿勢の男〉も苦痛で悲嘆のどん底にあえぎ、やがて残りの者たちも冷気で震えだしたのを見て、わたしはかれらを一人残らず溝に押しこんだ。ところでひどい冷気が空と野生のジャングルいっぱいをおおいつくし、あたりがすっかり曇ってしまったので、かれらは視野がきかず、すっかりうろたえた。それでわたしの計画は万事うまくいった。そして野生の人間をやっつけると、即座にわたしは取りはずしのきく頭と荷物を隠してあった場所へ走っていき、荷物を全部肩にかけ、頭二つとマサカリを手にもって、例のつる植物にぶらさがり、そのおかげで無事したにおりることができた。

さてこのふしぎな丘の麓に着くと、即刻わたしは、ひどい苦痛でなおも大声をあげて溝のなかで悲嘆にくれている、例の〈ジャングルのアブノーマルな蹲踞の姿勢の男〉のお腹から流出する冷気で、足から頭の先まで全身ブルブルふるえながら、ジャングルを東の方へと走っていった。

静かなジャングルを一キロメートルほどいくと、ひどい寒さのために足が一歩も前へ進まなくなった。そこで早速大きな火を起し、数分の間体を温めてから、なにも食べないまま、すぐに旅を続けた。

この静かなジャングルをおよそ二百二十四分の間さまざまな難儀を重ねながら旅を続けていると、幸運にも、〈ジャングルのアブノーマルな蹲踞の姿勢の男〉のお腹の冷気の影響を全く受けていない土地にやってきた。そこにはヤムいもとか、バナナ、インゲン豆、家禽類のタマゴ、あらゆる種類のコショウなど、食べられるものがどっさりあった。

すっかりうれしくなって、わたしはそこで休むことにした。大きな木のしたに荷物を全部置き、頭二つを左手にもったまま、右手にもったマサカリで大きなヤムいもを二個、塚から掘りおこした。この土地は町の人間の領土で、野生の人間の土地でないことを十分承知していたので、気が進まないながらもわたしはヤムいもを二個掘りおこしたのだった。つまり飢えがわたしにそうさせたのだと申しあげておこう。さてそのあとヤムいもを二個持って、荷物を置いてあった場所へもどり、ヤムいもをしたに置いてから、取りはずしのきく頭二つを地面に据えつけ、その場所から少し離れたところで大きな火を起した。その火でヤムいもを焼いて、腹がいっぱいになるまで食べた。そのあと六十分間ばかり休息をとってから、荷物を全部ひとまとめにして、東北の方角に向っていつもの旅を続けた。

こうしてわたしは、夜まで旅を続けた。やがて暗闇のためあたりが見えなくなったとき、足をとめ、荷物を置いて道路の近くで朝まで寝た。翌朝目をさまして、わたしの財産にも自分自身にもまったく異常がないことを確かめてから、わたしは果物を食べ、そのあと即座に出発した。そして正午まで旅を続け、突然町の人間の領土の道路にたどり着いたときには、とてもうれしかった。そのことによって、わたしは〈女薬草まじない師〉の住む〈さい果ての町〉へ行く道を間違えてはいなかったこと、そしていままで以上の快速で旅を続ける余力がまだまだわたしには十分あるという確信と自信を得た。

強くて勇敢な門番と悪鬼

とてもうきうきした気分で六十分間旅を続けたとき、半キロメートルと離れていないところから、雄鶏のときをつげる声がなんどもわたしの耳に聞えだした。町の人間の領土である大きな町の近くにいることは明らかだし、それでわたしはできるだけ足ばやに声のする方向へと旅を急いだ。

それにしても、幸福感に浸りながらこの道路の旅を続けていたとき、わたしの伴侶で忠告者でもありながら、わたしが不愉快きわまりない野生の人間などとひと騒動起して以来、わたしを見すててきた第一の〈心〉と第二の〈心〉が、いまごろになって、わたしに野生の人間をやっつけたお祝いを言いだしたのは、なんとも解《げ》せなかった。そこで早速、わたしが難儀をしていたときに忠告してくれなかったことで、かれらと言いあらそった。わたしを見すてたことに対する弁明をかれらがしようとしたとき、わたしの〈記憶力〉はすばやく、すでに犯した罪とこれから犯す罪を加算して、かれらが罰せられる罪状のかずかずのひとつとして書き留めた。だがそのとき第二の〈心〉は、冷酷な強くて勇敢な門番とその道路で出会うだろうと予告し、もしわたしが大胆にその男と渡りあうならその男をやっつけられるはずだとつけくわえた。「そなたがその男をやっつけたとしても、その友人で、その男同様の悪鬼崇拝者がお社の境内までそなたを追ってくるだろう。そしたらその場でその男もやっつけることになる」。こう第二の〈心〉はわたしに予告した。

第二の〈心〉がそう予告したときわたしはとてもこわくなった。第二の〈心〉は、危険な目に遭ったとき、しばしばわたしを見すてることもあったが、だましたことは一度もなかったからだ。

やがて夕方の五時をすぎるころ、第二の〈心〉が予告した通り、突然町の門のまえにやってきた。門番にまず通関料を払わなくては町へ入れなかったので、門のところで足をとめた。すると門番が詰所から外へ飛びだしてきた。だが、左手に取りはずしのきく頭を二個持ち、そのうえこのときすでに人目にはぞっとするようなすさまじい形相になっていたわたしを見て、門番はひどく不機嫌になり、早速長い刀を振りかざしながら、物すごい見幕で門の方に歩いてきた。その長い刀でわたしを切り殺すつもりなのだということがわかったので、わたしは難をのがれるために大急ぎでうしろにさがり、門番との距離を少しあけた。

激しい怒りでその場につっ立ち、わたしは一歩もひかぬ強い態度でじっと門番を見つめ、門番も負けてはいなかった。双方とも不機嫌に激しい怒りに燃えながら、お互い一言も口をきかずにおよそ十分間ばかり、にらみあっていた。ところで、見るも怖ろしいその男のものすごい形相に気がついたのは、このときだった。この男はまさしく門を監視するにふさわしい、強くて狂暴で勇敢な男だった。というのは、この男には情のひとかけらもなかったからだ。この男は、奇妙に精力旺盛、しかも大胆で、この町の門のような要衝の監視にはうってつけだった。大地にしかと根をおろしてつっ立っているその姿は、まるで切株のようだった。両腕は太くて長く、体の随所からとても太い血管が、木の根のようにいっぱいとびだしていた。そしていかにもこの世がつまらないといった感じで、あらゆる生き物を見ていた。この男には昼も夜も、幸福というものがなかったのだ。

さてお互いに十分間ほどにらみあったあと、突然わたしの目が詰所に向いた。詰所のまえに悪鬼の全身像が立っているのが見えた。この像に注がれていた血と油は、像からしたたりおち、地面にあふれていた。硬質の泥でできたこの悪鬼の像は、見た目にはとても怖ろしく、そのまえに小さな岩がひとつあり、これも血と油であふれていた。そんなことから、この狂暴な門番は実は悪鬼の崇拝者だということがわかった。

　双方がお互いに一歩もひかぬ毅然とした態度でにらみあっていたとき、門番はとてつもない大きな声で、どこからきたのか、そしてどこへ行くつもりなのか、とわたしにたずねた。そこでわたしはなおも怒り狂った目でじっとこの男をにらみつけながら、〈さい果ての町〉に通ずる道を見つけるため何年もまえに故郷を出発したこと、ところが道が見つかるどころか、それ以来ジャングルなどの、札つきのはぐれ者になるまでの間、町の人間などは絶対に見たくないし、もし見れば立ちどころに殺してしまいたいと思っている冷酷非情な野生の人間たちから、かれらの領地である野生のジャングルでかずかずの刑罰を受けてきたことを、この男に説明してやった。

　するとこの悪鬼崇拝者の門番は、あらためて怖ろしい叫び声を出して、〈さい果ての町〉でなにをするつもりなのだと、わたしに聞いた。そこでわたしは〈まじない師の母〉のところへ行って、石女の妻に子宝を授けてくれるジュジュのスープをわたしのため調合して下さるようお願いにいくところだと、つっけんどんに説明した。わたしの説明を聞いて、この男は重い頭をいかにももったいぶって数回上下にふり、あらためて聞いた。いま、わたしが持っている二本の短い棒のてっぺんの取りはずしのきく頭二つはどのようにして手に入れたのか、と。そこでわたしは、〈ジャングルの頭の取りはずしのきく狂暴な野生の男〉と二回にわたって勇敢に渡りあったこと、そしてその男をやっつけて、その男の首から頭をひったくって必死の思いで逃げたことなどを自慢たらたらと話してやった。

わたしが二つの頭を手にいれた話を聞いたとたんに、門番は恐怖でひるみ、また同時に驚嘆もした。数分の沈黙ののち、門番は大きくふくれあがった目をぱちくりさせながら、さらにわたしに聞いた。「そなたはとても大胆で勇気があって強く、おまけにとても強力なジュジュをもっている。それらは、〈頭の取りはずしのきく狂暴な野生の男〉をやっつけるのに大いに役立ったのだし、そのおかげで取りはずしのきく頭を二つも奪うことができたのだ！　とても力が強く、野生のジャングルの野生の人間でさえ一人として近寄れないといわれる、あの野生のジャングルの〈頭の取りはずしのきく狂暴な野生の男〉が相手であったとは！　は、はー、はー！　そなたこそまさしく、尊敬に値する野生の男のなかの男なのだ！　よろしい、頭をそなたの袋に入れて、わたしの近くにきたまえ！」

強くて冷酷な門番はすごく驚嘆し、いつのまにやらいままでの威勢も消えうせて、薄気味わるいほどやさしくわたしを扱うようになっていた。門番が長い刀を地面に置くのを見て、わたしは即座に棒の先から頭をはずし、思いきってその男の近くに寄っていった。

　わたしはひどくまごついていた。つまり、わたしとでくわした野生の人間とか町の人間がこわがったのは、怖ろしいわたしの形相だったのか、それともこの取りはずしのきく二つの頭だったのか、皆目見当がつかなかったからだ。というのも、野生のジャングルで一人あるいはそれ以上の数の野生の人間と向いあった場合、いつもかれらはわたしを殺してこの頭二つを持ちさろうとしたからだ。だが町の人間であるこの門番と出会ったこのときは、事情が違っていた。この男もわたしを殺そうと思ったことには変わりはないが、それは、わたしに二つの頭を隠させてから後のことだった。この問題はあまりにも奇妙なので、わたし自身で正確に判断しかねる面が多かった。この頭が危険で、有害なのか、それとも大いに役立つご利益があるのか、まだわたしにはわからなかった。わたしはただ、自慢の種として持ち歩いているのであり、できることならわたしの冒険のトロフィー（戦利品）として町へ持ちかえりたかっただけの話なのだ。

　間髪を入れず、わたしの第一の〈心〉がそれらの頭は有益であり、安全に持ちつづけるならばきっと近い将来役に立つことがあるとわたしに告げた。するとまたまた第二の〈心〉が早速、頭は将来役に立つだろうが、その頭を隠すとますます危険が頭上にふりかかり、さらには〈女薬草まじない師〉の町に通ずる正しい道を見失なうことにもなりかねないと説明した。そこでわたしは迷うことなく、旅のよき伴侶であった二つの〈心〉の忠告に全幅の信頼を置くことにした。

さて門番の近くへいくと、門番は四銅貨ペニーの通関料を払え、払わなければロードサイドタウン〈路傍の町〉に通すわけには参らぬと言った。そこでわたしは即座に、いまはびた一文も持っていないことを門番に率直に伝えた。わたしの町を出発してからもう長い時間がたっていたからだ。それを聞いて門番は、しばらく間を置いてから、それでは夜明けまで門で待っているようにわたしに言った。そして通関料を払わないでわたしを通関させてよいものかどうか、夜中じゅうじっくり考えてみたいとつけくわえた。というのは、かりにも料金を払わないで門を通させるようなことがあれば、門番にとってそれは死を意味したからだ。

そこで望むと望まないに関係なく、やむなくわたしは荷物を全部門の近くに置いて横になった。だが眠るまえに、わたしは旅の伴侶である第一の〈心〉と第二の〈心〉におよそ百二十分間にわたって、もしも門番が門を通すことを拒絶した場合どうすればよいか、また朝になって、通関料を払うまでは門を通すわけには参らぬと言いはった場合どうしたらよいか、聞いてみた。二つの〈心〉にそう聞いてしばらくたって、第一の〈心〉は、かねを持っていないのだから、ここは蛮勇を振い起して門番と激しく渡りあって、力ずくで強引に関所を破る以外に手がないと忠告した。すると第二の〈心〉は、蛮勇を振い、渾身の力とジュジュを投入して門番と戦わないかぎりわたしに勝目はない、さもないとこの門で命を落しかねないと忠告した。さらに、たとえ門番をやっつけたとしても、門番の力の強い友人で門番同様の悪鬼崇拝者である男がきっと復讐するためにわたしの跡をつけてくるだろうとつけくわえた。そんなわけでわたしは、激しい渡りあいを二回も挑む覚悟をきめなくてはならなくなった。

さて二つの〈心〉がそのように告げたので、わたしはとてもこわくなり、心臓がドキドキ動悸を打ちはじめた。だがこの心臓の動悸も、強くて勇敢で、狂暴な、暴君でもあるこの門番を打ちのめす力をもったジュジュのことを、第二の〈心〉がわたしに思いおこさせてくれたとたんに、おさまったことはいうまでもない。そんなわけで数秒以内に眠りにつき、六十分間安眠をむさぼっていると、突然、第二の〈心〉がわたしを起した。そしてわたしに、この門番のような情を知らない暴君を打ちのめす力のあるジュジュをわたしがもっていることはたしかだが、この門番とて、強い見事な泥でつくった有害で奇妙な悪鬼の像をもっていることを思いおこさせた。この悪鬼の像は、かりにもその崇拝者である門番を打ち負かそうなどと思うような人間には、たちどころに襲いかかってきて復讐をとげるだけの力はもっていたのだ。このことを第二の〈心〉から聞いたときには、わたしはこわくて眠れなかった。そして第一の〈心〉が急いでわたしを勇気づけてくれたときでさえ、なおこわかった。第一の〈心〉は、第二の〈心〉の言うことなど気に留めなくてもよろしい、ジュジュをつかって全力を傾け蛮勇を振って渡りあえば、暴君である門番を間違いなくやっつけられると言って、はげましてくれたのだった。

しばしば間違ってわたしを導いてきた第一の〈心〉ではあったが、そんな忠告をきくと、わたしの心は落着き、また数分とたたないうちに寝こんでしまった。そんなわけでわたしは夜明けまで熟睡したが、突然門番の怖ろしい叫び声で目がさめた。こわごわと頭をあげると、ロードサイドタウンの人間が門をくぐって畑や町へとどんどん通りはじめているのが、わたしの目に映った。なかには毎日定まった用事で門を通っている者もいた。

目をさまして立ちあがり、まず全身で伸びをした。そのあとジュジュの袋の口をほどいて、門番のような強い男を打ちのめす力をもった強力なジュジュを取りだした。早速そのジュジュを首につけ、さらにそのほかのジュジュをいくつかそれにつけくわえると、その重みでそれらのジュジュがわたしの胸まで垂れさがった。その後門の近くにあった大きな石のうえで、重いマサカリを研いで切れ味を鋭くした。それからわたしはジュジュの袋と食糧袋、それに弓と矢を左肩にかけ、例によって取りはずしのきく頭を、二本の棒の先に突きさし、その棒をまっすぐに立てたまま左手でもった。そのように身づくろいが万端整ったところで、わたしは勇気いっぱいにとびはねた。充溢した気力をもてあまし気味に、この道路を激しく行きつもどりつ駆けまわっていたのだった。

このように行きつもどりつしていたとき、驚いたことに、この強くて勇敢で狂暴な門番は、悪鬼の像のまえに立って、頭から足まで全身汗びっしょりになって、くりかえし、なにやらわたしにはわけのわからない呪文を大きな声で唱え、わたしが身づくろいをしているあいだにも、こちらの方をちらりとも見ようとしなかった。

門番は相も変らず大きな声で悪鬼の像のまえでくり返し呪文を唱えていたけれども、しっかり装備をかため、たとえ負けるにせよ、六十分以上はこの男と激しく渡りあえると固く信じながら、わたしは一秒もむだにしないで、いきなり門の柵へとつっかかり、柵を越えようとした。ところがこれを見た門番はただちに悪鬼の像のまえを離れ、門の方に走ってきた。そして長い刀を手にもって、巨大な木の切株のようにしかと地面に足を踏んばって、つっ立った。

それをみてとてもむかむかし、それにぜんぜんこわくなかったので、わたしはその男に、通関料を払わないでもこの門を通してくれる決心がついたかどうか聞いてみた。すると即座に門番は、悪鬼の像が真夜中に、通関料を払わぬ男を通してはならぬと申したと、怖ろしい声でわたしにどなった。好ましくないこの説明を門番がはじめたとたんに、第一の〈心〉がすぐさま、柵をとびこえ、門番がつっ立っている柵の向う側へ出て、至急ロードサイドタウンへ旅を続けるようわたしに忠告した。第一の〈心〉がそう忠告したとき、最初はわたしもちゅうちょしたことはいうまでもない。だが、ロードサイドタウンを通らないで〈さい果ての町〉へたどり着くことはできないし、それに力ずくででもこの門を通らないかぎり、門番は絶対にわたしを通してくれないだろうし、そんなことをわたしは数分間、思案した。そして思案のあげく、わたしは思い切って高い柵を飛びこえた。だがそのとたんに、門番はわたしを一刀両断にせんものと必死に長い刀を上段に構えた。それを見てわたしも、門番を一刀両断にせんものと重いマサカリを上段に構えた。

十五分ばかり二人で渡りあったあげく、門番の刀はわたしを切ることができず、わたしもマサカリで門番を切るにいたらなかった。そこでわたしは荷物を全部したに置き、こんどは肉弾相打つ、命をかけた取っ組みあいがはじまった。門番はわたしの体をもちあげて地面に叩きつけ、刀でわたしののどをかき切ろうとしたが、わたしも負けじと門番の体を地面からもちあげ、地面に叩きつけ、その首をマサカリでかき切ろうとした。だがいずれも徒労に帰し、そこでわたしは、ぜひ力を貸して門番を叩きのめさせて下さいと〈第二の最高神〉に願をかけ、とても大きな声でくりかえしジュジュの呪文を唱えた。「この男を倒し—すべって地面に—倒れさせ—この男に目隠しをし—突然目を見えなくさせ—この男をやっつけて—殺すことができますように！」　このようにわたしはジュジュと〈第二の最高神〉に願をかけた。一方門番の方もくりかえし呪文を唱えながら、悪鬼の像に助力を懇請していた。「この男をうちのめし—殺させたまえ—突然この男からあらゆる力を奪いさり—突然眠らせたまえ—そしてわたしが完全にうちかつことができますように！」　このようにわたしたちは双方とも、頭から足まで全身汗びっしょりになるまで、それぞれの超自然の力に助けを懇願した。そして数分とたたないうちに、わたしたちは持ち物をすべて地面に放りだした。門番はときどき残忍で怖ろしい笑い声を発したかと思うと、ときにはまるで狂人のようにとてつもない大声で叫んだので、わたしも負けじと、ときたまオオカミや尾なしザルなどの怖ろしい奇矯な叫び声を発して対抗した。そのためわたしたちの怖ろしい叫び声は、雷鳴のようにあたり一面にとどろきわたった。

死闘がますます苛烈さを加えていたとき、第一の〈心〉が、相手のすきをみてうまく小さな岩の方へ移動するように、わたしの耳元にそっとささやいた。そこで即座に第一の〈心〉の忠告にしたがって、相手をうまく出しぬいて小さな岩の方に移動しはじめた。足がその岩に接触しそうになったとき、双方の体がしっかりと組みあったままだったので、わたしは突然体を左に曲げた。するとしらぬまに門番の背中が小さな岩の方に向いているのがわかったので、即座にわたしは、門番の体全体に激しいゆさぶりをかけ、小さな岩の方に必死に門番の体を押しこんでいった。門番も、これまた必死にわたしを地面に押したおそうとして大地に足をしっかりと踏んばっていたのだが、そのとき右足がつるりとすべってその岩の上に倒れた。小さな岩(というより石といった方がよいのかもしれないのだが)は、悪鬼の像に注いだ動物の血と大量の油のためにすでにずぶ濡れになっていて、とてもすべりやすくなっていた。一瞬にして門番は、悪鬼の像の上にどうと倒れた。

門番が悪鬼の像の上にどうと倒れたので、像の方も門番のうえに倒れ、とても重かったその像は、いくつかのかけらに割れてしまった。泥でできていたからだ。門番はすっかり怒り狂い、起きあがろうとなおももがいていたので、わたしは急いでその手から長い刀をもぎとり、はるか彼方のブッシュへ投げこんだ。それから何度も何度も重いマサカリで門番の腕をなぐりつけた。門番が完全に力を喪失し、いくらなんでもこれから先二百四十分間は立ちあがってわたしを追いかけるようなことはできまいと確信がもてたので、わたしは荷物を全部もって、一秒とむだにしないで早速逃げだした。このようにしてわたしは暴君で悪鬼崇拝者のこの門番を征伐したのだった。

ロードサイドのお社《やしろ》での果たしあい

さてなおも苦しむ強くて勇敢で残忍な門番をあとに、門からはるか遠く離れたところまで逃げのびたわたしは、こんどは道路沿いにゆるゆると歩きだした。死力をつくした門番との激突のため、くたくたに疲れはてていたからだ。このときのわたしは足を上げ下げすることも、腕を振ることもできなかったけれども、相も変らずロードサイドタウンへの道を急いだ。もしもロードサイドタウンの王さまがその領土を通過する許可を与えてくれれば、その町を通って〈女薬草まじない師〉の住む〈さい果ての町〉まで一直線に旅を続ける手はずになっていた。

ロードサイドタウンのこの広い道路を、日がとっぷり暮れるまでゆるゆると旅を続けながら、わたしは道ばたの木のしたで足をとめた。その木は道路から少し離れたところにあった。枝は遠くまで伸び、大きな葉がいっぱいついていた。荷物を全部したにおろしてから、わたしは地面にすわって、木の根っこに背中をもたせかけながら、百二十分ほど休んだ。そこで新鮮な空気を心ゆくまで吸って、のんびりと休んでいると、あたりが暗くなって食べ物を探せなくなるのではないかという心配がわたしの〈記憶力〉に浮んだ。そこでわたしは早速立ちあがって、手にマサカリだけを持ってブッシュの奥深く入りはじめた。

幸運にもそれほど遠くまで行かないうちに、塚のなかにヤムいもが生えている畑に出くわした。そこで身をかがめて、マサカリで四つばかり大きなヤムいもを掘りおこした。そして木のところへもどって火を起し、その火でヤムいもを焼いてから、大きな葉のうえに置いていもを薄く切り、一度に四つとも平らげてしまった。このときはとてもひもじかったからだ。飲み水はなかったが、朝になったら植物からの露を集めて、のどのかわきをいやすことができるものと信じていたので、そのことはそれほど気にはならなかった。

　飢えをみたしたあと、わたしは木の根っこのところで、ジュジュの袋と食糧袋、それに弓矢を身近においで横になり、重いマサカリを枕に使った。とても疲れていたので、寝こむのに十秒とかからなかった。朝になって目を覚まし、同じ畑に出かけて、またヤムいもを四つ掘りおこし、もどってからすぐに焼いて食べた。そのあとたっぷり露を集めて、満足のゆくまで水を飲んでから、ロードサイドタウンはまだまだはるか彼方だったので、わたしは一秒たりともむだにしないで旅を続けた。ところで町は、その木から二十キロメートルばかり離れたところにあった。そこでわたしは、このときすでに日頃の力を回復していたので、できるだけ足ばやに道路を歩きだした。

　すっかり幸福感に浸り、疲労とか倦怠をまったく感じないで、快調そのものにその日の道のりの約三分の一を消化したとき、突然第二の〈心〉がわたしに、うしろをふりかえるように、こっそりと指示した。わたしが傷を負わせた門番の復讐をとげるため、怖ろしい者がわたしを殺そうと跡をつけていないかどうか、確かめよというのだ。それを聞いてわたしは、すっかりうろたえながら、大急ぎでうしろを振りむいた。ギョッとしたことに、遠くからとても背の高い巨大な人間らしいものが数人の屈強な怖ろしい手下をつれて、足ばやにわたしを追ってくるではないか。かれらはまだ遠方だったので、その姿かたちははっきりとは見えなかった。そこでわたしは足をとめて、じっくりとかれらを観察した。

醜怪で大柄な背の高い姿かたちのその男は門番の仲間にちがいないと、わたしには即座にピンときた。門番の仲間とその屈強な手下どもが、わたしを殺すか危害を加えようと、わたしを追ってきたのだ。そんなかれらを見て、わたしは急いでロードサイドタウンの方に向きなおり、道路に添って走りだした。追いつかれるまえに安全な場所に行きついて、身を隠そうと思ったからだ。だがかれらの方が足が早かったので、みるみるうちにかれらの姿がいっそうはっきり見えだし、そのまえに安全な場所を見つけることはできなかった。

そこで急いでわたしは、またまた走って逃げだした。それほど逃げないうちに、ロードサイドタウンの人びとが尊崇する神々のお社が鎮座まします境内にやってきた。とてもこわかったので、わたしはその境内へと道をそれ、すっかりうろたえながら境内の中心部へと走っていった。するとそこに大きな清潔な円陣があった。この円陣は、実は町の人間が奉祝の時期とか祭礼の月にかれらの神さまたちを祝い祀る場所だった。美しいお社がいっぱいこの円陣のまわりを囲んでいた。お社のひとつひとつにはペンキが塗られ、そのなかに祭祀してある神さまの像が壁にかかれていたのだが、そのペンキと像の大部分は雨のためにほとんど浸食されていた。それでもお社ひとつひとつの内部にどんな神さまが祀られているのかは、おおよそ察しがついた。恐怖でうろたえながら、突然この清潔な円陣まで走ってくるや、なんのためらいもなく、わたしはこの円陣のまわりのお社のひとつへ飛びこんだ。するとたまげたことに、お社で最初に出くわしたのが、なんと怖ろしい悪鬼の像だった。全身に大量の油と動物の血が注がれ、その血と油が体から地面の方へと流れおちていた。首には、死んだ大きな動物がかけてあり、この像は、れっきとした姿かたちをしており、悪鬼と全く同じ危険な武器を装備していた。

追手がこわくて、望むと望まないにかかわらず、悪鬼の像のうしろに腹ばいになって身を潜める以外にわたしには打つ手がなかった。というのは、ほかに隠れ場所を見つけようとして外に走りでたとしても、わたしを殺そうと追ってきている門番の仲間とその屈強な手下の者たちにすぐさま見つかってしまうからだ。ところでわたしは気がつかなかったのだが、道路からお社の境内へと道をそれたわたしを、門番の仲間とその手下の者たちが見ていたのだ。そこでその男と手下どもも境内の方へと道をそれ、すぐさまわたしを探しはじめた。かれらがお社をひとつひとつ、探しまわっていたとき、第二の〈心〉がわたしにこんなことを思いおこさせた。〈わたしの町では、ほかの神々とか偶像とか神像、それに川の精霊などあらゆる神々のなかで、残酷なことでもっとも恐れられているのは悪鬼である。だからもしもその男と手下の者たちが、まがいものの悪鬼の像のうしろにいるわたしを見つけたら、たちどころにわたしを殺して、わたしの血を飲むだろう。というのは、その男にしろその仲間である例の門番にしろ、強くて残酷な悪鬼崇拝者だからだ！〉第二の〈心〉はわたしにこのようなことを思いおこさせたのだった。

残忍な悪鬼崇拝者だった残酷な門番の仲間の、凶悪な振舞いがこわくて震えていると、幸運にも第二の〈心〉が急いでわたしに忠告してくれた。「そなたはこの悪鬼崇拝者、それに手下の者たちと渡りあう覚悟をきめるべきである。その男の仲間である屈強な門番と渡りあってやっつけたように、蛮勇をふるって渡りあえば、この残忍な男、それに手下の者たちにもわけなく勝てる」というのだ。第二の〈心〉がこう忠告してくれたとたんに、わたしの恐怖は霧散し、正常な状態にもどり、腹の底から力が湧きあがってきた。

正常な状態にもどったわたしは、第二の〈心〉にたずねた。「この地球上に悪鬼はひとつだけしかいないとわたしは思っていた。そしてわたしの町にあるのが、その悪鬼の像なのだと。それなのにどうしてこんな遠い土地にも悪鬼がいるのだ」。すると第二の〈心〉はこう説明した。「悪鬼はとても強い精霊です。そしてどこにでもあまねく存在する精霊です、したがって世界のどこにでもいるのです。その精霊は、空気が大気中にみちあふれているように常に大気中にみちあふれているのです！」だがたまげたことに、第二の〈心〉がそうわたしに説明していたさなかに、巨大で醜怪な背の高い悪鬼崇拝者とその手下どもが、このお社に殺到してきた。その男はとめどなく汗をかき、両眼をぎらつかせながら、その男の神さままでもある悪鬼の像を見た。その像のうしろに実はわたしはずっと腹這いになって身を潜めていたのだ。

ところで悪鬼の頭から足の先まで全身を流れおちる大量の油と動物の血を見たとたんに、その男は像に駆けより、即刻それらをなめはじめた。その間、手下の者たちはその男のうしろで事態の推移をじっと見まもりながら立っていた。像のうしろでこわごわと腹這いになって観察していると、手下の者たちは一人としてその血や油をなめもさわりもしなかった。もしかれらが血や油をなめたり、さわったりしようものなら、その男がかれらを殺したかどうかは、わたしには確証がなかったことはいうまでもない。

血と油を貪欲になめ、たらふく味わったあと、その男は突然とびはねた。そこでわたしも突如お社から外へ駆けでて、即座に安全な別のお社に身を隠すため、あちらこちらと駆けまわりはじめた。それも第二の〈心〉の忠告に従ったまでのことだった。ところでわたしがそのお社のそとに飛びだし、すっかりうろたえてジグザグ型に走りだしたとたんに、醜怪な悪鬼崇拝者も即座に血と油の場所を離れ、お社から外へ飛びだし、みんなでわたしをとっつかまえて殺そうと、あちらこちらと追跡しはじめた。手下の者たちの方が、その男より走るのが速かったが、かれらはその男の思うようにはわたしをつかまえることができなかった。わたしは必死でお社からお社へとつぎつぎに駆けずりまわっていたからだ。それを見てすっかり腹をたてたその男は、手下の者たちのあとを追いながら、手にもっていた重い鉄製の棍棒を追手たちひとりひとりに投げつけはじめた。

そうしながらもその男はぶつくさ不平を鳴らし、わたしをひっとらえて、自分のところへ連れてくるように手下の者たちに命令し、もしもとらえそこなったら、その罰として死刑に処すときびしいお達しを出していた。だが不運にも、正確に狙ったはずの鉄製の棍棒や二股の槍を手下の者たちは受けそんじたうえ、その男は次に打つべき手がわからないほどすっかり怒りで狂っていたために、この武器はひとつとしてかれらの手元に届かなかった。

こんな調子で、命からがらお社の境内をジグザグ型に走りまわっているうちに、わたしの後見人で、信頼できる第二の〈心〉が、急いで雷の神さまの像が壁にかかれている大きなお社に駆けこむよう、わたしに忠告した。そこで即座に第二の〈心〉の忠告に従ってそのお社に駆けこみ、大急ぎで雷の神さまの像によじのぼり、その頭のてっぺんにすわって、雷の神さまの像が右手にもっていた稲妻の矢を右手に持ち、左手に握っていた重いオノを左手でしっかりと握った。ところでこの雷の神さまの像は、まるで巨人のようで、オノの柄の長さは二メートル以上もあった。

だがほどなく、醜怪な悪鬼崇拝者と手下の者たちは、わたしがそのお社に隠れているのに気がついた。怒りに狂い、全力をあげて突入してきたときのかれらは、まるで激しい雨にずっとたたかれていたかのように汗だくになっていた。突入すると同時に、仏頂面をしてお社のすみからすみまでしらみつぶしに調べていた首領の悪鬼崇拝者が、像の頭の上にいるわたしを見つけ、即座に手下の者たちを集めてわたしをとりかこんだ。ひと突きでわたしを殺さんものと、その男が先が二股の長い槍を高くふりかざしたとき、雷の神さまの像が手にしていた稲妻の矢が突然大砲のようなすさまじい轟音をたててとどろきわたった。

するとたちまちお社の境内全体が揺れうごきだし、奇妙な厚い煙が一面に境内を包んだ。この厚い煙は怖ろしいほど黒く、そのためその地域にいた生き物も、生きた人間であるわたしにしても、どこに逃げ口があるのか皆目わからなくなった。この奇妙な煙がずっとお社の境内にたちこめていたあいだ、すさまじい稲妻が、強い風と音をともなう集中豪雨のように境内いっぱいに炸裂しはじめ、そのため数秒たらずですべての生き物の目はかすみ、耳はつんぼになり、万物が突如、収拾のつかぬ混乱状態におちいった。そこで醜怪な悪鬼崇拝者と手下の者たちも、この怖ろしい出来事のために、敵意もあらわな行動を中止せざるをえなくなった。

このような怖ろしい出来事がなおもつづいていた折しも、わたしがその頭上にすわっていた(いやうずくまっていたといった方が正しいのだろうが)この雷の神さまの像が、まるで崩れおちるのを望んでいるかのようにぐらぐらっと揺れだした。これを見てわたしは、うまくいけばお社のそとに出て、逃げきれるかもしれないという目算をたてて、突然床の上に飛びおりた。

だが飛びおりたとたんに、醜怪な悪鬼崇拝者とその手下どもがわたしの足音をききつけたのには、さすがのわたしも肝を冷やした。そしてかれらは、なんのためらいも慈悲もなく、みんなでわたしをつかまえようと這いだした。だが奇妙な厚い煙でわたしの姿が見えなかったため、せっかくのかれらの努力もすべて水泡に帰した。

かれらがお社の入口をふさいでいるので、なんとしても出口を見つけたいわたしは、別の入口を探しはじめた。ところが運のつきとでもいうのだろうか、すっかり厚い煙につつまれたお社でもたついていると、突然、醜怪な悪鬼崇拝者と鉢合せになってしまった。その男は明らかに、わたしをしっかりと抑えこんでおいて引き裂き、殺そうと企んでいたので、わたしは勢いよく後方へとびのいた。わたしをつかまえそこねたその男は、こんどはのろい足どりで、めくら滅法にここかしことお社を歩きながら、どこそこおかまいなくお社をなぐりつけはじめた。わたしの隠れていた場所が見えなかったからだ。そしてその男がここかしこと、ところかまわず、なおもまごつきながらお社をなぐりつづけていたあいだにも、依然として雷はものすごい轟音をたて、稲妻は厚い黒煙をともなって大空から下界に向けて炸裂していた。そうこうするうちに、この男は誤まって、重い鉄製の棍棒で二人の手下の者を殴打して殺してしまった。

その男は、誤まって二人の手下の者をなぐり殺すと同時に、これまた誤まって同じ鉄製の棍棒で像もなぐりつけてしまった。するとそのとたんに、像から火がぱっと吹きでて、たちまちのうちにお社の屋根やほかの部分が、火につつまれた。数秒後にはお社全体がゆらゆらと炎上しだした。そこで醜怪な悪鬼崇拝者とその手下の者たちは入口を離れ、お社のほかの場所へと向い、わたしの方はそとへと突き進んでいった。わたしの足音を聞きつけて、かれらもまたお社のそとへと殺到してきた。

その男と手下の者たちは厚い煙のなかでかすかにわたしの姿を見かけると、境内でわたしを追いはじめた。身を隠す場所を探すために、あちこちとなおも駆けずりまわっていたちょうどそのとき、むしろ逃げるのはやめて、醜怪な悪鬼崇拝者とその手下の者たちと、堂々と対決すべきだという考えがわたしの〈記憶力〉に浮んだ。最悪の場合、負けて殺されるかもしれないが、ずっと昔わが町を出るまえにはわたしが勇敢な野獣の狩人だったことを、まずは積極的にこちらからかれらに示すべきだというのだ。

そこでなんのためらいもなく、わたしは立ちどまり、早速そのてっぺんに取りはずしのきく頭二つを突きさしてあった棒二本を地面に据えつけた。そして間髪を入れずわたしの首にジュジュをいっぱいつけ、ジュジュの袋と食糧袋それに弓矢も地面に置くと、即座に、重いマサカリを振りかざしてかれらひとりひとりに挑みかかっていった。そこでかれらはわたしを包囲しようとしたが、そんなまねはさせなかった。ひとつところに立ちどまることはせず、まるでトラのような早業で、ここと思えばまたあちらという具合に四六時中飛びはねていたからだ。

そんなわたしの動きをとくと観察し、自分たちにとって手ごわい相手だということがわかったとき、手下の者たちはその男の背後に走った。かれらの頭領がわたしに立ちむかってきたとき、わたしはマサカリでその男を切りつけ、その男も鉄製の棍棒でわたしになぐりかかってきた。そんなわけで、なおも一面に煙がたちこめるお社の境内を、マサカリと棍棒を使っての決闘が続き、およそ十五分間にわたって双方で烈しく渡りあった。わたしは死ぬ覚悟で猛然とその男に襲いかかり、その男の額をまっ二つに割ってやろうと、マサカリを振りあげたとたんに、男は左に体をかわし、マサカリの一撃を避けた。こんどはその男がわたしを目がけて鉄製の棍棒を投げると、即座にわたしは右に体をかわし、命中するのをまぬがれた。そしてすぐさま棍棒を拾い、マサカリをしたに置いて、拾った棍棒を渾身の力をこめて、その男めがけて投げかえした。するとみごとにその男の頭に命中した。

再度その男は棍棒を投げたが、即座に右に体をかわしたので、わたしには命中しなかった。そこで早速棍棒とマサカリを拾いあげ、こんどは棍棒を投げかえすのはやめて、そのかわりにその男めがけて襲いかかり、棍棒で必死になってなぐりつけた。するとその男と手下の者たちも、負けじとばかりに、ほかの武器を使ってわたしをなんべんとなくなぐりはじめた。だが醜怪な悪鬼崇拝者は、いくらわたしをなぐってもわたしの力が一向に衰える気配を見せないのをみてとって、すばやく先が二股にわかれた槍をかまえた。そして十分にわたしを見てから、一発のもとでしとめんとそれを投げたので、わたしは即座に地面に伏せ、そのため難なきをえた。そのあと一秒とむだにしないでわたしは立ちあがり、その槍を拾って投げかえしたが、これも男には命中しなかった。

するとまたその男は槍を拾ってわたしに投げかえした。わたしが左に体をかわしたのでこんども当らなかった。そんな具合に、双方でお互い狙いをつけて投げあい、命中しないでいるうちに、やがて雷のとどろきもやみ、奇妙な厚い煙は消え、稲妻の矢は完全にとまり、空も当然のように晴れてきた。このとき、醜怪な悪鬼崇拝者からわたしを救うために、雷の神さまの像がこのような怖ろしい出来事をしくんでくれたのだということが、〈記憶力〉の助けでわかった。申すまでもなくわたしの母は、わたしの町の雷の神さまの熱心な崇拝者だったのだ。

しばらくの間悪鬼崇拝者が怒りに狂って、二股の槍をわたしに投げつづけ、わたしも同じように怒りに狂いながら投げかえしているうちに、いつの間にかわたしは手下どもに包囲されていた。わたしに襲いかかろうと身構えているのを見て、とっさにかれらの頭領の鉄製の棍棒と槍を拾いあげ、わたしは槍を頭領めがけて投げ、同時にかれらひとりひとりを棍棒でなぐりつけはじめた。これを見て、悪鬼崇拝者である頭領はすっかりいらだち、必死に槍を投げかえした。すんでのところでわたしの額に命中するところだったが、運よくその槍を受けとめ、難をのがれることができた。

あと数分で醜怪な悪鬼崇拝者とその手下どもの手にかかってあえなく討死という気配が濃厚になったのを感じとるや、〈記憶力〉は即刻、わたしに加勢する気を起した。二つの〈心〉も加勢してくれるものと期待していたのだが、二つとも恐怖のあまりに麻痺状態におちいっていた。しかし運よくそのとき突然第二の〈心〉の働きが活発になり、やにわに、「このような危険に出会ったとき身を守るようにとそなたの母がくだされた稲妻の矢を使いなさい！　それを使うのはいまです」と、わたしに忠告してくれた。このとき第一の〈心〉の方は完全にわたしを見すててしまっていたのだが、わたしの〈記憶力〉は、そのことを罪状として記録に書き留めておくことを忘れなかった。

第二の〈心〉が稲妻の矢のことを思い出させてくれるまで、ずっとわたしはジュジュ袋の中身のことをすっかり忘れてしまっていた。そこで槍を投げかえすのはやめにして、早速ジュジュ袋の口を開けて稲妻の矢を取りだし、悪鬼崇拝者に向けて投げつけた。ところがそれが、その男にも手下の者たちにも命中せずに、どすんと男のまえに落ちたときには、わたしはまったく肝を冷やした。稲妻の矢は、ものすごい勢いで轟きわたり、そのためかれらはみんな力をなくして地面に倒れふした。すっかり力をなくし、体の一部すら動かすことができないでいるのを見て、わたしは荷物全部と醜怪な悪鬼崇拝者の二股の槍を頂戴して旅を続けた。だが鉄製の棍棒の方は、とても重かったので置いてきた。

さて〈第二の最高神〉に心からの感謝の祈りを捧げてから、わたしは雷の神さまの像のお社にもどり、そのまえでうやうやしくひざまずき、十分ばかり感謝の祈願をした。そのとき神さまにお供えするコーラナット、にがいコーラナット、雄鶏などは持ちあわせていなかったけれども、その加護を肝に銘じて深く感謝しているわたしに、神さまはご満悦であることがよくわかった。こうしてお社を出てロードサイドタウンの道路にもどり、お社の境内で力をなくした醜怪な悪鬼崇拝者とその手下の者たちをあとに旅を続けたのだった。

ロードサイドタウン（路傍の町）

ロードサイドタウンに通じる道を六十分ばかり旅を続けたあと、わたしはとても涼しい日蔭のある道ばたで足をとめた。そして取りはずしのきく頭二つ以外の持ち物を全部したに置き、休むまえにその頭を棒の先からはずして、醜怪な悪鬼崇拝者から失敬してきた先が二股の槍にひとつずつ刺しかえてから、その槍を荷物の前の地面にすえつけた。さてわたしは、これで二つ戦利品を手に入れたことになったわけだが、いかにわたしが強くて勇敢だったかを町の人間に見せるためにも、できることならぜひこの戦利品を町へ持ってかえりたかった。そのあと道ばたの荷物のまえに腰をおろし、休息をとった。醜怪な悪鬼崇拝者と手下どもとの決闘でくたくたに疲れていたからだ。最後には打ちのめして、かれらを無力にはしたものの、お社の境内を立ちさったあと、かれらが蘇生したかどうか、わたしには知る由もなかった。

しばらく休んだあと、むしょうに食べものがほしくなった。そこでマサカリを手に立ちあがり、近くのブッシュへ歩いていった。すると道路からさほど歩かないうちに、運よくバナナ園にやってきた。このときはちょうど乾期だったので、すでにバナナはほとんど熟していた。臆することもなく、わたしは手にかかえられるだけのバナナをもぎとり、喜びいさんで道路にもどった。そして荷物のまえにすわると即座にそのバナナを腹いっぱい食べ、残りのバナナを取りはずしのきく頭のまえに置いた。それから取りはずしのきく頭と残りの荷物のまえで横になった。そして、醜怪な悪鬼崇拝者とその手下の者たちを打ちのめすのに雷の神さまがどれほど手助けをしてくれたか、心の中で考えはじめたとたんに、町に残してもう長い間たっている石女の妻のことが思いだされた。そのうちにやがていつしか知らぬ間に寝入ってしまった。

ぐっすりと熟睡したわたしは、朝になって、さまざまな大きな鳥のさえずりで目をさました。目をさますと即座に立ちあがって、近くの池に行き、たっぷり時間をかけて水浴し、きれいに歯を磨いた。そのあとただちに例によって袋と弓と矢を左肩にかけ、取りはずしのきく頭二つを突き刺した槍をまっすぐにもち、残ったバナナと重いマサカリを右手にもって、バナナをやつぎばやにむしゃむしゃ食べながら、ロードサイドタウンめざして一目散に進んでいった。

バナナをすっかり食べおわってからわたしは、道を歩きながらとても快活に大きな声で歌をうたいはじめた。その朝は幸福感いっぱいにうきうきしていたので、いつもより足どりも軽くどんどん歩いていった。そして、前方かすかにロードサイドタウンが見えだす十二時までは、休息や食事のために足をとめることなどは毛頭考えもしなかった。およそ四十分ばかりたつと町に着いたので、槍を高々と振りかざしながら意気揚々と町へ入っていった。そして王さまにお目にかかって王さまの領土を通過する許可を得るため、町のなかをどんどん歩きはじめた。ところが町の人間は、わたしの怖ろしい身なりを見て逃げだした。

人間たちはわたしを見て、こわくて逃げていった。でも数百頭の犬ははげしく吠えたてながらわたしのあとをついてきた。わたしはこわかった半面、恥ずかしくもあった。さて王宮の所在地も知らないで町のなかをのんびりと歩きながら、案内をたのもうとしても人びとはわたしに応じてはくれなかった。そこでしばし途方に暮れていた。というのは、この町のなかを進もうとすれば、ますます犬がたくさん集まってきて、その吠え声がいよいよけたたましくなっていったからだ。

人間と犬とヤギとヒツジなどがわたしを見て大恐慌をきたし、すっかりうろたえて逃げだしたので、わたしは町へ一直線に入るのはやめて、重い足を引きずりながら、すっかり意気沮喪して町の別の方へとジグザグ型に歩きだした。しばらくすると、人だかりのする市場へとやってきた。ちょうどその日は市の日だった。ところが市場の人間はわたしを見たとたんにすっかりふるえあがり、品物をその場に置いたまま恐怖と狼狽のあまりに家へ逃げかえった。

この時わたしはとてもひもじかったので、品物を置いたまま市場の人間が逃げてかえったあと、さまざまな食料品を売っていた売店へゆるゆると歩いていき、高い椅子に腰をおろしてマサカリをその椅子にもたせかけて、袋と弓と毒矢は左肩にかけ、槍を右手にもったまま、腹いっぱいになるまで食べ物を食べ、水をのんだ。ちょうど長くて大きな骨を嚙んでいたとき、第二の〈心〉が、すぐに立ちあがって町の南部に向って進むよう、わたしに忠告した。第二の〈心〉の忠告にはいつも従ってきたことでもあり、わたしは早速立ちあがって、その通りに町の南部に向って進んでいった。

王さまに会って、町や土地や領土を通過する許可をもらい、旅の目的を報告しないかぎり、町を通過することは違法だった。そこで望むと望まないとにかかわりなく、このロードサイドタウンを通過するまえにどうしてもこの町の王さまと会わなくてはならなかった。およそ十五分ばかり重い足をジグザグ型に引きずりながら旅を続けていると、第一の〈心〉が、間違ってわたしに町の北部へ行くよう忠告した。だが第二の〈心〉は早速その忠告を非難し、第一の〈心〉の忠告には絶対に従ってはならぬ、王の王宮は町の北部ではなく南部にあるのだと、重ねて強い調子で注意をしてくれた。

二つの〈心〉がお互いになおも激しく言いあらそい、第二の〈心〉が第一の〈心〉をうそつきだと難詰していた間にも、わたしは第二の〈心〉の忠告に従ってジグザグ型にゆるゆると町の南部に歩いていった。数分後には二つの〈心〉は言いあらそいをやめて和解した。

南部に向って町をジグザグ型に歩いていると、やがて運よく王宮へやってきた。王さまは、数百頭の犬がわたしをとりかこみ、わたしに向って猛烈に吠えたてていたのを聞いて、大きな窓からこちらを覗いていた。だが、王さまに会って〈さい果ての町〉の道路に行く中継点であるこの町の通過許可をもらおうと、王宮の正門に入ろうとすると、おびただしい数の王の従者たちが急いで正門の大きな扉を閉めた。やがてすぐさま王さまのもとにもどったかれらに、王さまが大きな声で絶対にわたしを王宮に入れてはならぬと命令しているのが聞えてきた。そのあと王さまはうろたえながら窓のところから玉座へともどっていった。

その間ずっと王宮の正門から少し離れたところに立っていたわたしは、取りはずしのきく頭を二つてっぺんに突きさしていた長い二股の槍を地面にすえつけた。そして王宮に入ることが許されなかったので、またまたジュジュ袋と食糧袋それに弓と矢を地面に置き、重いマサカリをしっかりもって、荷物のできるだけ近くにすわった。そして市場から盗んできたあの長くて大きな肉の骨をむしゃむしゃかみながら、こういう場面での忠告をぜひ聞きたいものだと、二つの〈心〉の出番をひたすら待っていた。すると数分たってまず第一の〈心〉が突然、立ちあがって正門の大きな扉を打ち破り、力ずくで王宮に入るよう忠告した。

第一の〈心〉のこのあやまった忠告を聞いたとき、わたしは即座に左右に首をふり、その忠告に従うことはとても危険であることを身振りで示してやり、相も変らず、まるで気でも狂ったように大きな骨をかみつづけた。わたしの形相は、このときあるいは少なくともこの町に入るまえには、すでに多少なりとも狂人そっくりになっていたことはいうまでもない。

それはそれとして、第一の〈心〉がわたしを間違って導いたので、〈記憶力〉はそれを罪状として記録に書き留めることを忘れなかった。

飽きもせずになおも大きな骨をかんでいると、突然正門の扉が開いて、無数の犬がなおもわたしを取りかこみ、激しく吠えたてているなかを、二十名ばかりの巨人のような王さまの従者たちが手に手に棍棒とマサカリ、太いナワ、太いクサリ、大きなアミをもって、全速力で王宮から飛びだしてきた。このようにわたしに刃向ってくるのを見たとたんに、わたしは即座にジュジュ袋と食糧袋と弓と矢を左肩にかけ、左手に槍を、右手にマサカリをしっかりもって立ちあがり、向ってくる敵に身構えた。

ところがびっくり仰天しまたたまげたことに、きびしい目つきで巨人のような従者たちをにらみつけていると、いつの間にやらそのうちの二人がひそかにわたしの背後にまわり、持っていた大きな厚いアミをわたしの頭上にひろげ、瞬時にしてそのアミは足までからみついた。そのあと残りの者が突然わたしに向って突進し、二人がアミでわたしの体をがんじがらめにするのに加勢した。そして間髪を入れずに全員で、わたしの持物一切もろともわたしの全身を地面から持ちあげ、一分たりともむだにせずに王宮へと運びはじめた。これを見てわたしはアミからなんとか脱出し、さらにこの町からも逃げだそうともがきはじめた。かれらはわたしを殺すか、危害を加えるか、それとも王さまの神さま、または神像のご供物にわたしを捧げようとしていると思ったからだ。

さてアミから脱出しようと必死にもがいていると、やがて巨人のような従者たちはわたしがこわくなりだした。危険な悪霊なのかそれとも悪鬼なのか、わたしの正体がかれらにはつかめなかったし、かれらが総出でかかってもわたしを取り押えられなかったからだ。わたしはアミの目のどこかを破って外に出たいと思ったのだが、そうはさせじと、かれらは王宮までアミを引きずっていった。

王宮までアミを引きずっていくと、家臣たちを従えて玉座にすわっていた王さまのまえにアミを置いた。そして、取りはずしのきく頭二つをてっぺんに突き刺してあった二股の長い槍を見て、かれらはこわくなってふるえだし、即刻命からがら逃げだしそうになった。わたしがかれらに敵意を抱いていると思ったからだ。そのあと従者たちは、わたしの体からアミをはずした。そのとたんに、わたしは左手に悪鬼の槍をもって突然すくっと立ちあがった。そして激昂していまにも喰ってかかりそうな顔をした槍のてっぺんの二つの頭を、王さまとその家臣たちに向けた。

ジュジュ袋と食糧袋に弓と毒矢を左肩にかけ、右手に重いマサカリを持っているわたしの形相が、なんとも言いようのない恐怖感をかれらに与えているのがわかったので、わたしはこれらのものを全部もってすくっと立ちあがった。すると効果はてきめんで、敵意にみちたわたしの仕草を見て、王さまと家臣たちはすっかり怖気づき、おそらくはわたしがかれらを追跡して殺すだろうと思いながら、とるものもとりあえず王宮の突端まで逃げていった。

すっかり怖気づいた王さまと家臣たちが王宮の突端で立ちすくみ、巨人のような従者たちがわたしから遠く離れてつっ立っていると、王さまはやおら家臣たちの方に顔を向け、わたしの方を指さしながらこう言った。「この男は、どのようにして野生のジャングルの〈頭の取りはずしのきく狂暴な野生の人間〉の頭を二つも手に入れることができたのじゃ？　これから先も奇妙な頭をいくつ手に入れるかも知れないようなこの男に近づくことのできる人間は、ひとりもいまいとわしは思うのじゃがどうじゃ。この者は人間ではない。精霊か、それとも残酷な生き物かなにかにちがいあるまい。だが待てよ。悪鬼だけがもっている二股の長い槍をこの男がもっているところをみると、悪鬼の精霊かもしれぬな。いったいこやつは何者じゃ？」王さまがすっかりうろたえて、大きな声でこう言うと、一同は改めてわたしをじろじろと見た。うろたえ怖気づきながらわたしをじっと見ていたその間、かれらがわたしにすることは何ごとにかぎらずすべて受けて立つつもりで、わたしは一ヵ所に足を踏んばって毅然として立っていた。もちろんこのときのわたしの形相は悪鬼そっくりで、かれらがわたしを悪鬼か精霊と見てとったのも無理からぬことだった。

王さまと家臣たちそれに屈強な従者たちがわたしから遠く離れて立ち、機をうかがっていた間にも、数百頭の犬はなおも王宮の周辺でおびえながら吠えたてていた。そのとき屈強な従者たちの数人がわたしの背後にまわるのが見えた。そのとたんに、かれらは突然わたしの腕と首を抑えつけ、わたしの両腕を太いクサリで縛りあげ、別の大きなクサリをわたしの首にかけそれを、両腕を縛ったクサリにつなぎあわせた。この動きがとても突然だったので、袋からジュジュを取りだしそれを使って身を守るだけの余裕がわたしにはまったくなかった。

両腕と首を縛りつけてから、かれらは荒々しく、王宮の中央にあった大きな柱のところにわたしを引きたてていき、全身をその柱にぐるぐる縛りつけた。ところで王さまと家臣たちは、こうなってはいくらなんでもかれらに危害を加えることはできまいと確信して、わたしに近づき、じろじろとわたしを眺めまわした。十分ばかり眺めまわしたあと、こんどはわたしの背後にまわり、驚嘆と恐怖の感情をまじえながら、うしろからわたしを足から頭まで見たあげく、もしもわたしが悪鬼であれば、危害を加えられ殺されかねないと考え、怖ろしさのあまり、そうそうに逃げていった。それにしても、間違ってかれらの町に迷いこんできた悪鬼なのか、それとも悪霊なのか、わたしの正体を断定しかねていて、それを一刻も早く決めたかったようで、まずてっぺんに取り外しのきく頭を二つ突きさしていた悪鬼の奇妙な槍を調べはじめ、こわごわと二つの頭もいっしょに調べた。だが頭の方は、とてもこわくて触るどころではなかった。

しばらくのあいだ槍と頭を調べてから、かれらはすっかりうろたえ怖気づきながら、お互いに議論をおっぱじめた。結局議論の末、先が二つにわれた槍は悪鬼の槍だから、わたしは悪鬼だという結論に達した。だが、どうやって取りはずしのきく頭を二つ手に入れたのか、かれらにはどうにも合点がいかなかった。野生のジャングルの〈頭の取りはずしのきく狂暴な野生の人間〉はとても怖ろしくて、その男に近づいてその首から頭をひったくるなんて絶対に不可能だったからだ。

王さまと家臣たちそれに屈強な従者たちが、わたしのことをかれらを破滅させるためにやってきた悪鬼だと間違って判断したいきさつは、ざっとこんなふうだった。わたしを悪鬼だと断定してすっかり満足したかれらは、王宮の前の場所へと歩いていき、美しい椅子にすわって、自衛のための策をお互いに相談しはじめた。家臣たちのある者は、わたしを殺すべきだと提案し、またある者は悪鬼は強い精霊だから、殺すことは不可能であることをほかの者に思いおこさせた。このようにわたしが絶体絶命の瀬戸際の苦境にあえいでいたとき、家臣の一人が進みでて、わたしの心臓を突きさせばきっと死ぬだろうと王さまに具申した。さらにその男は、万策を講じてわたしを殺すか無力にしておかなければ、こんどは逆に自分たちと自分たちの町に累《るい》が及ぶことは間違いないと強く進言した。

王さまとほかの者たちが大きな声でこの提案に同意しているのがわたしの耳に入った。もちろんそれは王さまが屈強な従者の一人に王さまの短刀を持ってこさせるまえのことだった。さらにそのとき、恐怖でふるえおののきながら、悪鬼が人間の手にかかって殺されるのは生まれてこのかた見たこともも聞いたこともないと、王さまがしわがれ声で家臣たちに言っているのがわたしの耳に聞えてきた。王さまの意見はもちろん家臣たちには受けいれられなかった。むしろ家臣たちはまずなによりもかれらの提案を実行に移すべきだと主張した。そこで王さまは両刃の短刀を取りに従者の一人を差しむけた。

かれらが実行しようとしていたことを聞いたとたんに、わたしはすっかりこわくなって、わが命を救うためにはどうすればよいか、〈記憶力〉のなかで考えはじめた。悲しいかな、このときすでに第一の〈心〉と第二の〈心〉は恐怖のためわたしを見すててしまっており、さりとて〈記憶力〉の方も、従者が短刀を持ってもどってきたときどうすればよいか、まだ告げてくれてはいなかった。さて、従者は低く一礼をして、王さまに短刀を渡し、王さまはそれを受け取るや、キラキラ光る銀色の柄《つか》を握り、前方に差し出しながら立ちあがった。そして王さまがわたしの方に近づいてきたとき、家臣や従者たちもこわごわと、ゆっくりした足どりで王さまの後ろからついてきた。ところで短刀がこわくてすんでのところで息がとまりそうだったこの瞬間に、運よく、その間ずっと恐怖のために完全に麻痺していた第二の〈心〉の働きが活発になり、即座に「すぐにそなたの体を左右に強くゆさぶりなさい。そうすれば両腕を縛っているクサリがゆるむでしょう。そのあと郷里の町を出発するまえに母から授かった稲妻の矢のひとつを取りだしてそれを王宮の床に投げつけるのです」と忠告してくれた。第二の〈心〉がこのことに気づかせてくれたので、ためらうことなく早速体を左右に強くゆさぶった。すると即座にクサリがゆるんだので、早速ジュジュ袋から稲妻の矢を取りだし、急いで大きな声で雷の神さまを讃える呪文を唱えた。「おお、わが町の雷の神さまよ！　そなたを讃え、そなたに祈願申し上げる！　どうかこの苦しみから脱出できますようわたしをお助け下さい。どうかお願いです。いまお助けを！」

雷の神さまにこのように大きな声で助けを求めたとたんに、王さまと家臣たち、それに屈強な従者たちは、わたしが縛りつけられていた柱の方に歩みよってきた。そしてわたしのまえに立って、腕のクサリがゆるんだことになおも不審がっていたとき、わたしは突然稲妻の矢を王宮の床に投げつけた。するとたまげたことに、稲妻の矢が床に当った瞬間ものすごい轟音が大空いっぱいにとどろきわたり、そのために王宮の屋根がはるか遠い先まで吹っとんでしまった。それに壁も床も激しく揺れ、王さまと家臣たちそれに従者たちは、王宮の随所にふっとび、短刀も王さまから遠く離れた場所へとふっとんでいった。

そういうわけで、みんなが大恐慌をきたしてふるえあがり、意識を失なって立ちあがることもできずにいると、数条の稲妻が王宮全体に間断なく光りはじめた。こんな怖ろしい出来事が続いてしばらくたったとき、王宮の巨大な柱がみんな倒れだし、またたくまにこっぱみじんになった。当然のようにわたしを縛りつけていた柱も倒れていくつかの破片に砕け散り、そのためわたしはクサリから脱出することができた。雷の方は相変らず大音響を立てながらとどろきわたり、強い稲光りが王宮と町のすみずみにきらめいていたが、クサリから自由になると、わたしは即刻、家臣と屈強な従者たちもろともすっかり狼狽して、横にぶったおれた王さまのところに駆けよって、〈さい果ての町〉の道路へ通ずるこの町を通過する許可を頂きたいと申しでた。

望むと望まないとにかかわりなく、このような混乱状態では王さまも渋々ながらこの町の通過を認めないわけにはいかなかった。そのうえさらに、肝を冷やす怖ろしいことが起った。相変らず空からはピカピカと稲妻が光り、大空いっぱいに轟音が大砲のようにとどろき渡り、数千頭の犬がなおも王宮の外で吠えたてていたとき、稲妻が王宮を直撃し、突然火がつき、数分とたたないうちにみるみる王宮全体が燃えだした。稲妻にせよ、轟音にせよ、雷にせよ、この地上の建物とか人間、家畜などすべてを揺れうごかすすさまじさで、王宮は炎上すると同時に崩れおちた。そして大火が町全体にひろがりはじめるや、すべてがめちゃめちゃになり、町じゅうが大混乱におちいった。

そのとき、もしそこに長居をすればわたし自身焼かれて灰になりかねないということが、わたしの〈記憶力〉に浮んだので、わたしは王さまに背を向け、炎上している王宮から脱出する逃げ道を見つけはじめた。すると、屈強な従者たちが突然わたしの方に突き進んできた。そしてわたしになぐりかかり、つかまえようとしたので、王宮は一面に火の海で、厚い煙に包まれていたけれども、わたしは猛反撃にでた。やがて渡りあっている時間があまりにも長いのと、それに猛烈な勢いで火がひろがっているのに気がついて、わたしは重いマサカリで、かれらがくたばるまでなぐりつけはじめた。そのころには、かれらも厚い煙で窒息しそうになっていて、急いで逃げ道を見つけだした。

必死に逃げるかれらを見て、わたしも逃げ道を見つけ、廃墟と化した王宮の外へと走っていった。外に出ると即座にこのロードサイドタウンをあとにして旅を続けた。こうしてわたしは雷の神さまのおかげで、邪悪な王さま、無慈悲な家臣たち、暴虐な従者たちから救われたのだった。町を出立する日に母がくれた稲妻の矢を使うよう忠告してくれた第二の〈心〉に、わたしは心からの感謝を捧げた。このロードサイドタウンに到着するまえのわたしの予定では、残忍な門番とその仲間である悪鬼崇拝者と激しく渡りあってくたくたに疲れていたから、つぎの旅を続けるまえの休息を十分にとるために王さまのところで数日間滞在するつもりだったのだ。それにしても、無理じいであったにせよ最後には王さまが、〈女薬草まじない師〉の領土である〈さい果ての町〉に通ずるこの町を通過することを許可してくれて、とてもうれしかった。そこで、艱難のときいつもわたしとともにいて守って下さる〈第二の最高神〉にも、心からの感謝の祈りを捧げた。

〈さい果ての町〉に通ずる道路

さてわたしは、炎上するロードサイドタウンをあとに、取りはずしのきく頭を二つ突きさした二股の悪鬼の槍とジュジュ袋、食糧袋と弓と毒矢を左肩にかつぎ、右手には重いマサカリをもって、東北の方角に向って旅を続けた。陶器の壺は割れも壊れもせずにジュジュ袋のなかに入っていた。この壺には、〈さい果ての町〉の全知全能の〈女薬草まじない師〉が、石女のわたしの妻に子宝が授かるよう調合して下さるジュジュ・スープを入れることになっていた。わたしはここで、ロードサイドタウンでわたしを導いてくれた〈第二の最高神〉に、重ねて感謝の祈りを捧げた。

ところでとてもうれしかったことに、ロードサイドタウンから六キロメートルも行かないうちに、わたしは〈さい果ての町〉に一直線に通ずる道路にぶつかった。そのとき、この道路は並の道路ではない、ほんとに一風変った道路だということに気がついた。つまりその道路の両側で起っている一切の動きがいままでの生涯に見てきたものに比べてはるかに奇異だったからだ。それはそれとして、わたしは道ばたに足をとめ、荷物をしたに置き、頭を深々と下げて故郷の町を出発して以来遭遇したさまざまな艱難からよくぞここまでわたしをまもってくれたと、数分間雷の神さまと〈第二の最高神〉に心からの感謝の讃辞を述べ、さらに第一の〈心〉と第二の〈心〉それに〈記憶力〉にもいろいろと助けてくれたことに感謝して讃辞を送った。

そのあと槍を地面にすえつけ、ほかの荷物をその足もとに置いて、荷物のまえに腰をおろした。数秒たってから、何か食べられるものがないかと、あたりをキョロキョロ見わたしながら、この道路の奇妙な事物に驚異の目を注いでいた。すると、この道路はとても広く清潔で、すてきな白い砂を一面にしきつめてあることに気がついた。棚杖《さくじょう》のようにまっすぐに〈さい果ての町〉に通じるこの道路の両側の土手には、道に沿ってあらゆる種類の生き物を模造した、さまざまな種類の神像や偶像などが直立の姿勢で立ちならんでいた。そしてこれらの神像や偶像のまえには、それぞれご供物が捧げられ、数種類の大きな葉の樹木が道路の土手に沿って並んでいた。その樹木はそれぞれに、神像や偶像にとても涼しい木蔭を落としていた。奇妙なこの樹木の名前をわたしは知らなかったが、葉と花がとても美しく、土地は不毛の地だったけれども魅力にあふれていた。

道路沿いにお互いの間隔があまり離れていない村がいくつか、道路からは少し奥まったところにあった。この道路は村の住民にとっては幹線道路で、そのためゆききする人間の絶えることはなかった。かれらの着ている衣裳やその仕草は、わたしの町の人間のそれとはまるで違っていた。

もうひとつここで気づいたことは、道ばたとか土手ですわったり待っている人は一人としていないことだった。また手に手にさまざまな種類のご供物をもって、村々からたえず大勢の人間がやってくるのがはっきりと見えた。かれらは神像や偶像のまえに立ち、数分間お祈りを捧げてから、ご供物を置いてそれぞれの村へと帰っていった。村人たちは、このように朝から夜おそくまで神像や偶像にご供物を捧げるために村から急ぎ足でやってくるのだ。

そこでわたしは、ロードサイドタウンに着くまえにお社の境内で渡りあった醜怪な悪鬼崇拝者から奪いとった二股の槍を地面にすえつけ、ジュジュ袋と食糧袋、それに弓と矢と重いマサカリをその槍の足元に置いた。そしてそれらのまえにすわり、ひどくひもじかったのに食べられるものがなにひとつ見当らないまま、この清潔で広い道路をゆききする人間をぼんやりと眺めつづけていた。

さて、自分の神像や偶像にご供物をそなえるために町からこの道路へ急ぎ足でやってきた人びとは、取りはずしのきく頭を二つそのてっぺんに突きさしてある槍と、その槍の足元に置いてあった袋と弓と毒矢とマサカリを見たとたんに、驚嘆と恐怖にかられて思わず駆けよってきた。

ところで、これらの物とそのまえの道ばたで無言のまますわっているわたしを近くではっきりと見たとき、とりわけわたしのまえの長い悪鬼の槍を見たとき、かれらはわたしのことをてっきり悪鬼だと思いこんだ。さらに頭をあげて、槍のてっぺんの取りはずしのきく二つの頭を見たとき、それはそれは大変なショックを受けた。そこで即座に恐怖のあまりわたしのまえで深々と頭を下げ、数秒たってから祈りをはじめた。数分間そうしたあと、かれらは直立の姿勢で悪鬼の歌をうたい、悪鬼の踊りを踊りながら、わたしのまわりをグルグルまわりだした。疲れるまでしばらくのあいだそうしたあと、かれらはめいめいの村へと走ってかえり、六十分たってから悪鬼に手向けるご供物をもってもどってきて、それらを全部わたしのまえに置いた。かれらはそのあと歌い踊り、まるでわたしが悪鬼ででもあるかのように賞め讃えた。およそ二十分ばかりそうしてから、大きな叫び声を発し、陽気に浮かれながら、またそれぞれの村へともどっていった。ところでこのような一連の動きは、かれらの村の近くの土地に、悪鬼が住みつくためにやってきた幸運を祝福する仕草だったのだ。

かれらが帰っていったあと、ひどくひもじい思いをしていると、第二の〈心〉がわたしにご供物を食べるよう忠告した。第二の〈心〉からそのように忠告を受けると、かれらの想像とは違ってもちろんわたしは悪鬼ではなかったのだが、そんなことはぜんぜん気にもしないで、ご供物をたらふく頂戴した。そしてひもじさが収まったとたんに、第二の〈心〉はわたしにまたぞろ即座に立ちあがって持ち物を全部もってただちに旅に出かけるよう忠告した。そこで口答えは一切せずに、わたしは第二の〈心〉の忠告通りに早速荷物をとりまとめ、即座に旅を続けた。しばしばわたしを間違って導く第一の〈心〉の忠告とは違って、第二の〈心〉の忠告には常日頃従うことにきめていたからだ。

ふしぎなことに、この道路を先に進むにつれてますます奇妙な種類のちがう多くの神像や偶像に出くわした。その日は日没まで旅をしてから道ばたで足をとめ、そこで睡眠をとり、夜が明けると目を覚ましてまた旅に出た。だがなにも食べないで正午まで旅を続けたとき、とてもひもじくて一歩も先に進めなくなった。そこでいつものように怖ろしい持ち物を整理したあと、道ばたにすわり、空腹をかかえながら、奇妙な神さまや神像とか偶像それにこの地域に住む人間を驚きの目で見はじめた。

このような奇妙な物とか清潔な広い道路をゆききする人間をなおも観察していると、突然わたしの背後で静かに家のドアを閉める音が耳に入った。そこでなに臆することも、ためらいもなくうしろを振りむいて、びっくり仰天した。たまげたことに小さな少女と少年が小さな家から出てきて、わたしの方に向ってやってくるのだった。わたしの推測では二人とも七歳ぐらいの同じ年で、背の高さも確実に同じ、皮膚の色は二人とも白かった。そして二人とも虹色の衣服をまとい、女の子は首に純金の装飾用のビーズをつけ、それが腰に向って垂れていた。それに女の子の両手首には、ピカピカの装飾用の金のビーズがついていた。頭につけていたヘッド・タイはとても高価な材料でできていて、赤の線が白と、青が黄色と、緑がクリーム色と、といった具合にお互いに交錯し色彩がとても豊かだった。髪の毛はさまざまな魅力的なスタイルに美しく編まれ、まつ毛にはすてきなアンチモニーを塗っていた。そして色彩豊かなラッパーはほとんど足首にまで届きそうだった。

ところで少女の歯は、白い布よりも白く、その相棒の少年はとても身だしなみのよい男子用の服を着用していた。優雅な乙女の衣服と同じ材料でできていたその衣裳は、色彩豊かで少年にぴったりだった。おそらくはこの日少年を見た者は、そのあでやかな衣裳といい、二人で連れだって天から降りてきたと固く信じたことだろう。少年が頭につけていた種族を表わす帽子は、とても美しく磨きあげられた金と銀でみごとに飾られていた。そして優雅な少年の体の露出部はいずこもとても清潔で新鮮、見る目にはきわめて魅力的だった。瞼の上の髪の毛はいつも磨いているようにつやつやし、少年と優雅な乙女の身なりから見て、かれらはその年齢よりもはるかに賢く怜悧であることがわかった。とは申してもこの美しい少年少女には、それを鼻にかけるといった風情はみじんもなく、二人が人間であると断言できる自信はわたしにはまったくなかったことはいうまでもない。そしてさらに優雅な乙女が優雅な少年の妻だと言い切ることについても今もって自信がなく決断がつかないでいるのだ。

この朝小さな家から二人が優雅に出てきて、二人並んでわたしの方に向って歩いてくるのを見たとき、わたしはわが目を疑った。そしてわたしの伴侶である第一の〈心〉と第二の〈心〉もまた、この若い二人が天使なのか人間なのか、すっかりまごついてはかりかねていた。だが驚異と恐怖の気持でなおも二人を見ていたうちに、やがて二人はわたしの方に歩いてきてわたしのまえに立った。このときは、さすがにわたしも仰天し、こわかった。二人はわたしの前に立って三回手をたたき、わたしと悪鬼の二股の槍のてっぺんに突きさしてあった取りはずしのきく頭二つに向って深々と頭を下げると、即座に美しい少年は、ハチミツのように甘美なすばらしい声で、詩の形式で朗唱しだした。一方優雅な少女の方もまた、聞く者をして知らず知らずのうちに踊りに誘いこみ、火のなかにでも飛びこませかねないほどの甘美な旋律の美しい声のもち主だった。

優雅な少年がわたしに向って朗唱しだすと、少女はそのバスやテノール、ソプラノなどあらゆる声を使った朗唱に合わせて、ここかしこ体を動かしはじめた。

「そなたの手を邪悪なことに染めさせてきたものはいったいなんなのですか。悪行を重ねて、そなたにどんな利得があるというのですか。そなたの考えていることはすべて、全知全能の〈女薬草まじない師〉であるわたしどもの母上さまにはおわかりのことです。もちろんわたしどものあまねく存在する母である〈女薬草まじない師〉は、ありとあらゆる被創造物の考えていることをすべてご存知です。そなたは悪い人間のことを考えておられる。でもわたしたちの最高の偉大な〈女薬草まじない師〉であられる母上さまはそなた自身の問題を考えておられるのです。そなたの心のすみずみまで、わたしたちのあまねく存在する母上はお見透しです。そなたがお考えになるまえに、お友だちのそなたさま、どうかまず最初に全知全能の母上のことを考えて下さい。旅のお方よ、どうかまず質問させていただきたい。そなたはどういうお方で、どのようにして取りはずしのきく頭二つを手に入れたかを。と申しますのも、わたし自身すでに大切な言葉を身ごもっておりまして、懐妊した女が赤ん坊を分娩するときのように、大切な質問を分娩したいのです。どうかわたしが質問したときには、思っていることをすべてあからさまにお答えくださるようお願いします。もっとも大きな声で答えられるような性質の質問ではございませぬが。

「そなたはどなたの息子なのでしょうか。そなたは昨日のお金持の方の、それとも一昨日のお金持ちの方の息子さんなのでしょうか。そなたは一般庶民の父の、それとも富裕な父の息子さんなのでしょうか。わたしは自分のこと、自分が何者であるかを、よく承知しております。わたしの父がだれであるかも知っております。わたしの母はわたしを分娩するとすぐにわたしを父に見せました。わたしは生まれた家を存じております。またいまそなたがごらんの通りの子どもに成長するまでに育った縁側のことも知っております。わたしの母も父も決して富裕ではありませんが、全知全能の母上はわたしたちやほかの大勢の人間の責任をすべて取られるのです。わたしの偉大な父と母は、着る衣服がないほど貧しくはありません。

「わたしの母は決して富裕ではありません。だからこそ、すべての人の子の母を、わたしの母と考えるのです。わたし自身の母は永遠にわたし自身の母です。同じようにわたしは、父が富裕でないただそれだけの理由で、わたし自身の父を乞食の仲間に入れて考えるようなことはいたしませぬ。自分の父を乞食の仲間に投げこむなんて、私生子のすることでございます。わたしの生みの母はわたしにとって、とっても大切な方です。だから父も大切だと思っております。わたしは父以外の男性の息子のようには絶対に振舞ったりはいたしませぬ。だから母と父に迷惑をかけるようなことはいたしませぬ。わたしはわたしたちの家での母や父の立居振舞いをすべて承知しております。だからわたしは私生子とか手に負えない子どものような振舞いはいたしませぬ。富裕な父の息子たちといっしょにいるとき、わたしはいつもわが家のこと、つまりわたしは貧しい家庭の出身であることを忘れずにしかと胸に刻んでいるのでございます。

「一般庶民の息子たちといっしょにいるとき、わたしは自慢をしたりするようなことはいたしませぬ。高慢ちきになったり、金銭の入った袋をいっぱい手にもっている人のような真似はけっしていたしませぬ。すばらしい衣裳を身にまとっているとき、ぼろを着ている人のまえに立つようなことは絶対にいたしませぬ。わたしは常に父と母の身分を心得ているからです。自分がだれの息子かよくわきまえております。悪を見つけた人は必ず悪に染まるからです。石女であることにあきあきしたとき、女は石女と人びとから言われないようにと〈生まれながらにして死んでいる赤ん坊〉族に祈ります。でもせっかく生まれた赤ん坊が死んで、いままでどおりの石女になったら、そんなことをしてもなんの役にも立ちませぬ。死ぬということは禁句ではございますが……」。

　優雅な少年が詩の形式で、このようにわたしを激励し、わたしがその少年の詩を理解したというしるしに、ゆっくりと荘重に頭を上げ下げし、うなずいてみせたとき、優雅な少女は突然歌をうたいだし、やがて二人はわたしのまえであちらこちらと、静かに舞いだした。二人はとても美しい声で、その歌をかれらの種族の諺《ことわざ》の形式で歌ったのだ。

「わたしは、昨日のそれと去年のそれは捨てました。でもいまは今日のそれを持っています。それを取って味わってごらんなさい。それと申すのはハチミツのことでございます。わたしの口のなかには喪に服している人をさえとても幸福にする歌があります。鷲は難なくご供物を奪うことができましょうが、もしも大空のトビがそのような真似をしようものなら、自分が神さまがたの怒りを鎮めるためのご供物になりましょう。これは法螺《ほら》でもなんでもないのでございます。猟犬がしとめられるのはシカだけで、トラをしとめるなんてできない相談です。わたしたち二人は、人びとがねたむほどの優雅な人間に成長いたしました。果物のなる木がますます高く伸びると果実をむしりとる人は、困るのです。エプロンだけをつけている人は、ロープで自分を結びつけているにすぎませぬ。死にかけている人の現場にいあわせた人だけが、残忍な人に正しい情報を伝えることができるのです。

「致命傷を受けた人は叫び声を発することもできないし、自分の身に起ったことを人に伝えるために天からこの世にもどってくることもできませぬ。もしもそなたがおかねをおもちでしたら、お金持ちでしたら、全知全能の母上である〈女薬草まじない師〉に感謝されるお手伝いをわたしがいたしましょう。もしもそなたが町のＶＩＰにおなりでしたら、そなたの幸福をいや増すお手伝いをわたしがいたしましょう。でもなにかのはずみでそなたがお金持ちになったのでしたら、そなたの同世代の人、家族のことを忘れてはなりませぬ。どこでそなたが生まれ、だれがそなたを息子として生んでくれたのか、どうかくれぐれもお忘れなく。このことをしかとそなたの心に刻みこんでおいていただきたいのです。最も偉大な〈女薬草まじない師〉であるわたしたちの母のことを、まだ小さいうちにはやばやと忘れてしまうような子犬は、吠え犬にしかならないのでございます。わたしたちの全知全能の母上のことを心に銘記していない手に負えない人間は、生涯、牢屋で暮すか厳罰を受けるのでございます。

「貧困を治せるような呪術師はほかにはおりませぬし、まだこの世に生まれてもおりませぬ。同じように悪を治せるような地上最大の超人もまだこの世界に存在してはおりませぬ。どうかわたしの歌をお聞きになってよく玩味され、そこから有益な教訓をたっぷりと汲みとっていただきたいのでございます。それはハチミツですから」。

こんな具合に優雅な乙女はわたしのまえで歌をうたい、そのあいだ優雅な少年はときたま賞め言葉をまじえながらこの乙女のはげましの歌に、相の手を打っていた。わたしはというと、この優雅な二人の戒めに大いにはげまされ、知らず知らずのうちに頭を重々しく下に垂れ、ひとつひとつに合槌を打っていたのだった。そしてそのあと第二の〈心〉ともども、その歌からかぎりない有益な教訓を選別しはじめた。ところがたまげたことに、わたしが頭を上げたときには、もう二人の姿はなかった。二人は家へ帰っていったのだ。そこでたっぷり時間をかけて、二人の家を拝見することにした。その家というのは王宮のように美しかったが、とても小さく、せいぜいよくて二部屋あるぐらいで、一部屋も、十メートル四方をこえない居間は別としてせいぜい十二メートル四方ぐらいだった。

壁には色彩豊かなとても美しいペンキが塗ってあり、ドアと窓はよく磨きあげられ、家は美しい数種の花に囲まれ、まわりの地面はとても清潔だった。そしてこの美しい花が小さな家を人びとの視界から隠し、そのため家があるのをすでに知っている人以外は、そこに家があることなんかまるでわからなかった。〈さい果ての町〉に通ずる道路からおよそ二百メートル離れたところにあったその家からは、とても魅力ある小道が道路に通じていて、やはりさまざまな種類の美しい花がその小道を人びとの視界から隠していた。

二人の姿が急に見えなくなってすっかりまごついていると、やがて小さなすてきな家から出てくる二人の姿が、わたしの目に映った。優雅な少年は鉢をもち、優雅な乙女は両方の手にそれぞれおおいをした水バチをもち、二人は静かに並んでわたしの方に歩いてくると、わたしのまえにそれらを置いた。そのあと少女はわたしに鉢と水バチのおおいを取るように言った。おおいを取ると、水バチにはさまざまな種類のおいしそうな食物が入っていたので、とても幸福な気持になった。鉢の方にはきれいな冷たい水が入っていた。

目のまえのものを見たあと、わたしは即座に頭をあげ、幸福感に浸りながら、二人に目を注いだ。とても喜んでいるわたしの姿を見た二人は、食物に手をつけ水を飲むように言った。わたしがひもじくて死にそうだったことを、かれらは知っていたのだ。そこで頭をかがめて、すばらしい食物を食べはじめたとき、醜怪な悪鬼崇拝者およびその手下どもとお社の境内で渡りあったときにその男からひったくってきた二股の槍の方に二人は目を向けた。わたしが人間なのかそれとも悪鬼の精霊なのか判断しかねて、困っているようだった。悪鬼の槍を手に入れて持っているということは、けっして並大抵のことではなかったからだ。さらに、槍のてっぺんの〈取りはずしのきく狂暴な野生の人間〉の頭二つを見ると、二人はすっかりうろたえてしまった。

食べ物を味わって食べていると、知らぬ間に二人は家へ帰っていた。二人が姿を消したことはぜんぜん気にもとめないで、わたしがガツガツと食べつづけていたことはいうまでもない。食べ物はとてもおいしく、それにわたしの大好物ばかりだったので、口いっぱいにほおばって呑みこみ、数分たらずのうちにすっかり平らげてしまった。ところで無関心に道路を通行していたさまざまな種類の人間がガツガツ食べ物に喰いついているわたしを見て、冷笑を浴びせはしたものの、そんなことにはわたしは一切無頓着だった。

食べおわると、即座に清潔な冷たい水を飲み、そのあと頭をあげてみると目のまえには優雅な二人の姿は見えなかった。二人は美しい仔馬を一頭つれてちょうど家から出てくるところだった。鞍がおいてあり、仔馬は小さな手綱を口にくわえていた。少年が仔馬の手綱を握り、二人はわたしのところへやってきた。そしてわたしに立つように言ったので、即座にその通りにした。すると少女は荷物をまとめるように言った。わたしはすぐに荷物を全部まとめ、ジュジュ袋と食糧袋、それに弓と矢を例によって左肩にかけ、そのてっぺんに取りはずしのきく頭を二つ突きさしてあった槍を左手にもち、右手には重いマサカリをもった。

こうして旅仕度がすっかり整ったとき、優雅な少女は水バチと鉢をまとめて、自分たちの家へもってかえった。もどってくると、即座に仔馬にまたがり、わたしにそのうしろに乗るように言った。わたしのうしろに優雅な少年がまたがり、結局この仔馬にはわたしを真中に三人乗ることになった。そのあと少女は、握っていた手綱を道路の方に向けた。このようにしてわたしたち三人は、仔馬にまたがってその道路を〈さい果ての町〉

に向けて進んでいったのだった。やがて優雅な二人は突然歌をうたいだした。この歌がとても魅惑的で、わたしたち三人は思わず気でも狂ったように道路沿いに踊りだした。生まれてこのかた、そんな魅惑的な歌を聞いたことがなかったわたしは、二人にもまして幸福感に浸りながら、踊り狂ったのだった。

さて道路の両側の土手に、兵士のように整然と並んでいた神さまとか神像、偶像など一切のものに相変らず目を注いでいると、やがて道路の両側に並んでいた大勢の村人たちの間を、数人の者が息子たちや娘たち、それに父親たちなどの死体を運んでゆくのがわたしの目に映った。かれらはみんな、救いを求めて、足ばやに〈女薬草まじない師〉のもとへ急いでいたのだ。

二人の優雅な少年少女が仔馬の背中で歌いそれに合せて踊っていた美しい魅惑的な歌にわたしも仲間入りしていると、やがてこれがめんこい仔馬にまで感染し、仔馬はまるで強壮飲料でも飲んだかのように、陶然としてすっかりその歌に酔いしれ、そのうちに〈さい果ての町〉に通ずる道路沿いをわたしたちといっしょに踊りだした。残念なことに、わたしたち一行が道路に沿ってなおも歓喜のあまりに大きな声をはりあげて歌い踊っていると、夕方の六時ごろにいつのまにやら〈さい果ての町〉の大きな門のところにやっててきていた。だがこのときは乾期だったので、例の夕暮をあざむく太陽は西の空に残っていた。

仔馬にまたがって大きな門に乗りつけたとたんに、門番がわたしたちに停止を命じたので、しぶしぶ馬をおりた。この優雅な二人とは顔見知りの門番は、にっこり笑いながら二人と握手をかわし、それからわたしの方に目を向け、穏やかな口調でたずねた。「お友だちのお方、そなたはわたしたちの全知全能の〈女薬草まじない師〉の町でなになさるおつもりです?」そこでわたしは説明した。「わたしは石女の妻に子宝を授けてくれるジュジュの薬を調合して下さるよう〈女薬草まじない師〉にお願いにまいるところです」。優雅な二人が見まもるなかを、とても悲しそうな声でわたしがそう門番に説明すると、門番は取りはずしのきく頭二つと槍の方に目を向け、数分間狼狽と恐怖のまなざしで二つの頭を見てから、頭を上下に振った。やがて振るのをやめた門番は、驚嘆のあまりに頭と槍をじっと凝視したまま、何分間も考えこんでいた。

しばらくたって門番が大きな声で言った。「そなたの荷物はいたって簡単で、死体やら死にかけた人間を運んでくる連中とはまるで違う。それはそれとして、町に通じるこの門を通るには、まず通関料を払っていただきたい。料金は四銅貨ペニーだ」。通関料を払うようにとこの門番が言ったとき、この六年間というもの一銅貨ペニーさえもっていなかったので、悲嘆にくれてわたしは思わず重い息をごくりとのみこんだ。でもびっくりもし、またとてもうれしかったことに、その息を吐きだすまえに、優雅な少女がポケットから四銅貨ペニーを取りだし、門番に払ってくれたのだ。

優雅な少女から通関料を受けとると、門番はわたしに町へ入ってもよろしい、でもそれは明日の朝にしてほしいと言った。そのとき優雅な二人はわたしに仔馬の手綱を差しだし、わたしが受け取ると、二人はほほ笑みながら、これはあなたへの贈り物です、今日の夕刻からこの仔馬はあなたの財産になったのです、と言った。そしてさらに〈女薬草まじない師〉への願いが叶ったあかつきには、この仔馬に乗って故郷の町に帰るようにとつけくわえた。「よろしいですね。それではさようなら。苦しみを背負っているお方よ、さようなら!」

二人はわたしに別れを告げてから、背中を門に向けて静かに道路沿いに歩きだした。二人の姿がやがて見えなくなるまでじっと見送ってから、わたしは仔馬のロープを門の近くの小さな木に結びつけ、そのあと荷物をしたに置いて横になり、数分とたたないうちにぐっすりと寝こんでしまった。夜が明けると即座に門番はわたしを起し、わたしの荷物一切をひとまとめにくくるように言った。そこで陶器の壺以外はひとまとめにして仔馬の近くに置き、てっぺんに取りはずしのきく頭二つを突きさしていた二股の槍を仔馬のまえの地面にすえつけた。

万事が片づいたとき、このようなわたしの財産を〈さい果ての町〉に持ちこむことはまかりならぬ、町へ持ちこめるのは陶器の壺だけだ、と門番は告げた。そしてここへ置いていく荷物はすべて、町からもどってきたときにお返しすると約束し、仔馬もそのときまで責任をもって自分が面倒を見ると保証してくれた。門番の言う通りに従ったので、即座に門番は門を開けて通してくれ、わたしは〈さい果ての町〉の道路へ出ることができた。

ところでとてもうれしかったことに、ジュジュ袋から陶器の壺を取りだして見ると、野生のジャングルなどで遭遇したさまざまな艱難などにもかかわらず、この〈さい果ての町〉の門に来る途中で壺がぜんぜん割れも壊れもしていなかったのだ。そしてこれは〈女薬草まじない師〉と接触するわたしの任務がうまく成功するという幸先のよい前兆でもあった。さらにこの日わたしは、妻の〈第二の最高神〉が妻にとても親切で、なんとしても妻の力になりたいと心底から思っている確証を得たのだった。もしそうでないとすれば、この陶器の壺は野生のジャングルの野生の人間たちなどとわたしが何回となく渡りあっていたとき、壊れていたことは間違いないからだ。ついでにわたしは、いつも身近にあってわたしを守ってくれ、とても親切に、わたしの町からこの〈さい果ての町〉までずっとわたしを導いてくれた、わたしの〈第二の最高神〉にも感謝の祈りを捧げた。

〈さい果ての町〉

この朝百八十分も快足を飛ばしたあげく、わたしは朝の十時に町に到着した。こうして野生のジャングルでさまざまな艱難、刑罰などを経験したあげく、とうとう最後に〈女薬草まじない師〉の町にたどり着いたというわけだ。ところで町のなかに足を踏み入れると、その町はとても大きく、美しく、清潔であること、この世のあらゆる富が集積し、とても繁栄していることに気がついた。町の随所に神さまたち、神像、偶像などのお社が建ちならび、とても美しい家が軒をつらねていた。住民はみんな小ぎれいで、きちんとした服装をしていて、それに〈全知全能の聖母〉さまがいつ何時でもかれらの難儀をすべて克服するのに手助けをしてくれたので、かれらはいつも幸福だった。

さて〈女薬草まじない師の母〉というのは、この町の最高統治者で、この〈聖母〉さまを助ける最高首長は大勢いたけれども、王さまはいなかった。つまり〈聖母〉さまがその町の一切を情愛をこめてとり仕切っていたのだ。家々や神さまのお社はすべて贅《ぜい》をつくして、色彩豊かなペンキが塗ってあり、かれらは、わたしにもとてもよくわかるただひとつの言語を話した。〈まじない師の母〉は全知全能で、非常に強力で絶対の権限をもっており、不死と死の中間の寿命をもつ〈半死の〉この町の住民は全員、毎日朝晩〈聖母〉さまを崇め拝むよう義務づけられ、さらに年に一度、まるで〈全能なる神〉でもあるかのように彼女のために特別の儀式がとりおこなわれた。そのほかに、めいめいが毎日それぞれの神さまを礼拝していた。

左手に陶器の壺をもってさらに町のなかへと進んでいくうちに、やがて〈まじない師の母〉の宮殿にやってきた。体にはぼろをまとい、汚ないアゴヒゲをぼうぼうとはやしたそんな姿で、わたしはまっすぐに正門へと急いだ。宮殿のなかへ入るつもりで正門にやってきたとき、門番が早速わたしをとめた。そして宮殿に行く目的を聞きただすまえに、一瞬怖ろしさのあまりにたじろいで少しばかりうしろへのけぞった。門番はわたしをてっきり気狂いだと思ったので、こわごわと訊問をしたのだった。

実際このときのわたしの身なりはぼろぼろで、見てもゾッとする体《てい》のものであり、わたしを気狂いだと受けとめるのも当然で、非難の余地はまったくなかった。宮殿に行く目的を聞かれたので、石女の妻に子宝が授かる妙薬を下さるよう〈まじない師の母〉さまに会ってお願いをしに、はるか遠い町からやって来た者だと、門番に説明した。わたしのこの説明が理に叶い、納得いくものと思ったのか、この説明を聞いて門番は入ることを許してくれた。

そこでわたしは臆することなく、石女の妻のために調合してくれるジュジュ・スープを入れる陶器の壺を左肩にかけながら宮殿に入っていった。宮殿に一歩足を踏みいれたとたんに、宮殿の巨大な柱のひとつに背中をもたせかけながら、〈聖母〉さまに会いにくる者に対して、だれかれなく挑みかかろうと身構えている、とても怖ろしく奇妙な、力が強くて背の高い、まるまるとよく太った男に出くわした。

〈女薬草まじない師〉の宮殿で

まるまると太ったこの怖ろしい男が、怖ろしい声でわたしに立ち向ってきた。「そなたは何者じゃ」。即座にわたしは悲しそうな声で答えた。「わたしは重荷を背負った人間でございます」。「そうか。それなら〈聖母〉さまのところにすぐに行くがよい」。その男は〈聖母〉さまの玉座のある宮殿の方を手でさししめしながら言った。そこでわたしはおそるおそるこのとても美しい宮殿の〈聖母〉さまの玉座に向って、まっすぐに歩いていった。

玉座というのは、半円形の円陣の中心にあり、〈聖母〉さまの最高首長とか家臣たちがすわる、とても大きくて、すてきな剝製の高座がその円陣にいっぱい置いてあった。いうまでもなく、〈まじない師の母〉の玉座は、ホールとか宮殿の正門からもはっきり見えるほど大きく高かった。

まるまるとよく太った怖ろしい男から玉座に行く許可をとりつけたあと、トラとかライオン、王ヘビ、象、牛、ワニ、人魚、サイなどの生き物のいく種類もの像が宮殿のいたるところにかかっているのに気がついた。しばらくして玉座のまえで足をとめたとき、〈聖母〉さまの町の最高首長の一人がわたしの方に向ってやってきて、身動きひとつせずに怖ろしい声で叫んだ。「そなたは何者じゃ」。このときわたしは恐怖で気を失ないそうだった。それというのも、その男の声がとても奇妙で、それに遠く離れて立っていても聞えるほど大きく、おまけにほかの人間だったら絶対にしないような、とても怖ろしい口のきき方、叫び方で、わたしに向ってがなりたてたからだ。かれらはみんな、すでに死んでしまっている、そんな風に見えた。

それでもわたしは震え声で答えた。「わたしは〈全知全能の聖母〉さまにお目にかかり、助けをお願いにまいった野生の動物の野生の狩人でございます」。そう答えると即座にもう一人の男が怖ろしい声でわたしにがなりたてた。「よしわかった。玉座のまえの大きな椅子のひとつにすわるがよい」。驚いたことにこの男の声も宮殿の遠くから聞えてくるようだった。そこでわたしは、半円形の円陣から少し離れた大きな椅子にすわり、そのときには〈まじない師の母〉は玉座についていなかったので、出座するのを待っていた。

さて、玉座やそのまわりにかかっていた奇妙な物を眺めわたしはじめたとき、〈聖母〉さまと最高首長たちとの間の私的な会合に使われる小さな家がわたしの目にとまった。その家は宮殿のいちばん端にあり、入口がひとつはみえたが、宮殿の構内に通りぬけられる入口がもうひとつあるのかどうか、わたしにはわからなかった。この小さな家にじっと瞳を凝らして見つめていると、〈聖母〉さまが入口から四人の従者を従えて出てきた。

四人をうしろに従えて半円形の円陣に向って進み、見ているまえに、玉座にすわるまえに最高首長たち全員がいっせいに椅子から立ちあがった。そして〈聖母〉さまに応分の敬意を払いながらお辞儀をし、〈聖母〉さまは返礼をすると即座に玉座に腰をおろした。最高首長がわたしのいるところで生き物のような動きを見せたのは、このときがはじめてだった。

さて〈まじない師の母〉、つまり〈全知全能の聖母〉さまはわたしの方に顔を向けるまえに、まず首長たちの方に向いて三十分ばかりかれらと冗談を交わしていた。最高首長たちはとても年をとっていて、すでに〈不死の人間〉の域に達していたのだが、突如面白がって笑いだしたときには、そのばかでかい声がこだまのように宮殿いっぱいに反響し、どこにいても聞えるほどだった。

〈聖母〉さまは首長たちとなおも冗談を言いあっていたので、彼女の容姿をとくと観察する時間がたっぷりあった。この〈女薬草まじない師〉は、臣民や彼女の孫でわたしに仔馬をくれたあの優雅な二人の少年少女、それに重荷を背負った人間たちから〈全能で、あまねく存在する、全知全能の聖母〉さまと呼ばれ、とても高齢で、首長たち同様すでに不死の年齢に達していた。とても美しく、その体はいまもって強健そのもので、若い女性の体のようにしなやかで、生き生きとしていた。アゴと両ホホ一面に、短かい白髪が生えていたが、頭にいただいていた奇妙な王冠のために額の上の髪が白いのか黒いのか判別がつかなかった。

〈聖母〉さまは、大きな声、軽快な声、鋭い甲高い声、赤ん坊の声、少女の声、老婦人の声、若者の声、老人の声、どもる声、ドスのきいた声、とどろく声、すすり泣く人間の声、はしゃいでいる声、腹を立てていらいらしている声、スズのような声、さまざまな種類の鳥や獣の声、といったいろいろな種類の声の持主で、人間とか獣《けもの》とか鳥や悪霊や不死の者たちの、あらゆる種類の言語を理解し、また話しもした。

したがって、〈女薬草まじない師〉には、さまざまな重荷を背負って彼女のもとに訪ねてくるさまざまな種族のおびただしい人間の言語を通訳する人間が控えている必要はなかった。また従者の一人あるいは何人かを呼ぶときには、ベルのかわりにベルのように響く声を使った。この〈全知全能のまじない師の母〉をじっくり観察したところによると、〈聖母〉さまが頭にいただいている王冠は、美しくみがきあげた最高級の銀でできていて、とても高く、まわりにはハゲタカやオウム、ライオン、ヒョウ、雄鶏の像が贅をつくしてちりばめられ、さらに王冠の尖端には、小さな剝製のライオンの全身像が取りつけられていた。これらすべてが、〈聖母〉さまを見た人間に、とても怖ろしい印象をあたえていたのだ。

そのほかわたしの観察したところでは、〈聖母〉さまの眼球はとても小さいが鋭く、キラキラ光っていて、熱い光線を遠方にまで放っていた。この熱線はとても熱く、〈聖母〉さまの目を五秒と見ていたら、自分の目が燃えてしまうほどで、この目を長時間、好きなだけ見ることは、とてもできないことだった。わたしが気づいた三番目のことは、首と両手首には五十個以上の銀のビーズがついており、首にはさらに五十個以上のサンゴのビーズがついていることだ。それらは胸のあたりまで垂れさがり、最高級の象のキバを素材に彫ったあらゆる種類の生物の小さな像が、この銀とサンゴのビーズに結びつけられていた。

さらにヒジから手首までは、最高級の豪華なダイヤモンドのビーズで贅沢に飾られ、〈聖母〉さまが腕を休めたとき、それらがいっせいにキラキラと光りだし、たちまちにしてあたりがパッと明るくなった。そしてモモから足首にかけてはこれまた美しく磨きあげられたつやつやした王ヘビの皮で豪華に飾られ、そのまわりにはこれまたとてもよく磨きあげられたヘビの完全体のガイ骨が結びつけられていた。そして足には、とても上品な虎の皮でできた奇妙な靴をはいていた。玉座にすわると、その足を生きている二頭のトラの背中に片足ずつ休めた。トラは暗褐色の猛々しい目で前方をにらんでいた。

首からヒザまでをおおっているゾッとするような奇妙な婦人服はとても美しくて、〈聖母〉さまはまさしくこの〈さい果ての町〉の誇りであった。〈聖母〉さまは人間の手で織った布はぜんぜん身につけず、またこの宮殿の壁全体が〈全知全能の聖母〉さまのこの町にだけしか見られないような、とても高価で、さまざまな異なった種類の色彩のペンキで美しく斑点模様に塗られていた。

さて最高首長たちと〈聖母〉さまが冗談を交わしていた間に、わたしは怖ろしい〈聖母〉さまの容姿とか驚嘆に値する宮殿内の様子をこのように観察していたのだが、突然〈聖母〉さまがわたしの方に目を向け、しゃがれた大きな声ではじめてわたしに声をかけた。「そなたの町の神々や神像、精霊たちなどの司祭の頭領はどなたじゃ」。その声がとてもしゃがれていたので、質問の意味がわたしにはよくわからなかった。そこでなんの臆することもなく言った。「あなたさまの声がとてもしゃがれていて、よく聞きとれません」。わたしがそういうと、〈聖母〉さまはこんどは雄鶏の声に変えて、同じ質問をした。そこでわたしは言った。「わたしには雄鶏の言語はわかりませぬ」。

わたしの返事を聞いて、〈聖母〉さまはつぎは獣の声に変えて同じ質問をした。そこでわたしは、自分は犬の種類の者ではないので獣の言葉はぜんぜんわかりませぬと言った。するとこんどは悪霊の声に変えたが、わたしは急いで首を横に振って、わたしたちの町では悪霊たちの言語を話さないし、また鳥とかヘビとか不死の生き物などの言語もわからないことを身振りで示して見せた。

とうとう〈まじない師の母〉は、これらの奇妙な言語のどのひとつもわたしにはわからないのを見て、どもる声で質問した。それでもわたしは頭を左右に振って、どもりではないので質問の趣旨がわからないと言った。すると、すすり泣く人間の声、笑う人間の声、はしゃいでいる声、腹を立てていらいらしている声などで同じ質問を繰り返し、結局最後には人間の言語を使った声に変えた。最初にテイブ族の言語で質問したので、わたしは北部ナイジェリアへ行ったことがないと答えた。するとつぎはイボ族の言語で質問したので、西部ナイジェリアの国境《くにざかい》を越えたことがないと言うと、〈聖母〉さまはしばらく黙りこんでいた。

さてこの段階では、とても高齢ですでに不死の域に達していた最高首長たちは、〈全知全能の聖母〉さまがつぎにどんな言語でわたしに話そうとするのか、大いに期待を抱きながら、ずっと美しくすわり心地のよい剝製の椅子に、身動きひとつせずにすわっていた。そのとき〈聖母〉さまがわたしの両眼を見たので、その目の熱線がわたしの目に浸透し、とても熱くて焼けそうになった。すると〈聖母〉さまはわたしにとってわかりやすい言語、つまり西部ナイジェリアの言語であるヨルバ語で質問した。「そなたの町の神像や神々、偶像などの崇拝者たちの頭領はどなたじゃ」。〈聖母〉さまはかんだかい鋭い声でこうたずねた。

さて〈聖母〉さまがわたしの町の言語で質問し、とうとうその質問の趣旨がわかったので、即座にわたしははっきりした声で答えた。「神像や神々、偶像、川の神さまなどの崇拝者たちの頭領は、わたしの父でございます。それに人びとはわたしの父のことをしばしば神々や川の神さま、神像、偶像などの司祭の頭領と呼んでおります」。そのように聞いたとき、〈聖母〉さまと最高首長たちはしばらくうなずいていた。そのあと〈聖母〉さまが玉座から立ちあがると、最高首長たちも急いで椅子から立ちあがった。そして数秒間、どこから聞えてくるのかわたしにはわからなかったが、ゾッとするような鳥の叫び声が聞えてくるまで、最高首長たちは〈聖母〉さまに向って頭を深々と垂れてお辞儀をしていた。

ゾッとするような鳥の叫び声が、こだまのように、かまびすしく聞えてきたとたんに、最高首長全員は、直立不動の姿勢をとり、〈まじない師の母〉は、宮殿のいちばん端にあったあの小さな私的な会合に使われる家に向って静かに歩きだした。この家では、〈全知全能のまじない師の母〉と最高首長たちがしばしば最高会議を開いていたのだった。そのあと首長たちと従者たち、それに〈聖母〉さまが足を休めていた二頭のトラが立ちあがり、あとに従っていった。わたしはちょうどみんなのまんなかにいたので、かれらはわたしを〈聖母〉さまのご供物にそなえるつもりではないかしらと勘ぐった。

みんなといっしょに小さな家まで歩いていくと、従者二人が急に駆けだしてドアを広く開けた。そのあと最初に〈聖母〉さまが二頭のトラといっしょに入り、その後残りの者がなかへ入った。全員が入ると同時に、二人の従者がドアを閉め、その直後に家の内部は暗くなった。でも壁にかかっていたキラキラ光る明りのおかげで、家のなかをとくと観察することができた。小さなこの家のなかはとても大きく、大きな部屋や居間などがいっぱいあるのにはびっくりした。〈まじない師の母〉が先頭に立って広い廊下に沿って歩き、残りの者はそれに従っていったのだが、そのうちわたしは大きな部屋のなかに数百のさまざまな種類の鳥がいるのに気がついた。そしてさらに驚いたことに、〈聖母〉さまに付きしたがっていたとき、これらの鳥たちは羽根をばたばたばたつかせ、大きな叫び声を発しはじめたのだ。鳥たちの気配に十分配慮していると、この鳥は尋常の鳥ではなく〈女まじない師〉子飼いの鳥で、このことからしても〈聖母〉さまがほんとに強力だという確証を得たのだった。

〈聖母〉さまの敷地に通ずる大きな門のある小さな家のいちばん突端までやってきたあと、ついにわたしたちは〈聖母〉さまのあとをついてその敷地に足を踏みいれた。敷地（わたしはそう呼ぶのだが）はとても広くて、重荷を背負って〈聖母〉さまのもとに訪ねてくる人びとを泊める家が千以上も建っていた。そしてそこからそう遠く離れていない巨大な建物に〈聖母〉さまと最高首長たちが住んでいたのだ。さらに、それだけでも優に、とても大きな町に匹敵するこの敷地内に、〈聖母〉さまの町の集会ホールが建っていた。

〈聖母〉さまの町の集会ホールで

この集会ホールの番人は、〈聖母〉さまがやってくるのを見てさっそく大きな門を開け、まず〈聖母〉さまが、つづいて残りの者がそのなかに入った。そのあと〈聖母〉さまは、奇妙な巨大なオルガンのある祭壇の方にまっすぐに進んでいった。オルガンのまえにすわっていた演奏者は、とても背の低いまるまると太った男で、頭に大きな櫛をさし制服を着ているその姿は、とても大きな赤い鳥そっくりだった。〈聖母〉さまはこの大きな赤い鳥そっくりのオルガン演奏者の左側にすわり、その右側には〈聖母〉さまの町の〈誓約執行人〉がすわった。最高首長は〈聖母〉さまと向い合わせの剝製のすわり心地のよい長いベンチに腰かけ、従者たちはそのうしろに、わたしは従者たちのさらにうしろにすわった。

全員がすわるや、わたしは〈鳥のようなオルガン演奏者〉とこの礼拝堂または集会ホールのなかにある怖ろしい調度にじっと視線を注いでいた。この〈女薬草まじない師、つまりは全知全能の聖母さまの集会ホール〉には百万個以上の大きな棚があり、そのひとつひとつの棚には数千の大きな区分け棚があり、その区分け棚のなかには〈さい果ての町〉の人間および重荷を〈聖母〉さまのもとに運んでくる人間のために使うさまざまな種類の薬が保存されていたのだ。この奇蹟の薬はすべて薬草などで調合したもので、この〈聖母〉さまの町で調合の仕事に従事している調剤師の数は二千を超えていた。さらに驚いたことに、〈聖母〉さまの町の〈鳥のようなオルガン演奏者〉をとくと見ていると、長さ一メートルぐらいのクチバシがその男についていることがわかった。そのクチバシは内側に曲がっていて、奇妙なほど分厚く、さらにその男には猛禽類のような大きな羽根と爪などがついていた。男は制服を着用しないでオルガンを演奏することは禁じられていた。

〈聖母〉さま、最高首長たち、町の人間全部、それに重荷を背負った人間全員は、毎日朝晩このホールで礼拝をした。そして重荷を背負った人間で、この町に滞在する一年間のうち、かりに一度でもこの礼拝の儀式に参列するのを怠った場合、〈聖母〉さまはその者の重荷を取りのぞくのに力を貸すどころか、即座にこの町から追放したのだった。

このホールの驚嘆すべき模様をつぶさに観察しつづけていたとき、町の人間全員と三千名をこえる重荷を背負った人間がホールに入ってきて、各自静かにベンチにすわった。するとと突如〈聖母〉さまが立ちあがり、奇妙なオルガン演奏者から少し離れたところにあった小さな衣裳部屋に入っていくのがわたしの目に映った。しばらくたつと、〈聖母〉さまがとても怖ろしい衣裳を着てでてきた。たまげたことにこのときの〈聖母〉さまの姿はまるで別人のように怖ろしく、例えて言えば、モンスターのように変身してしまっていたのだ。でもモンスターと言っていいかどうかは、わたしには自信がない。その頭は

〈鳥のようなオルガン演奏者〉の頭にそっくりで、〈鳥のようなオルガン演奏者〉のような羽根をつけ、いずれもその羽根は深紅色だった。強烈なその目と服はもとのままだったが、それはその夜の〈聖母〉さまの正規の服装だったのだ。

〈聖母〉さまがその小さな衣裳部屋から出てきたとたんに、最高首長、従者たち、〈誓約執行人〉、町の人間と重荷を背負った人間全部がいっせいに立ちあがり、〈聖母〉さまが祭壇のところに静かに歩みよるまで、直立不動の姿勢で待っていた。そのあと〈聖母〉さまは祭壇と巨大なオルガンの近くにあった高くて大きな椅子に腰をおろし、わたしたちは、すわるまえに〈聖母〉さまに深々とお辞儀をした。驚異の眼で相変らずこのホールのひとつひとつを、さらには壁にかかっていた奇妙な調度を見ていたとき、〈女まじない師〉のメンバーである高貴な善男善女が行列をつくってホールのなかへ入ってきて、〈聖母〉さまのすぐ右側に設けられていた特別席にすわった。このときはじめてわたしは、〈聖母〉さまと最高首長などは、他のメンバーを待っていたのだということがわかった。

これらの〈女まじない師〉の高貴な善男善女は、とても高価な衣裳をまとっていた。それはかれらの制服で、かれらは一様にとても年を取っており、男も女も頭がはげていた。すっかり怖気づいたわたしは、狼狽してなおもこの高貴な善男善女に目を注いでいると、突然ホールの外から、巨大なベルの音が聞えてきた。このベルの音を聞いたとたんに、〈鳥のようなオルガン演奏者〉が、巨大なオルガンをおおいつくすばかりに大きな羽根をいっぱいにひろげ、やがてオルガンを演奏しはじめる構えを見せた。そこで〈聖母〉さまと最高首長、〈誓約執行人〉、従者たち、それに高貴な善男善女が立ちあがった。わたしも少しおくれて立ちあがり、町の人間と重荷を背負った人間全員がわたしと同様立ちあがった。

するとすると早速〈聖母〉さまが首長たちなどといっしょに、オルガンを演奏しはじめた〈鳥のようなオルガン演奏者〉の演奏に合せてソプラノ、アルト、バスなど異なったさまざまな音調で讃美歌をうたいはじめた。この〈鳥のようなオルガン演奏者〉が〈集会ホール〉の礼拝専属のオルガン演奏者だということがわかったのは、このときだった。そして驚いたことに、讃美歌の一節が最後までうたわれるごとに、大喝采がわき起った。讃美歌は長かったが、とても魅惑的で、そのため〈まじない師の母〉とほかの人びとは自分の席を立っていっしょに踊りだし、歓喜のあまりに手をたたきながらホールのここかしこをはねまわった。

この魅力あふれる歌と〈鳥のようなオルガン演奏者〉が伴奏するこれまた魅惑的な音楽

とに、しばし聞きほれていたわたしも、いつしか歓喜のあまりにかれらに合流していっしょに踊っていた。そしてそのときわたしは、〈聖母〉さまのところに持ってきた重荷のことなどはすっかり忘れてしまっていたのだ。そのときのわたしの心境は、要するにこういうことなのだ。――〈飲んだくれは酒に酔って、自分の貧しさと悲しさを忘れてしまう。だが意識をとりもどしたとたんにいつもの悲しみにたちかえる〉。

そのようにしてわたしたちみんなはまるで気狂いのように大喝采しながら、およそ百二十分間も踊っていた。〈聖母〉さまが大きな声で、みんなに踊りをやめて各自の席にもどるよう告げたとたんに、わたしたちはその通りにし、〈聖母〉さまもまた自分の席にもどり、さらに大きな声でわたしたちにひざまずいて目を閉じるよう告げた。その通りにすると〈聖母〉さまはおよそ二十分ばかり、〈全能なる神〉を讃え、それからわたしたちに着席するように言った。ところでわたしたちがうたっていた歌は全部、福音讃美歌集にのっていたような気がしたし、町の人間は彼女のことを〈まじない師の母〉と呼んではいたけれども、実はまじない師たちにではなく、〈全能なる神〉に彼女は祈りを捧げていたのだ。それにかれらがこの〈集会ホール〉で祈りを捧げているのは、神像に対してでも神々にでも偶像にでも、ましてやまじない師にでもなかったのだ。

二、三分間休憩をとったあと、数百人の給仕人が、この集会ホールからさほど離れていない台所から、さまざまな種類のおいしい食べ物や飲み物それに冷たい水を運んできて、ひとりひとりに配った。わたしたちはすっかり満腹するまで食べては飲み、飲んでは食べたあと、しばらく休息をとった。やがて〈聖母〉さまと深紅色の制服をつけた〈誓約執行人〉が立ちあがり、それに合わせてわたしを含むほかの人間も立ちあがった。そしてわたしどももみんなが二人に敬意を表して頭を深々と垂れお辞儀をすると、即座に二人は衣裳部屋へと歩いていき、しばらくたってこんどはとてもゆっくりした歩調でその部屋から出てきた。いまは別の制服に着替えていた〈誓約執行人〉は、〈聖母〉さまのまえで長い鎚矛《つちほこ》を上に掲げていた。この鎚矛というのは人間の完全体のガイ骨でできていて、その男自身は首から下方、体の半分までをおおうライオンの皮を身につけていた。そしてライオンの頭ガイ骨をちょうどヘルメットのように頭にかぶっていた。頭から下方、体半分までは人の目に見えなかった。ゆっくりした足どりでその男のあとをついてきた〈聖母〉さまのこのときの姿も、まえにもまして怖ろしかった。二人が衣裳部屋から出てくると、わたしたち全員は立ちあがって、二人が祭壇に向ってゆっくりと歩いてゆくまで深々と頭を下げていた。しかし〈聖母〉さまが席にすわり、〈誓約執行人〉が手に人間のガイ骨でできた鎚矛をもって、〈鳥のようなオルガン演奏者〉のまえで立ちあがると、わたしたちは着席した。やがてこの町の人間全員と〈聖母〉さまが数分間死んだ人たちに敬意を払うかのように黙禱したあと、〈聖母〉さまはまた立ちあがり、わたしたちにひざまずくように告げ、自らは六十分以上もの間〈全能なる神〉に祈りを捧げた。

祈りが終ると、〈聖母〉さまはわたしたちに立ちあがるように言ったので、みんなその通りにした。そのあとわたしたちは〈鳥のようなオルガン演奏者〉の演奏する魅惑的な音楽に合わせて、数分間ともに歌いともに踊った。儀式は真夜中に終了した。それから〈まじない師の母〉は召使いの一人に、この集会ホールからおよそ八分の三キロメートル離れたゲストハウスにわたしを案内するよう言いつけた。召使いがわたしをゲストハウスに案内しはじめると、〈聖母〉さまとほかの人間はそれぞれ自分たちの家へもどった。だが驚いたことに〈鳥のようなオルガン演奏者〉は、ほかの人間のように集会ホールからは出ていかなかった。思うにその男は集会ホールで暮していたのだ。

数分後に召使いはゲストハウスの空室にわたしを案内し、部屋のひとつに泊るように言った。そして、出て行くまえに、石女の妻に子宝が授かるよう〈聖母〉さまが配慮して下さるジュジュのスープを入れる陶器の壺には特に気をつけるよう、重ね重ね忠告してくれた。この部屋の設備は完璧で快適だったので、召使いが去ると同時にわたしはソファベッドに横になり、すぐに寝入ってしまった。

朝目を覚ましてホールへ行くと、〈さい果ての町〉の人間全部と数千の重荷を背負った人間たちが、すでにホールに集まって朝の礼拝の準備をしていたのにはびっくりした。礼拝におくれないように手助けしてくれた〈第二の最高神〉には大いに感謝した。そうでないと〈聖母〉さまは、掟に背いたという理由で、その朝即刻わたしを町から追いだしただろうからだ。重荷を背負った人間が、その町に滞在中の一年間に一度たりとも出席しなかった場合には、〈まじない師の母〉は、かれらの重荷をけっして取りのぞいてはくれないのが掟だったのだ。

朝の祈りが終ったあと、わたしたちは腹がいっぱいになるまで食べ、飲んだ。そのあと重荷を背負った人間はみんな、それぞれのゲストハウスにもどり、〈聖母〉さまと最高首長、高貴な善男善女たち、それに従者たちは、〈聖母〉さまの二頭のトラを伴なって、宮殿へいった。かれらはそこで、重荷を背負った人間でその日に到着する新来者の受付けをするのだ。

部屋にもどったわたしは、大きな鷲の像を背中にしてすわり、さっそく頭をあげて、部屋の壁にかけてあったさまざまな種類の鳥の像を見た。これらの像は、極上質の材木で入念に彫ってあり、よくよく注意して見ないと、生きた鳥と見間違えるほどの精巧な出来ばえだった。驚嘆のあまり二、三分間見とれていたあと、わたしは立ちあがって部屋の外に出た。わたしが泊っていたゲストハウスと同じ列に数百のゲストハウスが建ちならんでいた。そこでなんの臆することもなく、わたしは隣のゲストハウスの方に歩いていき、その家で〈全知全能の聖母〉さまのもとにそれぞれの重荷を運んできた百をこえる人間と出会った。一年後に〈聖母〉さまが救いの手を差しのべてくれるのを、かれらはじっと待っていたのだ。ゲストハウスでこれらの重荷を背負った人間に会ったとき、わたしの方から陽気な声で挨拶をした。でも、応じる者はごく少数で、残りの者はただ頭を振っただけだった。わたしの挨拶に応答できなかったのは、かれらの重荷があまりにも苛酷すぎて、口を開いて答えられなかったためだ。すぐにわたしはかれらのもとから離れ、ゲストハウスの正面に向って歩いていったのだが、そのときかれらの重荷がわたし以上であることがわかった。そのあと別のゲストハウスに入り、そこでも重荷を背負った数百の人間と会ったが、このときもわたしの挨拶に応じるものはひとりもいなかった。かれらの重荷が各人を麻痺させていたのだ。このようなかれらの状態を見たあと、わたしは自分の部屋にもどり、例の鷲の像を背にしてすわりながら、〈さい果ての町〉にたどり着くまでに自分が遭遇してきたあらゆる刑罰、艱難、苦難などをひとつひとつ数えあげはじめた。

そんなことをあれこれと考えながら悲しみに沈みそうになったとたんに、わたしの伴侶で忠告者でもあった第一の〈心〉と第二の〈心〉がさっそくわたしを慰めてくれた。もちろんわたしの〈記憶力〉は、このときの二つの〈心〉の行動を〈良き振舞い〉として記録に書き留めたことはいうまでもない。それにしてもそれは、けっしてかれらの過去の罪状を帳消しにするほどのものではなかった。

完全にガイ骨だけの男

今日で一日目、二日目、三日目、という具合に一年が経過するまで、一日、一日を数えはじめ、ちょうど一年に達する二日まえのこと、朝の礼拝が終ると同時に〈聖母〉さまが、重荷を背負った人間全員に、二日後に一年になる重荷を背負った人間の処置を行なうと告げ、朝の八時にホールに集合しているよう申し渡した。

さて朝の八時になったとたんに、一年を経過した者全員がホールに殺到し、静かにすわって〈全知全能の女薬草まじない師〉と最高首長、高貴な善男善女、従者と召使いたち、二千を超える調剤師たち、〈鳥のようなオルガン演奏者〉、それに〈誓約執行人〉たちの到着を待っていた。これらの人びとが、この重要な日のための特別あつらえの怖ろしい制服を着用して(この時点では〈聖母〉さまと〈誓約執行人〉はまだ制服を着用していなかった)ホールに到着すると、即座に〈聖母〉さまと〈誓約執行人〉とが立ちあがり、小さな衣裳部屋へ歩いてはいり、二人はこの重要な日のための特別あつらえの制服を着用した。だが、この朝の二人の衣裳は醜怪この上ないもので、重荷を背負った者の多くは恐怖で失神しそうだった。〈聖母〉さまは着席すると同時に片足ずつ、生きている二頭のライオンの背中に休めた。一方、完全体の人間のガイ骨でできた鎚矛を高く捧持していた〈誓約執行人〉の方は、〈聖母〉さまの近くに立ち、〈鳥のようなオルガン演奏者〉はいつもの魅惑的な音楽をいつでも演奏できる態勢で待ちかまえていた。

〈聖母〉さまと〈誓約執行人〉はオルガン演奏者の弾く美しい音楽にあわせてさっそく魅惑的な歌を一曲うたい、そのあと、〈聖母〉さまはわたしの近くにすわっていた男の姓を大きな声で呼び、その男に祭壇のまえに進みでるよう告げた。男はびっくりして、おそるおそる立ちあがった。自分の名前をどうして知っているのか、どうにも不思議でたまらなかったからだ。男は立ちあがり、ガタガタとガイ骨の骨でにぎにぎしい音を立てながら、祭壇に向って歩きだした。その男の肉はすべて干あがって骨だけになっていたので、残りの者たちはとても気の毒がって頭を振った。そしてこの気持の悪い男の形相を驚異の目でみんなが食い入るように見ていたとき、全知全能であられる〈聖母〉さまは自分が背負っている重荷について申し述べよと告げた。

そこでガイ骨の男はこう説明した。「十歳になったときから、わたしは食べれば食べるほど、ますますひどい空腹を感じるようになりました。そこでわたしは五分ごとに食べるようにいたしましたが、なんの役にも立ちませんでした。それどころかしだいに痩せはじめ、結局は骨だけになってしまいました。わたしの村の人間はわたしの怖ろしい形相を見て、わたしを村から追放しました。そこでやむなくブッシュでブッシュの動物を仲間に暮しはじめたのです。そして五十歳になったとき、ある男から〈聖母〉さまのところへ行けば、なんとか助けて下さるという話を聞いたのでございます」。

ガイ骨の男がそのように〈女薬草まじない師〉に自分の重荷の話をしたとき、最高首長たち全員と〈聖母〉さまのメンバーの者たちが、この男の醜怪な形相を見て悲しみとも嘆息ともつかぬなんとも重苦しい溜息をおもわずもらした。〈聖母〉さまとそのメンバーの者、それにほかの重荷を背負った人間は十分間以上もじっとその男に目を注いでいた。そのあと〈聖母〉さまは祭壇にもっと近づくよう申されたので、ガイ骨の男は〈聖母〉さまがすわっていた祭壇の近くの壇に一生けんめいのぼろうとしはじめた。だがかわいそうに！ このガイ骨の男は、呼吸はしているものの、体は実際ガイ骨だけになってしまっていたので、壇にのぼることができなかった。肉がすっかり干あがったガイ骨だけの体で、それでも大きな音を立てて一生けんめいあがきながら、やっとの思いで〈聖母〉さまの手が届くところまできて立ちどまった。その男の体をとくとご覧になった〈聖母〉さまは、その男の肉がすっかり干あがって骨だけになっていることがよくわかった。そこで〈聖母〉さまとそのメンバーの者たちは、何分間にもわたってその男に、筋肉をなくしたことで悔みの言葉を述べた。

〈聖母〉さまは最初にその男のために贖罪の儀をとりおこない、そのあと調剤師の一人に区分け棚から赤い軟膏をもってくるように命じた。そして〈聖母〉さまはもってきた軟膏をガイ骨の男に授与し、その軟膏でガイ骨の体全体をよくこするように言った。すると重荷を背負った人間であるわたしたち残りの者がとても驚いたことに、ガイ骨の男の全身にとても新鮮な筋肉がみるみるうちにつきはじめ、即座に太ったのだ。尋常になった自分の体を見てこの男は思わず高く飛びあがり、言葉では言い表わせないうれしさと幸福感でいっぱいになり、急に踊ったり歌ったりしだした。そのような状態が数分間続いたとき、〈聖母〉さまはその男を制止し、即刻自分の村にもどるよう告げた。すると幸福感に浸っていたこの男は、祭壇のまえにひれ伏して、自分の体を筋肉のある体にしてくれたことを感謝して〈全知全能の聖母〉さまを賞め讃えた。だが〈聖母〉さまは急いでその男に、自分ではなくて〈全能の神〉を賞め讃えるように言ってきかせた。

ところで自分の村へ帰る旅に出発しようとしていたその男に、〈聖母〉さまの町の〈誓約執行人〉は、自分を重荷から救って下さったお方のことを村の人びとによく言いひろめるよう誓約させた。そこでその男は〈誓約執行人〉と〈聖母〉さま、そして〈聖母〉さまのメンバーたちに最大級の敬意と喜びを表明しながら、深々と頭を垂れてそのあと集会ホールから出ていった。

頭のはげた婦人

ガイ骨の男が喜びいさんでホールを去ったとたんに、〈全知全能の聖母〉さま、つまり〈女薬草まじない師〉は、大きな声でつぎの者の姓を呼んだ。その者は二十歳ぐらいのとても美しい婦人だった。この婦人を一目見たら、どんな男でも彼女が要求するだけの金銭をいくら出してでも結婚したくなるほどの、そんな絶世の美人だった。

〈聖母〉さまは名の方は聞かされていなかったので、姓だけを大きな声で呼んだあと、その婦人に祭壇のまえに進みでて、自分の重荷を打ち明けるようにと告げた。〈聖母〉さまは〈全知全能の聖母〉であり、すでに人間の重荷はすべて知りつくしてはいたのだが、慣例として最高首長などのほか、重荷を背負ったほかの人間にも聞かせるために、まず最初に各自の重荷を自分で語るようひとりひとりに求めたのだ。

さてこの美しい婦人は、とても恥ずかしそうに、渋々ながら立ちあがり、祭壇のまえに進みでた。みんながこの婦人の頭には毛が一本も生えていないのをはっきりと見たのは、このときだった。婦人の頭は、美しく磨きあげられた銀のように、テカテカに光り輝いていた。わたしたちみんなが驚嘆しながら、その婦人の髪の毛のない頭をじっと見つめていると、婦人はすすり泣きながら〈聖母〉さまに頭がはげた経緯《いきさつ》を話した。その話によると、その婦人が生まれたときには頭には毛があり、それはそれはとても美しく愛くるしかったというのだ。ところがある日、母が市場へ出かけた留守に、老婆がやってきて、左手で彼女の頭をこすったというのだ。こすったとたんに、その婦人の頭の美しい髪の毛はたちどころに消えて、むごい老婆の姿も即刻消えたというのだ。

この美しい婦人はさらに〈まじない師の母〉に自分の話を語りつづけた。母が家に帰ってきて、彼女の頭に毛が一本もないのを見て、一体どうしたのかとたずねた。そこで、むごい老婆がやってきて、左手で自分の頭をこすったのだと話した。婦人はさらにつけ加えてこう話した。自分の母と父それに家族のほかの者たちは、一家をあげてこのむごい老婆を探しだそうとしたが、結局はだめだった。その日からというものは、町の人間は彼女を憎みはじめ、町を歩いているといつも大勢の者から嘲けられたりからかわれたりしたし、自分と結婚しようとする男は一人もいないばかりか、自分に話しかけようとする者さえいなかった。頭がはげたためたちまちにして不幸のどん底に落ちたのだと、婦人は切々と訴えた。

「あなたさまのもとに持って参りましたわたしの重荷と申しますのは、このようなものでございます。あなたさまが必ずやまえのような美しい髪の毛をわたしの頭に授けて下さいますことを、わたしはかたく信じております」。そのあいだじゅうずっとすすり泣きながら、婦人は自分の頭がはげた経緯をこのように〈まじない師の母〉に打ち明けた。

とても美しいこの婦人の話を聞いて、〈全知全能のまじない師の母〉はまず強い調子で言った。「女の口から歯が落ちるとき、女の美しさの重要な部分が欠落するのです。「女の頭に毛がなければ、女の美しさのさらに重要な部分が欠落することになるのです。

「だからこそどんなに美しい女であっても、この二つを欠いているととても不幸なのです。美しさと性格のよさが、女にとって金銭《かね》と幸福をつかむ源だからです。

「さてわたしはまぎれもないこの〈さい果ての町〉の〈全知全能の母〉さらには〈女薬草まじない師〉として、子どものときそなたの頭を左手でこすったあのむごい老婆というのは、実は強力なベルゼブブ(悪魔)だったことを今日そなたに明らかにしておこう。その女はいま、そなたの父の家の裏の小さな丘のなかに住んでいる。昔そなたの頭をこすって持ちさった美しい髪の毛をその女は、いまは自分の頭につけているのじゃ。それはそれとして、いますぐその女から髪の毛をとりもどして、今日にでもそなたの頭につけて進ぜよう。ところで、しかと申しつけておくが、そなたが町へもどったら即刻そなたの父に、乾いたがらくたと乾いた木材をいっぱい丘のてっぺんに置いて、それに火をつけるように申すのじゃ。火が丘に燃えあがったとたんに、ベルゼブブはそなたの町から遠くへ逃げのびていくであろう」。

〈聖母〉さまは頭のはげた婦人にこのように話してから、調剤師の一人に区分け棚から、厚地の布をもってくるよう命じた。調剤師が布をもってきて〈聖母〉さまに渡したとき、さまざまな種類の小さな根がその布のいたるところに結びつけてあるのがわたしたちの目に映った。〈聖母〉さまは、すすり泣いている婦人にひざまずくように告げ、その頭に布をひろげてから、婦人の頭をもちあげ、わたしたちにはなんのことやら訳のわからぬ言葉を数語朗誦した。そして婦人の頭をおろし、即座にその頭から布を取り払った。みんながびっくり仰天したことに、頭のはげた婦人の頭には、つやつやした美しい毛がいっぱい生えていたのだ。

それを見た婦人は即座に踊りだし、〈聖母〉さまが制止したときにもいつまでも喜びに浸っていた。それから〈誓約執行人〉が婦人に、自分の町に帰ったら、ゆめゆめその美貌で町の男どもをそそのかすようなことはしないように注意を与えた。〈誓約執行人〉がそう注意すると、婦人は大喜びで〈聖母〉さまとそのメンバーの者たちみんなに深々と頭を垂れ、そのあと、満ち足りた気持で幸福いっぱいに自分の町への旅に出た。

てんかん持ちの男

とても思いやりの深い〈女薬草まじない師〉のおかげで、頭のはげた美しい婦人がもって生まれた本来の髪の毛をとりもどし、自分の町へ帰っていくと、即座に〈聖母〉さまは、大きな声でつぎの重荷を背負った男の名を呼んで、祭壇のまえに進みでるよう告げた。だがほかの重荷を背負った人間にとって最高にこわかったことに、このてんかん持ちの男が席から立とうとしたとき、てんかんの発作でその場にどうと倒れ、その倒れ方がとてもひどかったのでそのまま意識を失なってしまった。しばらくたって意識は回復したが、その男は立ちあがることも歩くこともできず、そのため床のうえをころがりながら祭壇のまえに行きはじめた。そして懸命の努力で祭壇のまえにたどり着いたとき〈聖母〉さまにその男のてんかんがとても深刻であることがわかった。そこで〈聖母〉さまは急いで、棚の上にあった木の根と水がいっぱい入っている大きなカメをもってこさせた。そのあと〈聖母〉さまは早速カメの中の黒ずんだ水を、この男の体全体に注ぎはじめた。

ところでみんなが驚いたことに、この黒ずんだ水が男の体に触れるや、即座にその男の意識が活発になり、すっかり元通りの健康な体に回復して立ちあがった。そのあと〈聖母〉さまは男に三回、飛びあがるよう告げた。そこで言われる通りに三回飛びあがると、即座にてんかんは完全に治り、男はとてもうれしくて歓喜のあまりに歌ったり踊ったりしはじめた。数分の間そのように歌ったり踊ったりしていると、〈誓約執行人〉は、人びとを虐待したり罵ってはいけないとその男を戒め、〈聖母〉さまは自分の町へ帰るよう男に告げた。そこで男は集会ホールを去るまえに〈聖母〉さまに深々とお辞儀をし〈聖母〉さまを賞め讃えた。

耳がひとつしかない女

てんかん持ちの男は、てんかんから解放されるとすぐさま、大喜びで集会ホールを出ていった。すると〈女薬草まじない師〉すなわち〈全知全能の聖母〉さまは大きな声で、つぎの重荷を背負った人間の姓を呼びあげた。こんどは女性で、〈聖母〉さまはその女に祭壇のまえに進みでるよう告げた。すると女はなに臆することもなく立ちあがって、祭壇のまえに歩いていった。このとき残りの重荷を背負った人間たちは、その女には頭の右側のコメカミに耳がひとつついているだけであることがわかった。この耳は普通の人間の耳よりは大きかったが、その女には他の人間のように頭の左のコメカミには耳がついていなかったのだ。

さて女に大きな耳がひとつしかついていないのを見て、〈聖母〉さまは大きな声で言った。「頭に耳がひとつでは、何事につけて不都合であろう。そもそも重荷にも二つのカテゴリがあり、苦悩にも種類が二つある。ひとつは〈男性〉で、もうひとつは〈女性〉だ。人間には〈男性〉の重荷あるいは苦悩をもつ者もいれば、〈女性〉の重荷あるいは苦悩をもつ者もいるのじゃ。〈男性〉の重荷あるいは苦悩をもっている人間にとって、人生というものはなかなかの難儀なのじゃ。だが、〈女性〉の重荷あるいは苦悩をもっている人間にとっては、人生は少しは楽なのじゃ」。

〈聖母〉さまがそのように言ったとたんに、その女はためらいながら、どうして耳が二つではなく、大きい耳をひとつもつようになったのかその経緯を話した。女はまず、自分が非情な〈生まれながらにして死んでいる赤ん坊〉族の一員であったこと、母が自分を生んでから三年後に自分は死んだこと、そのためそれ以来三年ごとに自分は死ぬのだと説明した。そして六回目に死んだときはじめて、女の母と父に実はその女が〈生まれながらにして死んでいる赤ん坊〉族のひとりだということがわかったのだ。そのとき父は、その女のこの世での仮りの体を埋葬するまえに、女の左耳を切りとってしまった。女が耳ひとつで仲間のところにもどったとたんに、仲間の者たちはそのような〈ひとつ耳の精霊〉とは、これからはいっしょに暮すわけにはいかないといいだして、村八分にしてしまった。そこでやむなく女は、もう一度生み直してもらうために母のもとにもどらざるをえなかった。そして不幸にしてこのときに大きな耳ひとつで生まれたというわけだ。

女はさらに、耳ひとつで再度生まれてきた自分にはもう死ぬ力がなかったと説明し、そのとき以来ひとつ耳で生き、母と父がその女のことを〈生まれながらにして死んでいる赤ん坊〉族の者であることに気づくまえにかれらの財産をしこたま頂戴したと、つけくわえた。ひとつ耳の女は、自分の身上話をこのように〈聖母〉さまにしたのだった。

なにごとにかぎらずすべてご存知であった〈まじない師の母〉は、そこで女にたずねた。

「それではそなたが死ぬたびに、さまざまな手段を使って持ちだしたそなたの父と母の財産をそなたはどのように処分したのじゃ」。

するとはかの女は〈聖母〉さまにこう説明した。「仲間のもとに運んだ財産はすべてみんなで山分けしました。わたしたちは、各自が自分たちの不幸な母から運んでくる財産をすべてみんなで分けあうのです」。〈全知全能の聖母〉でもある〈女薬草まじない師〉は、ひとつ耳の女にさらに突っこんでたずねた。「ところで、どのような手口でそなたは母と父から財産を奪ったのじゃ」。ひとつ耳の女は説明した。「不幸な母が神さまにお供えするご供物のなかには、衣服とか金銭、ヤギ、家禽、そのほか高価なものがいっぱいございます。そこでわたしは実際は死んではいないのですが、死んだふりをして、呼吸をとめました。すると不幸な母は、てっきりわたしが死んだものと思いこみました。死んだふりをしているなどとは露ほども思いおよびませんでした。

「死んだふりをしたわたしの体が埋葬されたあと、わたしは死から自分を守るために、ご供物を供えられていた当の神さまのところに参りました。そしてわたしの精霊の力を借りて、物の怪《もののけ》に姿を変え、ご供物をごっそり集めました。もちろんそのまえに不幸な母が神さまのところにもどってくれれば、まだまだそこにはご供物があったのでございます。物の怪に姿を変えたわたしは、高価なご供物をすっかり集めてから、それをもって仲間のもとにもどりました。〈生まれながらにして死んでいる赤ん坊〉族の者はそのようにして生活を営んでいるのでございます」。

〈聖母〉さまは、かれらのこのような秘密はすべてご存知だった。けれども、この〈ひとつ耳の女〉は〈聖母〉さまに、〈生まれながらにして死んでいる赤ん坊〉族の日常の暮しの秘密をこう明かしたのだった。

〈聖母〉さまは逡巡されたあと、女の方に目を向けて、勢いこんでこう告げた。「そなたの重荷は、〈男性〉の重荷で、取りのぞくことはなかなかの難儀じゃ。もちろん、耳を二つもつようにしてあげることは容易なことじゃ。でもそなたは、母と父に莫大な苦しみを与えている。それゆえ、わたしはそうしてあげる気にいまひとつなれぬのじゃ。財産を両親からたんまりと奪いとってしもうたために、両親はいまではすっかり生活に困っているのじゃ。でもわたしは情深い人間であり、重荷を取りのぞいて進ぜないで帰すにはしのびないのじゃ。よって、人並みに耳が二つもてるよう力を貸して進ぜよう」。

〈聖母〉さまは腹だたしげにそう述べたあと、調剤師の一人に、区分け棚のひとつから奇妙な外被をもってこさせた。ところで調剤師が持ってきたその外被というのは、さまざまな種類の根毛と木の葉を織ってできたものだった。〈聖母〉さまは調剤師に、女のうえに外被をひろげるよう命じ、調剤師が女の体から外被を取りはらったときには、普通大の耳が二つついていた。

自分の頭のコメカミに、普通の耳が二つついているのを見て、女は雀《こ》踊りして喜び、踊り、歌いながら瞬時にして〈聖母〉さまを大いに賞め讃えた。女がホールから退出しようとしたとき、〈誓約執行人〉は今後絶対に〈生まれながらにして死んでいる赤ん坊〉族の仲間とつきあわないよう女に注意を与えた。そうでないとまたいままで通りの〈ひとつ耳の女〉になるというのだ。そのあと女は大喜びでホールを出ていった。〈女薬草まじない師〉すなわち〈さい果ての町〉の〈全知全能の聖母〉さまはこんなふうにして、女の重荷を取りのぞいてやったのだった。

八つの重荷を背負った男

女が大喜びで集会ホールを出ていったすぐあと、〈女薬草まじない師〉は、特製の大きな座席に、ゆったりとくつろいですわった。この座席は、さまざまな種類の大きな木の根を精巧に彫りあげてつくったもので、木の葉や根っこの汁で美しく磨きあげられていた。座席はとても美しかったけれども、重荷を背負った人間の目でよくよく見ると、とても醜怪だった。

さて〈聖母〉さまは大きな声で、つぎの重荷を背負った人間の姓を呼んで、祭壇のまえに進みでるよう告げた。だがかわいそうに、この男は完全にびっこで、祭壇のまえまで歩いていけなかった。おまけにこの男の背中とかえり首のうえには塚のような大きなコブがあり、さらに首にも小丘のような甲状腺腫があって、このコブと甲状腺腫が重荷となって地面や床から体をもちあげることは、容易なことではなかったのだ。そればかりかさらにひとつひとつが子どもの頭ほどもある大きなネブトが体一面に広がっていた。額は深くへこみ、二度と見たくない類のもので、そのうえ鼻もつまっていて呼吸するのがとても困難だった。そのためしゃっくりがとめどなくでた。さらに目はひとつしか見えず、もうひとつの方は長い間完全に盲目だった。おまけに体もよじれていた。さてこの男のひとつ目はふくれあがり、まるで大きなカタツムリが殻から外に出たような恰好をしていた。要するにこれらのことからおわかりのように、この男は深刻な重荷を八つも背負っていたことになる。つまり、びっこで、コブと甲状腺腫とネブト、それにへこんだ額、つまった鼻、とまったことのないしゃっくり、よじれた体という具合に。片目という九番目の重荷については、〈全知全能のまじない師の母〉と最高首長それに高貴な善男善女たちの間で、何分間もこれを〈第九の深刻な重荷〉に数えるかどうかをめぐって大激論が交わされたあげく、結局除外されることになった。最後には、かれら全員の間で、片方の目が見えないのは人間の間ではふつうのことであり、したがって〈深刻な重荷〉に数えるほどのことではないということで意見の一致をみたのだ。

例によって驚異と恐怖の気持で数分間この男をじっと見ていると、一方では相変らず〈まじない師の母〉とそのメンバーたちの間で〈第九の重荷〉に関して熱っぽく議論が交わされていたのだが、わたしの伴侶である二つの〈心〉の間でも議論がおっぱじまった。まず第一の〈心〉から口火を切った。「果して〈女薬草まじない師〉はこの男の重荷を全部とりのぞくことができるだろうか」。すると第二の〈心〉はすかさず答えた。「それは間違いなくできるさ。重荷は全部とりのぞかれるにきまっているさ」。二つの〈心〉の、そんな懸念を差しはさむ議論がやんだとき、わたしの〈記憶力〉にふとこんな思いが浮んだ。「ほかの連中の重荷に比べれば、わたしの重荷をとりのぞくのなんて、〈聖母〉さまにとって朝飯まえでしょうよ」。もちろんわたしの重荷とは、石女の妻に子宝が授かるようにすることだ。

このような思いがわたしの〈記憶力〉に浮び、わたしをすっかり安心させてくれたとたんに、第一の〈心〉が言った。「〈聖母〉さまは妻に子宝が授かるジュジュの薬つまりスープを、そなたに下さるでしょうが、〈聖母〉さまと〈誓約執行人〉の戒めをそなたは守らないでしょう。そのため自分の町にもどったとき、そなたと妻に厄介なことがおこりましょう」。するともうひとつの、決してわたしをだましたことも、うろたえさせたこともなかった第二の〈心〉がこうつけくわえた。「そなたと妻は最後には川の神さまのご供物に捧げられましょう」。そして即座に第一の〈心〉は第二の〈心〉の意見を支持してこう言った。「そうだ、その通りだ。二人とも財産もろとも川の神さまのご供物に捧げられましょう」。すかさず第二の〈心〉はさらに続けてこう言って、第一の〈心〉の理解を求めた。「この男と妻とその財産は、川の神さまのご供物に捧げられるけれども、最後にはめでたしめでたしで終り、二人は栄誉と新しく生まれた赤ん坊を抱いて町へもどってくるでしょう」。

二つの〈心〉がそのようにお互いに議論を交わしていたとき、わたしはすっかり困惑して、ほとんど気を失ないそうだった。かれらの議論の中味についてわたしはぜんぜん理解できなかったし、特にその議論のなかで、妻とわたしがわたしの町の川の神さまのご供物に捧げられるだろうといったことの意味が、ぜんぜんわからなかったからだ。

しかし、やがて意識をとりもどしたわたしは、恐怖でブルブルふるえながら、この怖ろしい男にじっと目を注ぎつづけた。ところでその男の体の重荷がそれぞれあまりにも重すぎて、祭壇まで自力で歩いていくことも動くこともできないのを見て、〈聖母〉さまは四人の従者に手を貸してやるように告げた。男が祭壇のまえまで連れてこられると、〈聖母〉さまは一瞬逡巡し、びっくりした面持ちで五分間以上も男をまじまじと見ていた。そのあと頭をあげ、およそ十分間、ホールの天井を仰ぎ見てからふたたび頭をさげた。察するに〈聖母〉さまのこのそぶりは、この男ほど怖ろしい、しかも多くの重荷を背負った人間を、いままでに見たことがないことを示していたのだ。

さて、ついに〈聖母〉さまは、びっこなどの重荷を背負った男に、どうやってこの〈さい果ての町〉までやってこられたのかたずねた。すると八つの重荷を背負った男は、しゃっくりをしながら、〈聖母〉さまにお目通りが叶うならば間違いなく八つの重荷を取りのぞいて下さるだろうと教えられて、はるか遠い町からこの〈さい果ての町〉まで、這いずりながらやって参ったのです、と説明した。すると〈聖母〉さまは頭を上下に振り、さらにその男に、それでは〈さい果てのこの町〉まで這って来るのに何年かかったのか、たずねた。すると男は例によってしゃっくりをしながら、この町へ這って来るのに八年以上もかかりましたと答えた。

男がそう説明すると、〈聖母〉さまは、ふたたび頭を上下に振り語調を強めながらこうたずねた。「そなたにたずねたい重大な質問をわたしはいっぱい胎内に温めているのじゃ。女が赤ん坊を分娩するときのようにのう。そこでじゃ、わたしが質問を分娩するときには、このホールの者みんなに聞えるように、答えてもらいたいのじゃ。さて、そなたはだれの息子じゃ。そなたの父と母は金持ちかそれとも貧乏か。父と母の職業はなんじゃ。父と母は悪人か。自分たちの家の片隅でそなたの父と母が悪行を重ねていることはあるまいのう」。こう〈聖母〉さまは八つの重荷を背負った男に質問した。

びっこなどの重荷を背負った男は、質問に答えて言った。「わたしの父と母は悪人で、わたしはその息子でございます。二人とも貧乏でその家にはすみずみにいたるまで悪行が充満しております。父と母は邪悪な力で数百の人間を殺し、また数千にものぼる町の金持ちたちを悲惨な状態におとしいれました。父と母の悪行を見て、町の人間はみんな父と母を憎んでおります。そして父と母が悪行を犯しはじめてから数年後に、町の人びとの復讐という形で、このような重荷がわたしの体にふりかかってきたのでございます」。びっこなどの重荷を背負った男は、しゃっくりをしながらこう〈まじない師の母〉に説明した。

すると〈聖母〉さまは大きな声で言った。「よくわかりました。悪人の息子は、自らその悪を刈りとらねばならぬのじゃ。そなたの父と母とが他人に加えてきたもろもろの悪行の罰が、そなたにふりかかり、それがいまそなたの重荷になっているのじゃ。しかしながらそなたはすでに長い年月苦しんできたのであるから、そなたに慈悲を授けよう」。〈全知全能の聖母〉さまは調剤師の一人に、この男のような重荷を洗いおとす野菜をせんじた妙薬の入っている水差しを持ってくるように告げた。やがて調剤師が大きな水差しを持ってきて、それをびっこなどの重荷を背負う男のまえに置くと、〈全知全能のまじない師の母〉は、野菜をせんじた薬で、男を洗ってやるよう調剤師に指図した。さらにこの男に野菜の水を渡して飲ませるよう命じた。自分たちの順番を待っていたほかの重荷を背負った人間たちみながびっくり仰天したことに、〈聖母〉さまの言う通りにすると、この男の重荷はすべてたちどころに消滅し、わたしたちの目のまえで見るも美しい健康体の紳士に変ったのだった。歩けることはもちろんのこと、コブも、甲状腺腫も、ネブトも、へこんだ額も、つまった鼻も、やむことのなかったしゃっくりも、ゆがんだ体も、みんななくなったのを見て、男はうれしさのあまりに頭がホールの天井にすんでのところでぶつかるほど高く飛びはねた。何分間もすっかり有頂天になって我を忘れ、やがて意識がもどると、こんどは数分の間歌ったり踊ったりした。そして笑いながら〈全知全能の聖母〉さまに低く頭を垂れて深々とお辞儀をした。その男が自分の町へ帰るように告げられるまえに、情愛の深い〈まじない師の母〉はそのうえに〈第九の重荷〉まで取りのぞいてくれた。そのあと〈誓約執行人〉は、生涯悪いことは絶対にしないようにと男に厳重に言いわたした。そうでないとまた、いままでよりもずっとずっと深刻な重荷が間違いなく再発するからと。一方〈全知全能のまじない師の母〉は、生涯悪事を重ねてきた父と母はその男が町に帰ったときにはすでに死んでいるだろうと予告した。〈聖母〉さまがこのように申されたあと、〈誓約執行人〉はその男に自分の町に帰るよう促し、男はなんとも表現のしようのない幸福感にみちあふれながらホールを退出した。

いよいよわたしの番がきた

完全な体にもどった男が集会ホール、つまり寺院を出ていったとたんに、〈女薬草まじない師〉すなわち〈さい果ての町〉の〈全知全能の聖母〉さまは大きな声でわたしの氏名を呼んだ。そこで前世には〈生まれながらにして死んでいる赤ん坊〉族のひとりだったわたしは、おそるおそる大きな声で返事をし、すぐさま座席から立ちあがって、祭壇のまえに進みでた。

〈聖母〉さまのまえに立つと、即座に〈聖母〉さまは大きな声でたずねた。「そなたの職業はなんじゃ」。即座にわたしは大きな声で答えた。「数年前わたしの町を出るまえは野生のブッシュの動物の勇敢な狩人でした」。〈聖母〉さまはさらに質問を重ねた。「そなたの父の職業は？」わたしは答えた。「父は、神さまや偶像、精霊たちなどを祀る司祭と異教徒たちの頭領でございます」。「それでは、そなたの父はなにか悪いことをしているのかな」。〈聖母〉さまは厳粛な面持ちでたずねられたので、わたしは「父は悪いことは一切なにごともいたしておりませぬ」と答えた。

こうわたしが答えると、さらに〈聖母〉さまはたずねた。「ところでそなたはどのような重荷を背負って、ここへきたのじゃ」。そこでわたしは左手に陶器の壺をもったまま、説明した。「わたしたち夫婦は結婚してからおよそ五年もたつというのに、妻はいっこうに懐妊の気配を見せません。その重荷を背負ってわたしはここへやってまいったのでございます」。〈聖母〉さまがつぎの言葉を言おうとしたとき、不死の最高首長と高貴な善男善女たちは、わたしの町の父や神さま、神像などを面白そうに揶揄《やゆ》嘲笑し、ケラケラ笑いながら言った。「この町へ何年もかけて来られたそなたの重荷、つまりそなたの妻を懐妊させることなど、そなたの町の司祭と異教の徒の頭領であるそなたの父にも、また神々とか偶像や精霊たちにもわけなくできることではないのかな」。だが最高首長などが父や神々、偶像そして精霊たちをあざ笑ったとたんに、〈聖母〉さまはかんだかい声で言った。「この男の妻を懐妊させることのできなかった、父や神々、偶像それに精霊たちを嘲けることはおやめなされ。いかなる企てといえども、何事に限らずすべて〈全能なる神〉さまのお許しがなければ、失敗するものじゃ」。

〈聖母〉さまはかれらにそのようにさとしたあと、わたしに左手にもっていた陶器の壺を渡すように言い、そこでわたしは深々と頭を下げ、両手でうやうやしくその壺を捧げて渡した。すると〈聖母〉さまは調剤師の一人を呼んで壺を渡し、薬草と肉のスープを調合して壺に入れて持ってくるよう指図した。調剤師が大きな調剤所に向ってたちさると、〈聖母〉さまは、席にもどって調剤師が調剤を終えるまで待つようにわたしに言った。そこで席にもどったとたんに、つぎの重荷を背負った人間が呼びだされた。

〈聖母〉さまがつぎの重荷を背負った人間の処置を終ったちょうどそのとき、調剤師がわたしの陶器の壺をもってもどり、それを〈聖母〉さまに手渡した。壺のなかには、煮たきした薬草、肉きれ数片とその他数多くの成分が、壺のふちまでいっぱいに入っていた。壺の口には入念に蓋がしてあり、さらにスープの匂いがわたしの鼻孔に入って刺戟しないようにと白い布きれで壺はしっかりと包まれていた。〈女薬草まじない師〉つまり〈全知全能の聖母〉さまは両手でその壺を差しあげ、大きな声でわたしの名を呼んだ。わたしが祭壇まで進みでてその御前に立ったとき、まず最初に〈聖母〉さまは大きな声でこのように申された。


「カタツムリは、足のないのを嘆き悲しむ。

水牛は、体に髪の毛が十分でなく、角だけしかないことを嘆き悲しむ。

トラは、慈悲の心をもっていないことを嘆き悲しむ。

象は、あまりにも重い体と歯をもっていることを嘆き悲しむ。

そしてハリネズミは、口に歯のないことを嘆き悲しむのだ」。

〈聖母〉さまは最初にそのように大きな声で申されたあと、〈誓約執行人〉に壺を渡した。するど〈誓約執行人〉は両手で壺を差しあげ、〈聖母〉さまの町の不死の最高首長と高貴な善男善女がこのように申し述べた。「子どもは、幸福の泉である。子どもに恵まれない者は、悲しみ多き人間である。地上で最も富める者こそ地上最大の不幸な人間であるかもしれぬのじゃ。多くの幸福な人間は言う。『わが子は、わが幸福、わが富、わが健康、わが装い等々の根源である』と」。

〈全知全能の聖母〉さまの町の最高首長と高貴な善男善女が大きな声でこう述べ、〈聖母〉さまの町の〈鳥のようなオルガン演奏者〉がオルガンの伴奏をしはじめたとたんに、〈誓約執行人〉はわたしにスープを絶対に飲まないように、スープの匂いが鼻に入るようなことは絶対にしないようにと厳重な注意を申しわたした。〈誓約執行人〉は大きな声でわたしにそう注意を申しわたしたあと、壺をわたしに渡し、わたしは幸福感に浸りながらそれを受けとった。そして〈さい果ての町〉の慣習に従って数分間歌い踊ったあと、〈さい果ての町〉の〈女薬草まじない師〉つまり〈全知全能であまねくいずこにもおわします聖母〉さまと〈誓約執行人〉、それに不死の最高首長と高貴な善男善女たちに深々とお辞儀をし、〈聖母〉さまの町の〈鳥のようなオルガン演奏者〉にも右手を振って別れの挨拶をし、その日の正午に集会ホール、つまり〈まじない師の母〉の寺院を退出した。

わたしの町への帰り途で

さて〈さい果ての町〉の〈女薬草まじない師〉すなわち〈全知全能の聖母〉さまの寺院である集会ホールに別れを告げるとすぐ、なんとも表現のしようのないうれしさをかみしめながら、できるだけ足ばやに帰途の旅に出た。そして夕方の六時ごろ〈さい果ての町〉の例の門のところにやってきて、そこで足をとめた。だが驚いたことに一年前にこの町に入ったときそこで会った同じ門番がそこにいたのだ。さらに二人の優雅な少年少女にもらった、一年前に三人で乗ってこの門までやって来た仔馬とも再会した。仔馬はすっかり成長し、とても大きな、健康ではちきれんばかりの立派な馬になっていた。わたしは仔馬がまだ生きていたのにとてもびっくりし、さらには重いマサカリ、食糧とジュジュの袋、弓と毒矢、それにそのてっぺんに取りはずしのきく頭二つを突きさしてあった長い二股の槍とも、そこで再会することができた。この善良な門番が、それらを大切に保管していてくれたのだ。

門番は早速、馬と残りの財産をわたしに渡した。夜のとばりはすでに降りはじめ、これ以上旅を続けられないことがわかったので、わたしは門番の客人になることにした。そんなわけで美しい門番の詰所ですわったとたんに、門番は食事の準備をしてくれ、二人でいっしょに食事をとった。その後わたしたちは飲みながら、強力な〈女薬草まじない師〉と優雅な二人の少年少女のことを話しあった。門番の話だと、この二人の少年少女は〈まじない師の母〉の孫だということだった。深夜にいたるまでわたしの町のことなどを話したあと、二人は横になって寝た。

やがて朝になるとわたしたちは目を覚まし、朝食の準備をし、食べ終わると同時にわたしは立ちあがり、持ち物をひとまとめにしはじめた。仔馬はすでに大きな馬に成長していたので、鞍とアブミが必要だった。そこで門番にどこか手に入るところはないか聞こうとしたとき、門番は詰所から鞍とアブミを持ってきてくれたので、わたしはそれを馬に取りつけた。門番の話だと、重荷を背負った人間がここへもどってきて、自分の馬が死んでいるのを見て、そのまま置いていったということだった。そこで門番に心からの感謝の言葉を述べたあと、落ちないようにロープでわたしの頭に陶器の壺をしっかり縛りつけ、食糧とジュジュの袋、それに弓と矢を左肩にかけ、槍とマサカリは左手に持った。

それから馬にまたがり、門番に別れを告げると、わたしは早々にその道路を陽気に歌をうたい踊りながら、馬に乗って出発した。こうしてわたしは〈さい果ての町〉の門を馬に乗って出ていったのだった。

道路に沿って馬をとばしながら、わたしは大きな声で陽気に歌をうたい、馬もわたしと気脈を通じながらとても陽気に、ここかしこで飛びはねたり踊ったりした。そんな調子でおよそ四十キロメートルばかり行ったとき、わたしはひもじさを感じはじめた。やがてそれほど長くたたないうちに、二人の優雅な少年少女が道ばたに立っているところまで馬で乗りつけた。二人は小さな美しい二人の家の向い側に立って、いちばん上等の衣服をこぎれいに着用し、わたしを待っていたのだ。でも、わたしが〈女薬草まじない師〉の〈さい果ての町〉を出立する正確な日付、それに二人と出会う場所にわたしが到着する正確な時間までもかれらが知っていたのには、びっくりした。

そのようにして突然、わたしの帰りを待っていた二人と再会したのだった。二人はとてもうれしそうに馬の足を止め、わたしもとてもうれしくていそいそと馬からおりた。するとほほ笑みながら二人は、心をこめてわたしに挨拶し、まるでわたしに王さまみたいな最大の崇敬を払い、わたしも笑顔で心からの挨拶を二人に返した。そのうえわたしがとてもひもじがっていることまで二人が知っていたのには、これまたびっくり仰天した。つまりわたしに最大の崇敬を払うと即座に、近くにあった小さな美しい二人の家にわたしを招待してくれたからだ。そこでわたしは、なんの臆することも恐れることもなく、二人のあとをついて歩き、馬も手綱なしでわたしのうしろからついてきた。静かに二人の家のまえまで歩いていくと、陶器の壺とほかの荷物を静かにおろし、さっそく二人はかれらの家の美しく磨きぬかれたドアを開け、みんなでなかに入り、馬の方は家のまえの奇妙な美しい木蔭でいかにも満足気に立っていた。

家に入ると、二人はすぐに大きなテーブルのまわりに配置してあった美しい椅子にすわるようわたしに言った。わたしがすわると二人も美しいテーブルの向う側の椅子にすわった。二人の優雅な少年少女と向いあわせにすわったとき、テーブルにとてもおいしそうな食べ物と飲み物が並べられているのに気がついた。このときは食べ物と飲み物にとても飢えていたのだが、さすがのわたしも手を出すのを逡巡し、驚嘆のあまりにおよそ二分間というもの、しばし周囲の様子をうかがっていた。乙女と優雅な少年は、わたしがとても気を使っているのを見てとって、わたしに遠慮なく食べるよう促した。そこでわたしはガツガツと食べはじめ、二人もいっしょに食べはじめた。

さてわたしの空腹がすっかり満たされたのを見てとるとさっそく、美しく魅力あふれる乙女は飲み物を残してテーブルをすっかりきれいに片づけ、そのあとまたもどってきて自分の座席にすわり三人で飲みはじめた。そのようなわけで数分間いっしょに飲んでいると、二人は祖母の〈女薬草まじない師〉が、石女のわたしの妻のためになにかしてくれましたかとたずねた。そこでわたしは、〈聖母〉さまに陶器の壺を渡したところ、そのなかに煮たきした薬草と肉きされ、そのほかさまざまな種類の成分を入れて返してくれたこと、そして妻がそのスープを食べると間違いなく子宝が授かると申されたことなどを、二人に説明した。

そのように説明し、三人で楽しく飲み物を飲んでいると、二人はわたしにぜひわたしの町の歴史を聞かせてほしいと言うので、わたしの町の人間はさまざまな種類の神さまや偶像それに川の精霊などを崇拝している話をしたら、二人はとても面白がって笑いころげ、その様はとてもかわいらしかった。大きな声で笑いころげる二人の姿に数分間じっと見とれていると、二人は、どうしてわたしの町の神さまがたが石女のわたしの妻に子宝を授けることができないのかと、いかにも気の毒そうにたずねた。わたしは、恥ずかしくなって頭を数分間重々しく垂れ、ふたたび頭をあげた。そしてそのあと二人に、わたしの町の神さま方とわたしの父が、妻に子宝を授けることができなかったためにやむなく〈まじない師の母〉のもとに助けを求めてやってきたのだと説明した。

そのように説明すると、二人はとても悲しそうだった。そのあと三人でいっしょにおよそ百二十分ばかり飲んで、わたしがすっかり堪能《たんのう》したのが明らかになると、二人はわたしに立ちあがるよう言ったので、即座にわたしはその通りにした。そして二人と連れだって家のまえに出て立ちどまると、二人はわたしと妻のために祈ってくれた。そのあと例によってスープの入った陶器の壺を頭に縛りつけ、すでに長期にわたって食糧は底をついていたのだけれども、食糧を入れる袋とジュジュの袋を馬の背中に結びつけ、弓と矢は左肩にかけた。さらに同じ左手に二股の槍をまっすぐに立てて持ち、重いマサカリを右手にもった。それから馬にまたがって、同じ右手で手綱を握りしめた。

こうして準備万端整ったとき、二人は〈さい果ての町〉に通じる道路までいったんもってそこから旅を続けさせることはしないで、美しいほほ笑みを浮べながら、美しい小さな家の裏手についてくるようにわたしに言った。その場所に着くと、二人はとても狭い道をわたしに指示し、この小道を通ってわたしの町へ帰るようにと、来た道とは別の道を教えてくれた。そしてさっそくわたしにさようならを告げ、手を振った。わたしは馬に乗ってこの奇妙な小道を進んでいった。こうしてわたしは善良な二人の少年少女と、その美しい小さな家から去っていったのだった。

途中でスープを食べた

さてこの奇妙な狭い小道を通って少年少女の家から遠く離れたところまでやってきて、ふとうしろを振り返ると、小道が跡かたもなく消えてなくなっているのを発見し、わたしはゾッとした。そこにあったのは濃密なブッシュだけだった。さらにわたしが旅を続ければ続けるほど、この奇妙な小道はうしろでますますわたしに接近しては消えていくのがわかり、そのためとうとうすっかり薄気味悪くなった。

そんなわけで、別段危険とか艱難とかそれに野卑な野生のジャングルの人間といった障害物にも出会わないで、まずは順調にこの小道の旅を続けていたのだが、驚いたことに、立ちよって食べる物を住民にねだる村とか町とかをまるで見かけないのだった。おまけにがっかりしたことに、この奇妙な小道が通っているブッシュや野生のジャングルには、食べられる果物はとても少なかった。したがってわたしはほとんどお腹を空っぽにして、てっぺんに取りはずしのきく頭を二つ突きさした二股の槍と、重いマサカリ、それに馬の手綱を右手に持ち、馬の背中にはジュジュの袋と食糧袋などを結びつけ、スープの入った陶器の壺は頭にしっかり縛りつけたまま馬上の旅を続けていた。

小道でたまたま見かける乾燥した小さな果物以外には、食べられる美味な果物がなにひとつ見つからないままに三日間旅をしたとき、第一の〈心〉が、足をとめて陶器の壺のなかのスープを食べたらと忠告してきた。すると第二の〈心〉は即座に、そのスープはわたしの石女の妻に全部を一度に食べさせるために調合してくれたのであって、スープを食べることもその匂いをかぐことすら絶対にしてはならぬと、〈女薬草まじない師〉つまり〈全知全能の聖母〉さまから厳重に言い渡されていたことをわたしに思いおこさせてくれた。第二の〈心〉がわたしにそのことを思いおこさせてくれたとき、わたしは大変な衝撃を受けた。しかし第一の〈心〉の忠告には従わないで、スープを食べることを断念し、ひもじい思いをかみしめながら馬にまたがって旅を続けた。

ところで言うのも情けないことだが、六年以上もの間離れていたわたしの町に着く日があと二日たらずと迫ったとき、わたしはくたくたに疲れはて、食べ物に飢えていたので、これ以上馬に乗って旅を続けることができなくなった。やがてめまいがしはじめたので、わたしは馬をおり、さっそく陶器の壺をしたに置いて、第二の〈心〉の忠告を無視してその壺の蓋をはずし、すっかり腹がふくれるまでスープを食べた。それから翌朝まで、その場で地面に大の字になって寝た。

朝になって目をさますと、ただちにこわごわとまた旅を続けた。スープを食べたのでわたしの身になにが起るかわからなかったからだ。

とうとうわが町に帰還する

五百四十分の間快速をとばして旅を続けているうちに、やがてわが町ロッキータウンの町外れにやってきた。とても近道だったこの奇妙な小道が果して二人の少年少女だけのとっておきの道なのかどうか、わたしには正確にはわからなかった。さらに驚いたことに、わたしの町の町外れにやってきたとたんに、わたしの伴侶で忠告者だった第一の〈心〉と第二の〈心〉が、わたしに忠告するのをやめたのだった。しかしわたしの〈記憶力〉は、ひきつづきわたしを助けてくれた。姿は完全に見えなかったけれども、旅のあいだじゅうずっとわたしを導いてくれた〈第二の最高神〉に対しては、町外れまで馬で乗りつけると即座に感謝の祈りを捧げた。そのあとしばらくたつと町の入口についた。

町なかでは、てっぺんに取りはずしのきく頭を二つ突きさした二股の槍を頭上に振りかざし、スープの入った陶器の壺を頭に縛りつけ、ジュジュ袋と食糧袋と弓と矢を左肩にかけ、重いマサカリを馬の手綱といっしょに右手にもって馬に乗りつづけた。わたしの体にまとっているものといえば、ぼろ以外のなにものでもなかった。町の人間はわたしを見てびっくり仰天し、おそるおそるわたしの父の家まであとをついてきた。かれらはみんな大恐慌をきたしながらあとをついてきて、くりかえし大きな声でわたしに挨拶をした。「はっ！　ようこそお帰りなさいまし。わたしたちのもとに無事帰ってこられたとは、そなたはまこと英雄じゃ」。

わたしの父の家まであと二百メートルばかりを残すのみとなったとき、父と母それにわたしの妻は、まるで大恐慌をきたしたかのように騒ぎたてている騒々しい物音を聞きつけた。そこで三人は町でなにごとが起ったのか見ようと、こわごわと家のまえまで駆けだしてきた。そして人びとの群れのまえを行くわたしの姿を見て、かれらはすっかりうれしくなり、すぐさまわたしのところに駆けよって、幸福に浸りながらわたしが馬に乗って家のまえに着くまで、わたしにだきついたままだった。

馬で家のまえに乗りつけると、さっそくわたしは馬をおり、人びとや父と母、それに妻に一礼をし、それから家のまえの地面に槍を据えつけた。そのためてっぺんに突きさしてあった取りはずしのきく頭は、人びととの群れとまともに向いあうことになった。地面に槍を据えつけてから馬をそれにつなぎ、高らかに笑いながら人びとに挨拶をし、残りの荷物を全部もって家に入った。

はずむ心で家に入って、まず石女の妻の部屋へ直行し、荷物を全部そこに置いた。するとさっそく父と母が神さまのお社にお参りにいくからあとについてくるようにと言った。そこですわる暇《いとま》もなく、わたしは両親のあとをついていった。わたしは〈さい果ての町〉への旅に出発した日にお社から帰ってきてからは二度とすわってはならないことになっていたし、それに無事にわが家に帰還してまず最初にお社に行って神さまがたに感謝の祈りを捧げるまえにすわることは厳禁されていたからだ。ところで人びとの群れにまじって〈国の守り神〉の近くの川の土手に建っているお社にやってくると、父と母と妻そしてわたしだけがお社のなかに入り、人びとの群れは外で立っていた。父と母はわたしに神々の御前でひざまずくように言った。そこでわたしがそのようにすると、父と母は神々に雄鶏と雌鶏一羽ずつ、それにコーラナッツと飲み物をご供物としてそなえ、無事にわたしを父と母のもとに帰して下さったことを感謝して神々に祈りを捧げた。さらに旅のあいだじゅうずっとわたしを導いてくれたわたしの〈第二の最高神〉にも、父と母は感謝の祈りを捧げた。

数分間、わたしたちはみんなで神々の御前で踊ってから家にもどり、ほかの人たちはそれぞれの家へともどっていった。家へもどると即座にわたしは父と母の面前で、陶器の壺のなかに入れてあった残りのスープを妻に食べるように言った。妻がそれを食べおわるのを見はからって、わたしは〈女薬草まじない師〉、つまり〈さい果ての町〉の〈全知全能の聖母〉さまが、それを食べると二ヵ月以内に間違いなく懐妊すると言ったことを伝えた。そう言うと妻はとても喜んだ。この不思議なスープを食べたあと、妻と母はわたしに食事を進めてくれたので、さっそく腹がいっぱいになるまで食べた。

さて夕方の六時頃、町の人間が父の家のまえに集まってきた。その多くは円陣を作ってすわり、ほかの大勢の人びとは最後の、すなわちいちばん外の円陣のまわりで立っていた。そして父と母と妻がみんなにあらゆる種類の飲み物をふるまうと、即座に例によってどんちゃん騒ぎがはじまり、やがてみんなはドラムをたたき、大きな声で歌をうたい踊りだした。そういう状態が真夜中まで続いたとき、かれらはわたしに〈さい果ての町〉までの旅の話をしてほしいと言いだした。そこでわたしは一番内側の円陣の中央に立って、その町にたどり着くまでに経験したさまざまな艱難の話をすっかりみんなに話した。そして自分のもとに重荷を運んでくる人間に対しては〈まじない師の母〉はとても親切であったこともつけくわえて話した。

〈さい果ての町〉までだれといっしょに行き、わたしの伴侶はだれだったのかみんながたずねたとき、わたしの伴侶で同時に忠告者はわたしの第一の〈心〉と第二の〈心〉、わたしの〈記憶力〉それにわたしの〈第二の最高神〉だったと説明した。第一の〈心〉と第二の〈心〉、それに〈記憶力〉がわたしの伴侶で忠告者だったと聞いて、かれらは一様にとてもびっくりした。さらに、わたしの目にはぜんぜん姿は見えないが〈第二の最高神〉がわたしの旅行中ずっとわたしの守護神だったとつけくわえた。

わたしの旅の物語が終りまでくると、わたしが耐え忍んできた艱難などのことを聞いてかれらはとても大きなショックを受けた。悲しみのあまり数分間深い沈黙におちいっていたが、やがてまたドラムをたたき大きな声で歌をうたい踊り、その間やし酒とかほかのさまざまな種類の飲み物をたえず飲みつづけた。そしてそんな状態が夜明けまで続いた。朝の七時になると全員でロッキータウンの町じゅうを踊ってまわり、そのあと踊りながら父の家へもどり、やがて人びとは三々五々それぞれの家へともどっていったので、父と母と妻とわたしは家に入った。ざっと以上のようにわたしは町の人間に、第一の〈心〉と第二の〈心〉、〈記憶力〉それにわたしの守護神だった〈第二の最高神〉以外には、旅の道連れがいなかったことを話したのだ。そしてひどく疲れていたので、家に入ったとたんに横になり寝てしまった。夕方の六時にわたしを起したのは、妻の父だった。

わたしを起した妻の父は、わたしの妻であるかれの娘のことで旅行中わたしが耐え忍んできた苦難、刑罰などのことで、とても感謝した。

さて翌日からは、〈さい果ての町〉の〈女薬草まじない師〉のところへ出かける以前とまったく同じような、ごく平常な生活をわたしの家族や町の人間といっしょに楽しみはじめた。以前と同じように、わたしは野生のブッシュの小さな動物を殺しつづけた。町の人間は二股の槍のてっぺんに突きさしていた奇妙な、取りはずしのきく頭を仰ぎ見ては、いまきまったようにとても驚き、またこわがった。とりわけかれらは二つの頭がまるでいまにも話しかけてきそうに見えたので、すっかりおびえていた。さらにかれらは、この槍自体を見るのもこわがっていた。この槍は悪鬼だけの持ち物だということを知っていたからだ。そして町の人間はわたしがどのようにして悪鬼からその槍を手に入れたのか、とてもふしぎがった。そこで〈さい果ての町〉へ行く途中で醜怪な悪鬼崇拝者とその手下どもと渡りあった話をすると、わたしがほんとに勇敢で強いことがかれらにはよくわかり、同時に〈さい果ての町〉まで行って無事にもどってくることは決して容易な業でないことも十分にわかった。

妻と夫がともに懐妊した

スープを食べてから二ヵ月以内に、わたしの石女の妻は懐妊すると〈女薬草まじない師〉つまり〈全知全能の聖母〉さまがわたしに申された通りに、その不可思議なスープを食べて二ヵ月以内に、妻が間違いなく懐妊したのには、わたしはとてもびっくりした。だがわたしにとってひどく悲しかったことは、夫であるわたしまでも懐妊したのだった。妻のお腹が日に日にふくれあがるにつれて、わたしのお腹までが同じようにふくれあがっていくのだ。

結婚して十五年たつ妻にとうとう子宝が授かったことは、わたしにしてみればとてもうれしいことだったが、わたしまでも女のように懐妊したことが明白になったとき、とても悲しかった。悲しさのあまりに心がすっかりかき乱されてしまい、わたしは昼も夜も一睡もできなかった。そしてただただわが身の不幸について思い乱れるばかりだった。妻が懐妊して五ヵ月経過したとき、かねてから町の人びとはわたしや父と母、それに妻の父に対して敬愛の情を抱いていたので、妻がこのような状態になったのを見て、とても喜んだ。でも同時にわたしのお腹までも、妻と同じようにどんどんふくれあがっていくのを見て、すっかりまごついた。

最初のうちは町の人間は、わたしのお腹がふくれるのは病気が原因だと思っていた。だが妻に子宝を授けてくれるスープをわたしが食べたから懐妊したのだということをわたし自身は百も承知していた。〈女薬草まじない師〉も〈誓約執行人〉も高貴な善男善女も最高首長も、みんなわたしにその不可思議なスープを食べてはいけない、匂いを嗅いでもいけないと厳重に警告していたのに、ああ！　なんたることか、町へ帰る途中ひもじさとめまいのためにやむなくそれを食べてしまったのだ。

妻とわたしがともに懐妊して七ヵ月目に入ったとき、町の人間全員と父と母、それに妻の父にもわたしのお腹がふくれているのは、病気のせいではなく、懐妊のためだということがわかった。そこで父と母と妻と妻の父はひどく悲しみ、また町のほかの人間もわたしに愛着を感じてはいたものの、わたしを嘲けりはじめた。かれらは嘲けり笑いながら、こう言ったものだ。「女房と亭主がいっしょに妊娠するなんて、前代未聞だ。ところで亭主がどうやって分娩するのか、これは見ものだ。楽しみだぜ」。

さてこの頃になると、わたしは懐妊したことが恥ずかしくて外へも出られなかった。妻とわたしが妊娠して八ヵ月になったとき、わたしのお腹はすっかりふくれあがり、地面にも届きそうになった。そしていままで通りに狩猟にブッシュやジャングルに行くこともできなくなり、さらに座席から立ちあがって短い距離を歩くことすら困難になっていた。

男であるわたしが女のように懐妊したのを見て、町の古老たちは町のホールにわたしの母と父と妻の父を招いた。かれらは、神々の司祭者および異教の徒の頭領であるわたしの父と、創始者である妻の父に、男が女のように懐妊することは自然の理法に反することであり、わたしの父の息子のように男が懐妊するのは、町のほかの人間にとってとても不幸なことだと述べた。そしてさらに古老たちは、町の平和を維持するためにも、数日以内に川の神さまにわたしとわたしの妻それにわたしたちの財産一切をご供物に捧げたいのじゃと申し渡した。

古老たちが、父と母と妻の父にそのように告げたとき、三人はその日の深夜から夜が明けるまでなんとかそれだけは勘弁願いたいと懇願したのだが、古老たちは聞きいれなかった。かれらはみんな、町に平和をもたらすためにはなんとしても川の神さまに妻とわたしをわたしたち夫婦の財産ともどもご供物として差しださなくてはならぬと、頑として言いはるのだった。

ところで二日目の真夜中になって、かれらの嘆願が完全に受けつけてもらえないことがわかったとき、父と母と妻の父はものすごい怒りと悲しみにうちふるえながらホールの古老たちのもとを去り、夜明けまえに家にもどった。家にもどるとさっそく、涙ながらに妻とわたしに、わたしが女のように懐妊したことが理由で二人を川の神さまのご供物に捧げなくてはならぬという古老たちの言い分を伝えた。その説明を聞いたとき、わたしはにっこりほほえみながら肩をすくめた。だが妻はそのとたんにさめざめと泣きだした。そんなわけで古老たちが町じゅうに、この町に平和をもたらすために妻とわたしをわたしたち夫婦の財産ともどもご供物としてあくる朝川の神さまに捧げるのじゃと、ふれてまわる日が来るまで、父と母そして妻と妻の父はさめざめと泣きつづけたのだった。

さてその日がやってくるまえに、特別あつらえの大きなカヌーが造られ、〈国の守り神〉が鎮座まします台座の向う岸の川の土手に設置された。いよいよその日がやってくると、朝の七時きっかりに古老たちは父の家のドアを重々しくノックし、父がドアを開けたとたんにかれらは家のなかに入りこんだ。それからわたしと妻の持ち物一切をひとまとめにし、そのあとわたしと妻に外に出るよう告げた。わたしたちがその通りにすると、古老たちは二人とも川の神さまのご供物に捧げられるまえにまず最初に踊って町じゅうを一周してこなくてはならないと言った。それを聞いてわたしは勇気を振いおこして、てっぺんに取りはずしのきく頭二つを突きさした悪鬼の二股の槍を取って左手にもち、左肩にはいつものように弓と毒矢をかけ、重いマサカリを例によって右手に持った。

おそるおそるマサカリと槍をもったとき、古老たちは何人かで残りのわたしの持ち物を運びだし、その一人はわたしの馬の手綱を握った。そのあとほかの古老たちはドラムを打ち鳴らし、川の神さまの歌を悲しそうにうたいだし、わたしたち二人にかれらのまえに立って踊るように言った。そんなわけで二人は町じゅうを踊りまわりはじめたのだが、このときすでに病人のようにすっかり気力を失なっていた父と母と妻の父は、涙ながらにわたしたちのあとをついてきた。しばらくたってものすごい数の一般の人間が集まってきて、わたしたちのあとについて、まるでわたしたち二人が泥棒ででもあるかのように、繰り返しわたしたち夫婦に罵声を浴びせかけた。妻はといえば相も変らずさめざめと泣きつづけていたが、わたしの方は終始笑みをたやさなかった。

町のすみずみまで踊ってまわり終ったとたんに、古老たちは朝の十時ごろ川の土手にわたしたちを連れていった。そして川の土手でまず〈国の守り神〉のまわりを踊ってまわるよう指示し、そのあと、大きなカヌーにわたしたち夫婦の財産一切と馬をはじめに乗せ、オールを二つ置いた。ついでとても高価な衣裳をわたしたちに着せ、首と足首と手首には高価なサンゴのビーズを取りつけた。そのあとかれらは、わたしの顔に白と赤のペンキでさまざまな種類の怖ろしい飾りつけをし、わたしの妻にも同じことをした。この飾りつけは、生きとし生けるあらゆる種類の生き物をゾッとさせる類のとても醜怪なものだった。すべてが片づいたとき、古老たちはヒツジとヤギとニワトリを多数屠殺し、その血をわたしたちの頭に注いだ。このあとかれらは、わたしの頭にはフラップが二つあるとても大きな醜悪な帽子をかぶせ、妻の頭のまわりにはとても高価な大きなヘッドタイを巻きつけた。

町の人間の見ているまえで二人にそのようにしたあと、古老たちは屠殺した動物をすっかり料理し、それらを食べはじめた。と同時に、ドラマーがドラムを打ちはじめた。そして料理をきれいに平らげてから、こんどは強い飲み物を満足ゆくまで飲み、そのあと立ちあがって、酩酊するままに、川の神さまの歌をうたいだした。しばらくの間歌をうたい踊ってから、古老たちはわたしたち夫婦にカヌーに乗るように告げた。そこで望むと望まないにかかわりなく、わたしは左手に槍を、右手にマサカリをもち、そして左肩に弓と矢をかけたまま、わたしたちはカヌーに乗りこんだ。

二人がカヌーに乗りこむと、古老たちは、わたしには彫り刻んだ高い椅子に、妻にはすぐそばの別の椅子にすわるように言った。この椅子は、わたしたちの持ち物とか馬とそれほど離れていないところにあった。ところでこのように古老たちが指図していた間も、わたしはぜんぜんこわくはなかった。そして川の土手に群がりながらわたしたちを嘲け笑っている群集〈やじ馬〉たちに向って終始笑みを送っていた。このとき父と母と妻の父は、大声をあげて泣いていた。そこでわたしはかれらに、〈さい果ての町〉への旅の途中では、〈頭の取りはずしのきく狂暴な野生の男〉とか〈アブノーマルな蹲踞の姿勢の男〉とか〈乳房の長い山の女〉とか醜怪な悪鬼崇拝者とその手下どもなどを打ちのめしてきたのだから、第二のこの旅でも、どのような者と出会おうと絶対に負けるはずがないと言って安心させた。かつて川の神さまのご供物に捧げられて無事にもどってきた者は一人としていなかったのだけれども、わたしはきっと妻ともども無事に町へ帰ってくるという強い確信を抱いていた。こうしてわたしはこの朝、父と母と義理の父を安心させたのだった。

川の土手で何分もの間、ここかしこと踊ったあげく、老若男女をとわずすべての人間が川の神さまにわたしの妻とわたしと二人の財産をそっくりご供物としてご受納下さいますよう、そして自分たちに慈悲を垂れたまい、町にけっして不幸をもたらしませぬよう、願をかけた。数分間わたしたち二人のことで、大きな声でそのように願をかけたあと、古老たちは屈強な男数人にカヌーを川の中央に押しだすよう言いつけた。カヌーを川の中央まで押しだすと、即座にかれらは川の土手にもどり、やがて激しい川の流れがカヌーをゆっくりと町の南の方に押し流していくと、父と母と義理の父とそれにカヌーのなかでわたしとともにいた妻の嗚咽はひときわ高鳴り、一方ほかの人間はみんな、各自の頭の上で指を鳴らしながら、強欲にもこう唱えているのだった。「おお！　わが頭《こうべ》よ。願わくはわが死、わが不運、わが病気、わが悲しみ等々をこの二人の不幸な人間もろとも、川の神さまのみもとに運びさって下さいますように」。

このように老人、中年の男、若者、子どもたちが繰り返し大きな声で唱えていた一方、川の流れはカヌーをその流れに沿って運んでいった。その間、妻は相変らず泣きじゃくりつづけていたが、わたしは終始笑みを浮べながら町の人間に手を振っていた。やがて人間の姿が見えなくなる距離にまでカヌーが運ばれていったとき、町の人間たちは踊りながら町へともどっていった。わたしが女のように懐妊したために、妻といっしょに川の神さまのご供物に捧げられるにいたった経緯はざっとこのような次第だった。

川の下界で

わたしたちを乗せたカヌーが町の人間の視界から消えたとき、妻は相変らず激しく泣きじゃくりつづけていたが、わたしは暗闇が水面に迫るまえにできるだけ遠くまで漕ぎだしておきたいと思って、すぐさまオールでカヌーを必死に漕ぎはじめた。そんなわけで大きな声で狩人の歌を快活に歌いながら、手を休める暇もなくカヌーをどんどん漕ぎつづけた。ところが早朝に、突然、妻に泣くのをやめさせ、わたしには先へと漕ぎつづけるのをやめさせるような、とても怖ろしい事件が起った。まず最初に馬が恐怖におびえて大きな声で三度いななき、そこで妻とわたしは一瞬すごい恐怖心にかられてすっかり動転した。怖ろしい馬のいななきがやんだとたんに、突如として川の底からとても明るい光が流れの早い水面に射してきて、わたしたちのカヌーの姿はとても明るい光のまっただなかにくっきりと浮びあがったのだ。妻とわたしには、いよいよ川の神さまがご供物として差しだされたわたしたちを受け取りにこられたのだ、ということがわかった。

やがて第二の兆候が現われたとき、わたしは即座に弓を構えていつでも戦える態勢で立ちあがった。一瞬わたしの〈記憶力〉に、常日頃わたしが待ち望んでいた冒険がいよいよ今こそ訪れようとしているのだという思いが走った。しかしながら第一と第二の〈心〉の方は、第二の兆候を見たとたんにすでにわたしを見すててしまっていたので、このとき戦うべきかどうかをわたしに忠告してくれる伴侶はだれもいなかった。それにしても妻とわたしを連れさろうとする者がだれであろうと、一戦を交える覚悟はすでにわたしにはすっかりできていたのだ。わたしが弓を身構えるや、突然水面に老人と老女それに手に手にさまざまな武器をもった屈強な兵士の姿が現われた。兵士たちはすべて、老人と老女につき従っていた。

かれらは魚なのかそれとも獣なのか、はたまた人間なのか、鳥なのか、あるいはヘビなのか、定かではなかったが、とにもかくにもかれらの姿を見かけたとたんに、わたしたち二人はすっかり恐怖のとりこになってしまい、いまにも失神しそうだった。かれらが水面を歩いてわたしたちの方に向って渡ってきたとき、恐怖のあまり妻は意識を失なってカヌーのなかでぶったおれた。わたしには、その老人は神さまで、その老女は川の女神さまであることがわかった。

川の神さまと女神さまは、いかにもいかめしくこわかったけれども、わたしの方は、こわいというよりはむしろ一戦交えようと気負い立っていた。そして弓でお二方の神と兵士たちめがけて矢を放った。だが毒矢は一本もそのだれにも命中しなかった。毅然とした態度で一戦を交え、たぶんかれらを殺そうと決心したのを見てとって、兵士たちは即座に反撃に移り、わたしが矢を射つづけていると、かれらもまた間断なくわたしに向って撃ちはじめた。

数秒後に、わたしの射る矢のために老人と老女は兵士たちから少し距離をおいたところに後退せざるをえなくなり、新しい場所で二人はお互い言葉を交わすこともなくじっと戦況を見守っていた。わたしがかれらの小銃弾に当らないようにと右や左へと体をかわしはじめると、かれらもまたわたしの矢を避けるために右や左へと体をかわした。そのうちにわたしのカヌーがグルグルと回転をはじめ、数分後に銃弾の一発がわたしの馬に命中した。カヌーのしかるべき場所に馬を繋いでおかなかったので、馬はカヌーのなかにどうと倒れ、その拍子にカヌーは片方にひどく傾いた。このとき、大きなカヌーは浸水しそうになり、これを見て妻とわたしの命もいよいよこれを最後に川の藻屑《もくず》と朽ちはてるのかという思いが〈記憶力〉に浮んだ。しかしながらカヌーが沈みそうになり、さらに馬がやられたのを見て、かえってわたしははずみをつけられる結果となり、まえよりいっそう激しく、川の神さまと女神さまの兵士たちに矢を射るようになった。一方かれらも、いわゆるかれらのいう銃弾は一発もわたしには当らなかったが、相も変らずわたしに向って発射しつづけた。結局このような状態でお互いに相手に致命的な打撃を与えることができないまま、激戦が続いているうちに、突然、わたしの毒矢が一本もなくなってしまった。すると即座に、カヌーの底から二股の槍を取ってきて、それを武器に兵士たちと渡りあうという考えが〈記憶力〉に浮んだ。そこで急いで槍をとって、まずそのてっぺんから頭を二つとりはずして、槍で兵士たちと渡りあおうとした。ところが神さまと女神さまは、取りはずしのきく頭二つを見たとたんにすっかり動転してしまい、恐怖のあまりに、すぐさま手まねと怖ろしい声で兵士たちに〈撃ち方止め〉を命じた。

その頭がお二方を動転させたのに気づいて、わたしは二つの頭を槍のてっぺんにそのままにしておいた。だがこの時点では、お二方を動転させたのはこの奇妙な二つの頭なのか、それとも悪鬼の二股の槍なのかわたしにはまだ定かではなかった。いずれにせよ、兵士たちが撃ち方をやめて一秒たったとたんに、とても強烈なハリケーンが吹き荒れはじめ、水上のこの戦場に大波が大空高く舞いあがった。やがてハリケーンのためにカヌーがグルグル回転しだし、あやうく沈みそうになったとき、突如として明るい光が消えた。そして光が消えたとたんに強い波がわたしの乗っていたカヌーにどうと押しよせ、意識を失なって倒れていた妻とわたしたちの財産もろとも、カヌーは川のなかに沈没した。ところがたまげたことに、一秒とたたないうちにわたしたちはその川の下界の美しい町に建っていた美しい巨大な建物のまえにいたのだった。

槍をもったままカヌーのなかで立ちあがり、どのようにしてここへ来たのか、どうしてわたしたちもカヌーも水でぬれていないのかと、つくづく不思議に思っていると、神さまと女神さまが巨大な建物から出てきた。お二方はカヌーに近づいてくると、大変な崇敬の念を表わしながらわたしと二つの頭にうやうやしくお辞儀をし、満面に笑みをたたえながらわたしにカヌーからおりてくるように告げた。わたしたちに敵意をもっていないことがわかったので、わたしは妻を抱きおこし、槍をもったまま妻の体を支えてカヌーをおりた。

カヌーをおりると、神さまと女神さまはわたしの馬を介抱したあと、近くの牧場に連れていくよう従者二人に命じた。従者にそのように命じてからお二方は、わたしたちを巨大な建物のなかへと案内し、しばらくたってお二方の居間につれていった。そして美しい座席の二つある椅子にすわるように言い、ついで神さまと女神さまは、またまたまるで王さまに対するような崇敬の念をわたしたちに示し、深々とお辞儀をしてから向い側の座席が二つある別の椅子に腰をおろした。そのようにうやうやしくわたしたちを迎えいれてから、従者たちに席を外すよう命じると、やがて数分とたたないうちにとてもおいしい料理がわたしたちとお二方のまえに運ばれてきた。

妻とわたしはこのときとてもひもじかったので、数分以内で食事をペロリと平らげ飢えを満たすと、こんどはさまざまな種類の飲み物がわたしたちとお二方のまえに運ばれた。妻は飲めなかったが、わたしの方は神さまと女神さまにひけをとらないぐらい楽しく飲み物を口にしはじめた。そして飲み物を楽しく飲みだすと、さっそく神さまは自分と女神さまのことをこのように紹介しはじめた。「わたしはそなたの町の人間たちが崇拝し、人間を含めてさまざまな物品を、そなたの町の人間たちがご供物として捧げて下さる川の神じゃ。わしが王で」、ここで女神さまの方を指でさししめしながら、「わしの妻であるこの女神は、この町の女王じゃ。わしたちはこの町で快適に暮しておるのじゃ。ところでじゃ、多くの町の人間どもは、かわいそうに、自分たちの好まぬ人間をわしたちのご供物に捧げるのじゃが、わしたちはそのような人間どもを殺したり食べたりはせずに、安全に温かくとりあつかい、わしたちの召使いに使っているのじゃ。わしたちはいつなんどきでも、どんな町にも、どんな川の土手にでも行く力をもっているのじゃ。わしたちは人間に対して親切なときもあれば、敵対するときもある。人間どもがしばしばお互いに残忍になるから、わしたちもそうするのじゃ。わしの妻の女神は、石女の女に子宝を授ける力をもっておる。だが人間がお互いに残忍であるときには妻は決して子宝を授けるようなことはいたさぬのじゃ」。このように神さまは自分たちのことをわたしに紹介し、その妻である女神さまはかたわらで事態の推移を見守っていた。

わたしたちがなおも飲みつづけていると、神さまはわたしに自分を紹介するように言った。そこでわたしは簡潔にこう言った。「わかりました」。ここで手にもっていた飲み物を少しすすった。「わたしの妻とわたしとわたしたち夫婦の全財産がご供物として捧げられるまえは、わたしは野生のけだものの勇敢な狩人でした。妻と結婚して数年たっても妻には一向に子宝が授かりません。そこで妻に子宝を授けてくれる妙薬を調合してわたしを助けて下さる〈女薬草まじない師〉のもとに出かけました。〈まじない師の母〉はとても親切な方で、わたしにジュジュのスープを与えて下さいました。そして〈まじない師の母〉は、その不可思議なスープを絶対に食べないようにわたしにきつく言い渡したのでございます。でも町への帰り途にわたしはそれを食べてしまったのでございます。残りのスープを食べると妻は懐妊いたしました。ところが不幸なことに妻のお腹がふくれあがるにつれて、わたしのお腹までもふくれはじめたのです。妻とわたしが懐妊して数ヵ月たってから、町の人間は男のくせにわたしが懐妊したのを知りました。そこで町から不幸を追放するために、かれらはわたしたちと財産をお二方のご供物に捧げたのでございます」。こうわたしはお二方に簡潔に説明した。

しばらくの間お二方は驚いて黙ったままだった。やがてこんどは女神さまが、わたしにこのような質問をしはじめた。「そなたは、そなたの町ではどなたの息子かな」。神さまがかたわらで見守るなかをわたしは答えた。「わたしは司祭および異教の徒の頭領の息子でございます。父はいつも司祭補といっしょに、町の人間のためにご供物を供える儀式をとりおこなっております」。このように女神さまに説明した。すると女神さまは「それではそなたの妻は、どなたの娘かな」とたずねた。そこでわたしは「妻はご供物を供える儀式をとりおこなうわたしの父を助ける創始者の娘にございます。そして妻の父はわたしの父と無二の親友でございます」と、そのように女神さまに説明した。ところでわたしが司祭および異教の徒の頭領の息子で、妻が創始者の娘であることを聞いて、神さまと女神さまは即座に頭を左右に振って言った。「そなたたちは、川の神に、川の神の子どもたちをご供物に捧げてはならぬのじゃ。それは禁じられているのじゃ。そなたの町の人間どもは、そなた二人を、わたしたちに捧げるとはとんでもない大間違いを犯したのじゃ」。このように女神さまと神さまが、わたしたち夫婦をお二方のご供物に捧げたことで、町の人間どもをおとがめになったとき、わたしは立ちあがって、神さまたちに、すっかりふくれあがっていまにも床に届きそうなわたしのお腹を見せた。そしてお二方に、町の人間どもは、平和と幸運が町に訪れることを願ってわたしたちをご供物に捧げたのであり、したがってかれらをひどくとがめたてることは筋ちがいだと思うと申し立ててから、椅子にすわった。神さま方がわたしのこの説明に納得しなかったことは申すまでもない。

神さま方がわたしに質問し、わたしも丁重にそれに答えていたあいだも、妻は頭をあげてお二方を見るだけの勇気はなかった。妻にとって神さま方はとてもいかめしくこわかったからだ。でもわたしにとっては神さま方の怖ろしい形相もなんともなかったのだ。〈さい果ての町〉まで行ったとき、さまざまな怖ろしい物を見聞きしてきたからだ。女神さまはさらに、頭の方を指差しながらわたしにたずねた。「どのようにしてそなたはこの頭二つを手に入れたのか。悪鬼の槍のてっぺんにあるあの頭のことじゃ」。そこでわたしは説明した。「〈さい果ての町〉へ行く途中、〈頭の取りはずしのきくジャングルの狂暴な野生の男〉と渡りあって、その男から頭を奪ってまいったのでございます」。わたしがそのようにその頭を手に入れた事情を神さま方に説明したとき、女神さまと神さまは、何分間もその頭に驚嘆と恐怖の目をじっと注いでいた。

やがてその目を頭からそらしたとたんに、神さまと女神さまは立ちあがり、妻とわたしに家までついてくるように告げた。その家ではお二方のご供物に捧げられた人間どもが全員快適に暮していたのだ。わたしたちが神さまと女神さまといっしょにその家のひとつに入ると、さっそく人びとはわたしの所に駆けよってきて、うれしそうにわたしを抱擁した。かれらにはわたしの妻のこともわかった。その身なりからして、かれらは決して刑罰を受けていないこと、むしろ大事に取り扱われていることが察せられた。わたしたち二人もかれらと同様に神さまと女神さまのご供物に捧げられた人間だということを、かれらは知ってはいたのだが、それにしても神さまと女神さまがわたしたちに格別の崇敬の念を払っているのは、なんとも解《げ》せなかった。さらにわたしが女のように懐妊しているのを見て、いっそう奇異に感じていた。しかしながら、かれらひとりひとりがわたしに、自分たちの妻や子ども、それに母や父や友人などはまだ生きているのかと、その安否をたずねたとき、みんなみんなまだまだピンピンしていたって元気だと言ってひとりひとりを安心させてやった。それでもかれらは、みんなといっしょに暮せないことを悲しんだ。神さまと女神さまはわたしたちをすべての家に案内したあと、居間に連れもどった。そのときわたしは依然として槍をもったままだった。

そのあと数分間すわって飲み物を飲んでいたとき、わたしは神さまに、町の人間が川の神さまにわたしたちをご供物に捧げた日に、わたしたちの頭と体にかれらが注いだ腐った血をすっかり洗い流したいのだと願いでた。すると神さまはわたしたちを浴室に案内してくれた。そこで体からきれいさっぱりと腐った血を洗い流したあと、わたしたちはまた居間にもどった。するとこんどは女神さまが美しい部屋にわたしたちを案内し、すてきな衣服を渡してくれた。わたしたちはさっそく汚ない衣服を脱いで新しい衣服に着替え、そのあと居間にもどってすわると、すぐさま熱い飲み物を飲みつづけた。

しばらくたって女神さまは丁重にわたしにこうたずねた。「この取りはずしのきく頭を二つ、わたしどもにいただくわけにはまいらぬでしょうか。もしいただけるのでしたら、そなたのふくれたお腹を元どおりの正常な形に治してあげることをお約束します。さらにそなたとそなたの妻のお二人を、ここに引きとめておかないで即座にそなたの町に送り届けることもお約束いたしましょう。もっとも神さまと女神さまの子どもたちを、わたしたち川の神と女神のご供物に捧げてはならないことになってはいるのですが」。女神さまからこのように頭を所望されたとき、それができるかどうかもうしばらく考えさせてほしいと、女神さまとその夫である神さまに申し出た。

さてもしも頭を献上すれば、町へ送り返してくれると聞いて、妻は大喜びだった。神さま方がこの二つの頭にとても興味をもっているのを妻は知っていた。そしてこのときはじめて妻は神さま方のいかめしく怖ろしい形相を、まともに見ることができたのだった。

やがてみんなで夕食をとったあと、女神さまはわたしたちをあの美しい部屋に案内し、わたしたちは翌朝までその部屋ですっかりうちくつろいでぐっすりと熟睡した。朝になってとてもおいしい朝食が出され、それを食べたあと神さまはわたしたちに居間に来るように言った。そこで熱い飲み物をまた飲みはじめると、さっそく女神さまはわたしに、「どうです。頭をいただける決心がつきましたか」と、切りだした。

そこでわたしはふくれたわたしのお腹を元通りにし、わたしの町の人間をすべて釈放して町に連れもどすことに同意し、さらに妻が分娩するまで、神さまと女神さまお二方といっしょにここに滞在することを許していただけるならば、快く頭を献上いたしましょうと約束した。すると神さまと女神さまは、わたしの希望をすべて叶えることに同意したので、わたしは即座に頭を二つ差しあげた。そのときお二方にその頭をどうなさるおつもりですかと聞くと、祀って日夜礼拝するつもりだと答えた。結局わたしの手元には悪鬼の二股の槍だけしか残らなくなった。そして頭を献上したとたんに、第一の〈心〉と第二の〈心〉が、〈さい果ての町〉に行く途中あやうくその頭を放りだしそうになったときに、町へもどったらきっとその頭が役に立つこともあろうから絶対に放りださないようにといって、わたしを戒めたことをわたしは思い出した。

さて神さまは大変喜ばれて、さっそくわたしのふくれたお腹を治しはじめた。その治療というのは、毎朝重い骨の棍棒で三回わたしのお腹を叩くというものだった。神さまはわたしのお腹が元通りに収縮するまで、何日も何日も同じことを繰り返した。やがてお腹が元通りに治って数日たってから、妻はめでたく男児を分娩した。神さまと女神さまは大喜びで、それから三ヵ月というもの、それはそれは大変な気の配りようで、妻と赤ん坊の面倒を実によく見てくれた。

三ヵ月間というもの、わたしたちは十分に生活を楽しんだわけだが、ある朝神さまと女神さまは、自分たちの家にお二方のご供物に捧げられた人間を全員招いた。そしてわたしたちのいるまえで、これからは自由に各自の町にもどるがよいとみんなに告げ、さらに、ご供物に捧げられたときと同じカヌーに乗って、それぞれの町に帰るよう申し渡した。

それを聞いて、人びとはすっかりうれしくなって飛びあがり、あたりをところせましと踊りまわり歌いまくった。だがかれらには、どのようにしたら町に帰れるのやら、牛車に乗っていけばよいのか、それとも飛んでいけばよいのか、あるいは泳いでいくのやら、皆目見当がつかなかった。それでも数分の間、喜悦に浸りながら踊り歌っていると、神さまと女神さまは各自ご供物に捧げられたときと同じカヌーに乗るようにとみんなに告げた。そこでみんなは、いままで住んでいた家の近くにあった各自のカヌーに嬉々として乗りこんだ。

かれらがカヌーに乗りこむと同時に、神さまは何人かの従者に牧場から馬を連れてきてカヌーに乗せるよう命じた。わたしにしてみれば、馬の銃弾の当った部分がもう完全に治っているのかどうかとても心配だった。馬がカヌーに誘導されたあと、神さまと女神さまはわたしたち夫婦にカヌーに乗りこむよう告げた。そこで妻が最初に、生まれたばかりの赤ん坊を背中に背負って、いかにもうれしそうにカヌーに乗りこみ、ついでわたしも二股の槍をもって乗りこんだ。そのあと神さまは従者全員に、お二方の巨大な建物の近くを流れている小さな川の流れにカヌーを押しだすよう命じた。神さまは、ほかの人間たちのカヌーも、つぎつぎに同じように川の流れに押しだすよう命じた。

カヌーをすべて川の流れに押しだしてから、神さまと女神さまは、その月以降人間を自分たちのご供物に捧げることは中止するよう、町の古老たちにきびしく伝えてほしいと、わたしに申し渡した。そのあとわたしたちひとりひとりに祝福を与えてから、さようならを告げ、わたしたちの姿が見えなくなるまで別れを惜しんでいた。やがて見えなくなると、即座に巨大な自分たちの家へともどった。そのような次第で、わたしは〈さい果ての町〉に行ったとき戦利品として二股の悪鬼の槍などといっしょにわたしの町に持ち帰った、取りはずしのきく頭二つと引きかえに、これらの人間全部と妻とそれにわたし自身を救出したのだった。ところでわたしのカヌーが先頭を切っていたので、勢いわたしは水先案内人役を務めることとなり、みんなはわたしのあとをついてきた。だが驚いたことに、六十分とカヌーを漕がないうちに突然わたしたちの町の川にやってきたのだ。そしてこの川の土手には、神々や神像などのお社がすべて建ち並び、さらに〈国の守り神〉の像もこの川の土手に立っていたのだ。わたしたちの町の領土であるこの川にたどりついたとき、わたしたちはすっかりどぎまぎした。でも〈国の守り神〉が土手のうえに立っているのを見ると、涙がでるほどうれしかったし、高い台座にその神さまが立っているのを見て、ほんとうにわが町にたどりついたのだなという実感が心の底からこみあげてくるのだった。

やがてわたしたちはカヌーを川岸につけ、並木の美しい土手の樹木にロープで縛りつけると、さっそく各自の持ち物をひとまとめにしてカヌーから川の土手に運びはじめた。

町の人間はわたしたちを〈死んだ人間〉だと思った

川の土手に持ち物を運びあげると、さっそくわたしたちは各自自分の持ち物を頭に載せ、わたしは馬の手綱を左手に握り、弓とその他のものを左肩にかけ、槍を右手にもった。生まれたばかりの赤ん坊を背中におぶった妻とほかの人間は、わたしについてきた。わたしたちは大きな声で陽気に歌をうたいながら、町へと行進していった。大きな声で歌をうたいながら町を行進していると、なにごとが起ったのかと町の人間が家のなかから外に飛びだしてきた。

ほとんどの人間は、わたしたちを見たとたんにとてもこわがり、すっかりうろたえて恐怖のあまり大声で叫んだ。「ああ！　なんたることか！　この連中は川の神さまのご供物に捧げられた者どもじゃないか。だから死んだ人間なんだ！」　かれらは怖ろしくなって、ブッシュに逃げこんだ。しかしいっしょにきたほかの人間はそれぞれ喜びいさんで自分たちの家へ行き、わたしは妻を伴って父の家へいった。ところが父も母もわたしたち二人を見てびっくり仰天した。そこで、川の神さまと女神さまは、わたしが献上した奇妙な取りはずしのきく頭二つと引きかえに、わたしたちよりもまえにご供物に捧げられていたほかの人間ともども、妻とわたしを釈放してくれた経緯を父と母に説明すると、二人はとても喜んでくれた。さらにわたしは、神さまが奇妙な骨の棍棒でわたしのお腹を打ちはじめて数日後に、わたしのお腹が元通りに治ったことも説明した。

父と母にそのように説明すると、二人ともとても驚いた。でも母はさっそく生まれたばかりの赤ん坊を妻から取りあげて、うれしそうにお乳をやりはじめた。そして父は、創始者で義理の父でもある友人の家へ走っていって、義理の父に、数年まえ川の神さまにご供物に捧げられた人間全部と連れだって娘であるわたしの妻とわたしが町にもどってきたことを告げた。父が友人の家に向うと、さっそく第一の〈心〉と第二の〈心〉はわたしにこんなことを思いおこさせながらこういった。「〈さい果ての町〉で過していたとある日、そなたは無事に〈さい果ての町〉からそなたの町にもどるだろうが、もどってから数ヵ月後に川の神さまのご供物に捧げられるでしょう、だがその後、新しく生まれたばかりの赤ん坊を連れて、ふたたび町へもどるだろうとわたしたちはそなたに予告してきましたね。ところでそなたの伴侶として、旅行中そなたに役に立つ忠告の数々をいたしてまいりましたが、わたしたちもそろそろそなたの体内での定められた日常の仕事に復帰したいと存じます。最後にこれからのそなたの事業の幸運と繁栄を心から願ってやみません！　ではさようなら！」

第一の〈心〉と第二の〈心〉はそのように告げた。そこでかれらが日常の仕事にもどるまえに、わたしは急いで感謝の言葉を述べた。「わたしの最初の旅と二回目の旅のあいだじゅう、そなたたちがわたしのためにしてくれた手助けと有益な忠告には、心から感謝しております。わたしが危険なとき、ときにはわたしを見すてるようなこともありましたが、わたしはさほど気にはしていません。というのは〈記憶力〉がわたしといっしょにいてくれて、そなたたちに見すてられたときにもいつもわたしに仕えてくれたからです。だがそなたたちはわたしを見すてたり、誤って導いたことで、いずれ〈記憶力〉の裁きを受けることになりましょう。旅のあいだずっと〈記憶力〉はそなたたちの行動のひとつひとつを記録に書き留めていたからです。それではそのときまで、さようなら！」　このようにわたしは、第一の〈心〉と第二の〈心〉に言った。

第一の〈心〉と第二の〈心〉が、わたしの体内での定められた日常の仕事を行なうために仕事場にもどっていったとたんに、父と、義理の父であり創始者である友人が、わたしたち夫婦の無事の帰還を自分の目でしかと確かめるためにやってきた。と申すのも、ひとたび川の神さまのご供物に捧げられた者でもどってくるなどということは異例も異例のことだったからだ。義理の父が父と連れだってやってきて、わたしと生まれたばかりの赤ん坊を抱いている娘を見たとき、自分の目が信じられなくて、わたしたちが〈死んだ人間〉ではないのかと確かめずにはいられなかった。そこで義理の父は、体をかがめて地面から一握りの砂を拾いあげ、それをわたしたち二人に、振りまいた。そしてわたしたちの姿が消えなかったのを見て、わたしたちが精霊でもなければ〈死んだ人間〉でもないことを確信した。そこでこみあげるうれしさのあまりに、わたしたちのまわりを踊りながら、川の神さまと女神さまを賞め讃えはじめた。

数分間踊り、川の神さまと女神さまを賞め讃えてのち、義理の父とわたしの父は近くのブッシュにでかけていって、ブッシュの奥深く逃げこんでいた人間どもを呼びもどした。すると司祭および異教の徒の頭領である父と、創始者だった義理の父を人びとはとても尊敬していたので、かれらはその説得にしたがっておそるおそるブッシュから出てきてそれぞれの家へともどっていった。

翌朝八時ごろ、わたしは町の人間全部を町のホールに招いた。ところがまたたく間に人びとはホールに殺到し、数千人は椅子にすわれたが、数千人は立ったままで、さらに数千人は体をかがめて、何事が起るのかと固唾をのんで見守っていた。そして年を取って歩けない者までも、わたしの旅の成果を聞きたくて、ホールまで運んでくれるよう人びとに依頼していた。

子どもをふくめて町の人間全部がホールに集まったのを見て、わたしは高い椅子にすわり、まえの長テーブルに悪鬼から奪ってきた二股の槍などの戦利品をみんな並べた。やがて人びとがシーンと静まりかえり、わたしから何事かを聞こうと期待に胸をふくらましているのに気がついて、わたしはまずロッキータウンの慣習に従って古老たちに話しかけた。そして長テーブルにあがるとさっそく、「ロッキータウンの皆さまがた、皆さまがたに謹んでご挨拶を申しあげます。夜が朝よりも繁栄しますように。さてわたしごとき若輩が身のほどもわきまえずにご招待を申しあげたところかくも多数ご来場いただきまして、古老各位および若いかたがた、それに子どもさんたちにも最大の敬意を表したいと存じます。皆さまがたに感謝の気持をこめてこのように深々と頭をさげる次第でございます。と申しますのも一角獣の頭が地面にふれますとき、角がその頭から生え、またオクロの木の尖端が地面にふれますときにオクロの実が熟し、ガーデンエッグの木が地面にふれますとき、その葉が血のように真赤になるのでございます。ですから、このロッキータウンの野生の獣の狩人であるわたしは、今日ロッキータウンの皆さまがた全員に最大の敬意を払って、感謝のお辞儀をいたしたいと存じます」。まず最初にこのように会衆に話しかけると、かれらはいっせいにわたしに盛大な拍手喝采を送ってくれた。

やがてそれが静まると、わたしはさっそく話をつづけた。「皆さまがたひとりひとりがご存知のように、わたしはおよそ十一ヵ月ほどまえに、取りはずしのきく奇妙な頭二つをふくめまして、いくつかの戦利品をもって、〈さい果ての町〉から帰って参りました。でも女のように懐妊いたしましたとき皆さまがたは共謀して、妻とわたしを二人の財産もろとも、川の神さまにご供物として捧げました。しかしいずこへ参りましても、わたしは勇敢でありまして、神さまと女神さまの兵士たちと勇敢に戦いました。そのあげく、妻とわたしと馬とカヌーとほかの財産一切が兵士たちと神さまと女神さまもろとも川の水に呑みこまれたのでございます」。

「するとたまげたことに、気がつくとわたしたちは、川の下界のとても美しい町にいたのでございます。神さまと女神さまは並んで、美しいお邸のまえで、わたしたちのまえに立っておりました。そしてわたしが手に持っていた二つの頭を見たときとても興味を示され、わたしたちをとても親切に扱ってくださいました。そして二つの頭を代償に、妻とわたしと、わたしたち二人よりまえに捧げられていた人間をすべて釈放されたのです。最後にお二方は、町へ帰ったら町の古老たちにくれぐれも、二度と人間をお二方のご供物に捧げないように強く申し伝えてほしいと繰り返し念を押して申されました。さらにお二方は、自分たちは人間を殺したり食べたりは絶対にしないとも申されました。そんなわけで、わたしたちは決して〈死んだ人間〉ではございません。神さまと女神さまがわたしたちを釈放してくだされたのです」。そのようにわたしは説明した。これからは人身御供を捧げなくてもよいと聞いて、人びとはなんとも表現のしようのないほど喜んで大きな歓声をあげた。そのあと人びとは、神さまのご供物に捧げたことを妻とわたしに謝罪した。

それから町の人間はホールを退出して町へ出ていき、どんちゃん騒ぎが町じゅうではじまり、七日間続いた。そして人身御供の慣習を中止させた英雄は、実はわたしであることを誇示するために、そのどんちゃん騒ぎはわたしの父の家のまえで終ったのだった。

わたしの〈記憶力〉が、第一の〈心〉と第二の〈心〉を告発する訴訟を起した

　さてホールを退出した古老たちは、若者たちのあとについていかないで、若者たちの姿を遠くまで見送りながら、しばらく待っていた。それからわたしにひざまずくように言ったので、その通りにすると、古老たちはわたしに祝福を与え、そのあと立ちさっていった。ホールのなかはわたし一人きりということになったので、わたしの話を信じこませる証拠物件として町の人間に見せた戦利品をまとめはじめた。すると突然わたしの頭ガイ骨と胸部で、なにやら多くの物が立ちあがる気配を感じた。そして数秒後に厚い灰色の煙のようなものがわたしの鼻孔から外に噴きでるのが目に入り、やがてそれはわたしの左側の少し離れたところにあった椅子に向って進んでいった。その煙は椅子のところにやってきたとたんに、白い固形状のものに変り、テーブルの近くの椅子にそれがすわったとき、この者はおよそ人間とは似ても似つかぬ形をしていることにわたしは気がついた。そしてそのとき同時に、わたしの頭ガイ骨の中身が空っぽになっているよう

な感じがした。この奇妙な者を見たとたん、わたしの気力はすっかりなえちぢみ、思うようにホールから外へ出ることもできず、やむなくふたたびいままですわっていた高い椅子にすわりなおす始末だった。

この不思議な出来事のことをいろいろと思いめぐらしていると、別の厚い灰色の煙が、突然鼻孔から外へ噴きでるのに気がついた。そして噴きでたとたんに、それはわたしから十メートル離れた二人掛けのベンチに向って進んで行き、ベンチのところで二つに別れ、二つに分離したとたんにそれぞれが固形状のものに変った。でもそれぞれがベンチにすわったとたんに、人間とはおよそ似ても似つかない人像に変った。二人ともお互いに身を寄せあってすわったが、とても識別できないほど二人はよく似ていた。そのときわたしは、胸からなにかが消えてなくなったような感じを抱いた。

さて生き物になっていたこれら三つの灰色の人像にじっと目をすえていると、太陽光線のために床にできていたわたしの影から、徐々にもうひとつ別の灰色の煙が出ていくのが目に入った。そしてその煙は影から出たとたんに、人間のものとはとても思えない固形状の形に変り、わたしがすわっていた場所に向って歩いてきた。その男はやがて椅子をひとつもって、円陣の右側数メートル離れたところにその椅子を置いた。そしてテーブルを椅子のまえに置いてから、椅子にすわるまえに、もっていた、大きなハンドバッグをテーブルに置いた。

すっかりうろたえ恐怖におののきながら、じっとその男に目を注いでいると、男はハンドバッグを開け、白い平たい貝ガラを何枚も取りだしてテーブルの上に置いた。さらにまたハンドバッグから、青と赤の丸くて短かい貝ガラを二枚取りだした。二つとも鉛筆に似ていた。そして赤い方をテーブルに置くと、さっそく青い方の貝ガラを握りしめ、白い平たい貝ガラを一枚取ってそれを自分のまえに置いた。それからやおら裁判官のようなポーズをとって、頭をあげると即座に、短いベンチでいっしょにすわっていた灰色の二つの人像の方を見た。二人とも、元はといえばわたしの胸から外に噴きでてきた厚い灰色の煙だったのだ。

口もきかずに二人を見てから、その男は目をそらし、厚い灰色の煙の形でわたしの頭ガイ骨から出てきて、いまは椅子にすわっているもう一つの人像の方に目を向けた。そのあと大きな声でこう言った。「ところで〈記憶力〉どの。第一の〈心〉氏に関してどのような点で告訴なされるのかな」。そこでわたしの〈記憶力〉であった厚い灰色の人像が立ちあがって、わたしの腎臓であった仮装の裁判官にまず一礼をして、悲しそうな声でこう説明した。「はい、〈腎臓〉裁判官さま、第一の〈心〉氏に対するわたしの告訴と申しますのは、わたしたちが伴侶および忠告者としてわたしたちの〈持ち主〉さまとごいっしょにおりましたとき（わたしの〈記憶力〉はわたしのことをかれらの〈持ち主〉さまと言った）、そのお方（わたしのこと）は二回にわたって危険な旅に出られ、無事もどってこられたのですが、第一の〈心〉は数回にわたってわたしどもの〈持ち主〉さまを誤まって導き、そのためわたしどもの〈持ち主〉さまにはすんでのところで死ぬ場面が何度となくございました。わたしとそれに第二の〈心〉がそのお方とごいっしょしていなければ、わたしたちの〈持ち主〉さまは野生のジャングルのなかあるいはまた、その方と妻が川の神さまのご供物に捧げられたときに、きっと野垂れ死にしていたことでございましょう。そんなわけで、第一の〈心〉氏を、重罪もしくは死罪に処してしかるべきであると考えます」。このようにわたしの〈記憶力〉は、仮装の〈腎臓〉裁判官に説明し、そのあと一礼して、椅子に引き退った。

裁判官はもっていた青い貝ガラの鉛筆でテーブルに置いた白い平たい貝ガラの上に、何枚にもわたって〈記憶力〉の告訴の全文を書き記した。わたしはそのときこわごわと、わたしの体から出てきた仮装の三つの人像をじっと見つめていたのだが、裁判官はさっそく第一の〈心〉に、自分の弁護を行なうよう求めた。そこで第一の〈心〉は立ちあがって裁判官に一礼し、こう自分を弁護した。「そのお方の二回にわたる危険な旅の途中で、わたしたちの〈持ち主〉さまを間違って導いたのは、わたしの罪であることは申すまでもありません。そのお方の危険なときにわたしの恣意で数回にわたって間違って導き、何度かそのお方を見すてたことも事実でございます。しかし〈持ち主〉さまが危険なときはいつも、わたしが正気でなかったことも事実でございます。そのとき正気でなかったわたしの行動を、自分で制御することがわたしにはとてもできなかったのでございます」。このように第一の〈心〉は、自分を弁護した。

そして第一の〈心〉がすわろうとしたとき、わたしの〈記憶力〉は突然立ちあがって烈しく詰めよった。「それではそなたは、わたしたちの〈持ち主〉さまにとって万事がうまくいっている日には正気であったと申すのか」。すると第一の〈心〉は「そうです」と答えて、またすわった。仮装の〈腎臓〉裁判官は、二枚の白い貝ガラに第一の〈心〉の弁護を書き記した。

そのあと裁判官はわたしの〈記憶力〉の方に仮の目を向け大きな声でたずねた。「〈記憶力〉どの、よくわかりました。ところで第二の〈心〉氏に対しては、どのような点で告訴なさるのかな」。

「第二の〈心〉氏に対するわたしの告訴と申しますのは、つぎのような点でございます。第二の〈心〉氏は、たしかにわたしの〈持ち主〉さまの二回にわたる危険な旅のあいだ、間違って導くことはありませんでしたし、それにとても役に立つ忠告をなさいました。そのうえ、とてもよき伴侶でもあったのですが、しかしながらそのお方が危険なときに何度となくお見すてしたことがございました。第二の〈心〉氏がそのお方を見すてたときにはいつでも、どんな場合にでも、わたしはその方を見すてないで、お助けしてきたのでございます。そうでなければそのお方は、間違った方向に行って、ジャングルの野生の人間どもに殺されていたことでございましょう。このようなわけで第二の〈心〉氏は処罰するにふさわしいと考えます。でも死罪だけはご勘弁願いたいと思います」。このように〈記憶力〉は、第二の〈心〉を告訴した。

さて仮装の〈腎臓〉裁判官は、例の青い鉛筆で別の平たい白い貝ガラにこれらの陳述一切を書き記すと、即座に頭をあげて、第二の〈心〉に向って、〈記憶力〉が行なった陳述になにか異議を申し立てることはないかとたずねた。すると第二の〈心〉は立ちあがって、申し立てをはじめるまえに裁判官に一礼してこのように述べた。「実際の話、わたしは

〈持ち主〉さまにその二回にわたる危険な旅で、とてもお役に立つ忠告を行なってまいりました。でもときどき、そのお方が難儀をしていると、〈記憶力〉氏が陳述したように見すてたこともございました。しかしそのようなときは、わたしが極度に衰弱し、疲れはてていたかそれとも病気か、あるいはぐっすり眠っていて気がつかずにいたときでございます」。

第二の〈心〉は裁判官に、ときどき〈持ち主〉さまを見すてたときの状況を一部始終説明してから、一礼をしてまた席にすわった。裁判官はその説明の一部始終を別の平たい白い貝ガラに書き記してから、こんどはかすんだ目をわたしの方に向けてたずねた。「さて、わたしたちみんなの持ち主であるそなたには、いま〈記憶力〉氏が行なった、第一の〈心〉と第二の〈心〉氏に対する告訴について、なにか申し述べることがありますか」。

〈腎臓〉裁判官がそのようにわたしにたずねたとき、わたし自身なんと答えていいものやら、心の内で判断しかねていた。わたしには大いに役立ってくれたことがいっぱいあったのだけれども、悲しいかな！　折悪しくこのときにはわたしの〈記憶力〉も第一の〈心〉も第二の〈心〉も、わたしの外にいたので、わたしにはなにも言えなかった。それでも耳だけはまだ残っていたので、裁判官の言葉は聞えたが、そのときは判断のつかぬままたうなずくばかりだった。〈記憶力〉と二つの〈心〉が不在のために一言も言えないでいるのがわかると、裁判官は赤い鉛筆と平たい貝ガラを何枚もとって、その上に第一の〈心〉と第二の〈心〉に対する判決を書き記した。書きおえると裁判官は、第一の〈心〉に、危険が迫ったときにわたしを間違って導き、わたしを見すてたかどで有罪に処し、死刑の宣告を言い渡そうと立ちあがった。さらに平たい白い貝ガラには、第二の〈心〉に対しても同じく、〈持ち主〉を見すてたかどで有罪ではあるが、危険に際して〈持ち主〉に役に立つ忠告をしばしば渋りながらも行なった点で、六年間の重労働刑に処すと書き記してあった。幸運にもこの瞬間、急にあたりが無気味に赤く燃えたち、厚い霧が突然ホール一面をおおった。このときわたしの目は、物がうすぼんやりとかすかに見えるだけになり、厚い霧につつまれた人間の像は見えなくなった。するとわたし自身の声とまったく同一のあの男の声が聞えてきた。このときこの人物はわたしの〈第二の最高神〉であることがわかった。

〈第二の最高神〉は大きな法律書を手にもって霧のなかを突然姿を現わして椅子にすわり、なんのためらうこともなく、椅子のまえにあったテーブルにその法律書を置いた。そのあと法律書を開いてできるだけ早く数ページを読んでからすくっと立ちあがり、裁判官が第一の〈心〉と第二の〈心〉に判決を言い渡そうとしていたちょうどそのときに、裁判官に一礼、一生けんめいに第一の〈心〉と第二の〈心〉のために弁護をはじめた。〈第二の最高神〉は仮装の〈腎臓〉裁判官を指さして言った。「第一の〈心〉氏に死刑の宣告を言い渡すことは、〈持ち主〉の体を構成する器官のひとつを不完全にすることを意味します。そして体を構成する器官のひとつを不完全にすることは、体が真の機能を喪失すること、さらにはその体の〈持ち主〉に死をもたらすことを意味します。したがって閣下が、第一の〈心〉氏の〈持ち主〉になんら影響のない、また危害を加えないそのような刑罰に変更なさることを希望いたします」。こう弁護士でもある〈第二の最高神〉は、厚い霧のなかを立ちあがって、第一の〈心〉のために弁護した。

さらに弁護士である〈第二の最高神〉は、〈腎臓〉裁判官の注意を、すでに言い渡すつもりになっていた六年の懲役に急いで向けさせ、第二の〈心〉のためにつぎのように弁護した。「もしも第二の〈心〉氏を六年間の懲役に処したならば、六年間にわたって、〈持ち主〉の体のなかで第二の〈心〉氏が果している機能を中止しなくてはならないことを意味します。そして〈持ち主〉が六年間にわたって、その機能を喪失するということは、〈持ち主〉の死にもつながりかねません。この理由でわたしは、第二の〈心〉氏が自分の機能を行使するのを妨げないような軽い刑罰に減刑されるよう提案いたします」。こう〈第二の最高神〉である弁護士は、第二の〈心〉を弁護した。

さて〈腎臓〉裁判官は丸い貝ガラの鉛筆をもって、白い平たい貝ガラの上にその弁護を書き記すと、即座にそれを入念に検討し、やがて頭をあげて、弁護士にこう答えた。

「さて弁護士の〈第二の最高神〉どのに申しあげるが、第一の〈心〉氏と第二の〈心〉氏に下した死刑と六年間の懲役に代るべき、〈持ち主〉のためにそれぞれが自らの機能を行使するのを妨げないような別種の刑罰は、残念ながらわたしには思い当りませぬ。しかし申すまでもなく、これらの判決はあくまで内部のものであり、一般世論の声を十分に聴取したうえで外部の判決に耐えうるものに修正するにやぶさかでないことははっきりと申しあげておきます。町の有識者たちの貴重な助言をできるだけ早くいただければ幸いだと思います。

「ところで弁護士の〈第二の最高神〉どのに申しあげますが、この判決に関しましてそなたがとられた行動とご努力に対しまして、心から感謝申しあげます。したがいまして一般の世論を聴取するときまで、この二つの判決の執行を猶予することにいたします。それでは、さようなら」。

そのように仮装の〈腎臓〉裁判官は、しめくくった。そこで弁護士であるわたしの〈第二の最高神〉は、急いでさらに意見を具申した。「閣下はこの判決にかんしまして、一般世論の意見を聴取するようなことはなさらないで、むしろ、第一の〈心〉氏と第二の〈心〉氏に、即時無罪放免をお願いできれば、それにまさることはないのでございます」。すると即座に裁判官は答えた。「それはなりませぬ。無罪にするよりはなにがしかの刑罰に処するのが妥当かと、わたしは考えております。と申しますのも正義がこの世にまかり通るようにいたさねばならぬからです」。〈腎臓〉裁判官は、そのように語気を強めて言った。

そのあと裁判官は、白い平たい貝ガラと二本の丸い貝ガラの鉛筆をしまった。そしてハンドバッグに全部入れると、即座に立ちあがり、外に出ようとした。しかし厚い霧のために道が見えなかった。ところで弁護士である〈第二の最高神〉は大きな法律書を持ったその瞬間姿を変えた。するとそのとたんに赤く無気味に燃えたっていたあたりの厚い霧が忽然と消え、太陽が輝きだした。あたりはすっかり明るくなり、そのおかげで〈腎臓〉裁判官は、太陽の光線がわたしのうしろの床につくっていたわたしの影にもどることができた。やがて裁判官は影の方に歩いていき、その上に立ったとたんに、突然姿を消した。

裁判官の姿が消え、わたしの体内のしかるべき正当な位置にもどったとたんに、不在中は機能を停止していた腎臓の働きが、ふたたび活発になりはじめた。そしてこれまた夢のような話だが、第一の〈心〉と第二の〈心〉を告訴したわたしの〈記憶力〉は、仮の世を忍ぶその人間の姿から、かつてのような厚い灰色の煙に変ったかと思うと、たちまち鼻孔に入りこみ、そこから頭ガイ骨へともどっていったのだ。驚いたことに、〈記憶力〉が頭ガイ骨にもどったとたんに、裁判官と弁護士が言った言葉の一語一語が、わたしの記憶にあざやかに甦ってきたのだった。

さて第一の〈心〉と第二の〈心〉をどのように処罰したものかと思案しはじめたとき、ともに仮の人間に姿を変えていた二つの〈心〉が突然厚い灰色の煙の形にもどり、やがてその灰色の煙はそそくさと鼻孔に入り、そこからわたしの胸へと入っていった。そして二つの〈心〉と〈記憶力〉がわたしの体内のそれぞれのしかるべき位置にもどったとたんに、わたしは万物を知覚し、思考し、万物を記憶に留めることができるようになった。

この日はじめて、すべての人間は〈二重〉の構造に創造されていることがわかった。つまりそのひとつは〈第二の最高神〉と呼ばれる、わたしたちの目には見えないものであり、この〈第二の最高神〉なるものは、それが宿っている人間本人よりはずっとずっと強力で、すべての人間は自分自身の〈第二の最高神〉を見ることは禁じられており、もしあえて見ようとすればたちどころにその人間はその日または翌日死んでしまうのだ。でもなにかふとした拍子に、友人とかなにかの〈第二の最高神〉を見たり、それに出会ったりすることはある。

そしてさらに真昼間であるにもかかわらず、あたりが無気味に赤く燃え、厚い霧がホールをすっぽりと包んだのは、弁護士でもあるわたしの〈第二の最高神〉が、わたしに自分の姿を見せなくするために仕組んだ仕業だったことがよくわかったのも、このときだった。

さて万物を記憶に留め、思考し知覚することができるようになったとき、わたしは旅の話を町の人間に信じこませるためにホールに運びこんだ悪鬼の二股の槍とかそのほかの戦利品を手に持って、すっかり元通りの完全な体にもどってホールを退出した。

ところで町のなかを父の家へと帰っていくあいだ、またまたわたしは〈記憶力〉のなかで、第一の〈心〉と第二の〈心〉に対して、それらがわたしの体内で行なう機能の遂行を妨げないような、そんなうまい刑罰があるのだろうかと、思案していた。でもわたしの心に起ることは、わたしの〈第二の最高神〉にも起ることなのだ。それにしても実際思案にくれているこの問題を解決するのに、だれがいったい手助けをしてくれるのだろうか。そんなこんなで、わたしはなんの手がかりもないまま、正午に家に着くまでこのことばかりを考えていたのだった。

さて、わたしが献上した取りはずしのきく二つの頭のおかげで、これからは川の神さまに人身御供を捧げなくてもよくなったので、町の人間はすっかり有頂天になり、町じゅうがドラムをたたくやら歌をうたって踊るやら、食べて飲んでの大騒ぎになった。わたしもまた大いに心ゆくまで食べて飲んだものだった。そしてこのどんちゃん騒ぎも、はじまってから七日目の夕方、わたしの父の家のまえでぴたりと終った。どんちゃん騒ぎが終るとさっそく、古老たちは、家のまえの地面にわたしが据えつけた二股の槍のまえに赤ん坊を連れてくるようにわたしの妻に言いつけて、赤ん坊に祝福を与えたあと、全員なんとも言いようのないほど浮かれ騒いで、自分たちの家へともどっていった。

訳者あとがき

本書は、エイモス・チュツオーラ Amos Tutuola の、十四年ぶりの最新作“*The Witch-Herbalist of the Remote Town*”, 1981. の日本語訳である。

チュツオーラは、怪奇と恐怖にみちたアフリカの森の物語を、幻想風に描いた処女作『やし酒飲み』で、アフリカにも本格小説が存在することを世界に誇示した、現代アフリカ文学の草分け的存在、パイオニアである。この『やし酒飲み』（一九四六年執筆完了、一九五二年出版）は、すでに世界の名作として評価が高く、日本でも邦訳が出版され、また仮面喜劇として上演されたりして、特に若い層に巾広いファンをもっている。他に『神々の森放浪記』（一九五四）、『シンビとジャングルの主《ぬし》サタ』（一九五五）、『勇敢な女狩人』（一九五八）、『ジャングルの羽根女』（一九六二）、『アジャイイと貧困相続』（一九六七）など、ジャングルを舞台にした作品が圧倒的に多い。

本書の内容を理解する上で参考になる、「チュツオーラとアフリカ神話の世界」については、『やし酒飲み』（土屋哲訳、晶文社、一九七〇年刊、新装版一九八〇年刊。二〇一二年、岩波文庫版刊）の解説で詳しく紹介したので、ここではチュツオーラの生い立ちと、本書の問題点について二、三、記すにとどめたい。なお本書と『やし酒飲み』を併読されて、その間に介在する三十五年間におけるチュツオーラおよびアフリカの進展と変貌を探るのも一興かと思われる。

チュツオーラは、一九二〇年にナイジェリアのアベオクタに生まれ、父はココア園に働く農夫で、両親ともキリスト教徒だった。十歳の時、アベオクタの救世軍学校に入ったが、学業よりは父の仕事を手伝ったり、遠くたきぎを採りに森林をさまよったり、夕暮時、古老たちが話してくれる寓話や民話に耳を傾けたり、友だちとナゾかけ遊びに興ずるのが、楽しくてたまらなかったようである。十二歳の時、家計が悪化したため、叔父の世話で、その友人のハウスボーイとして働きながら苦学し、一九三四年、主人の転勤に伴ってラゴスに移り、ラゴス高等学校に通った。ここでチュツオーラは非凡の才覚を示したといわれている。三六年暮、住み込み先の主婦の虐待にいたたまれず、アベオクタに舞い戻り、父の家業もいくらかもち直したのだろう、再び救世軍学校に復学した。三九年、アングリカン中央学校に進学したが、その年父が死去、よくよく学校とは縁のない星に生まれついていたのか、ここでチュツオーラはついに学業を断念した。同じ年ラゴスに戻り、今度はカジ屋の技術を修得して資格をとり、この技術を生かして四一年から四五年まで英国空軍〈RAF〉部隊に勤務した。ところで一九八〇年八月に、わたしがチュツオーラ研究家オモララ・レズリーさんの案内でイバダン郊外に住むチュツオーラを訪ねた時、彼は、一九四一年からほぼ二年間、ビルマにいた事実を私どもに明かしてくれた。ラゴスから船で、中東を経て四ヵ月かかってビルマにたどり着いたとのことだ。後方部隊勤務で、もちろん日本軍と直接砲火を交えたことはないという。空襲で防空壕に退避した時の恐怖をチュツオーラは顔を引きつらせながら語り、戦争はもうコリゴリだと付け加えた。もしかすると『やし酒飲み』をはじめとする彼のジャングルものの底流に潜む恐怖には、このビルマ体験の恐怖が深い影を落しているのかもしれない。それはともかく、終戦と共に職を失なったチュツオーラは自力でカジ屋開業を決意、資金集めに走り回ったが結局夢は実らず、四六年、やむなく労働局の小使いとなり、その退屈な仕事と走り使いの待ち時間を利用しては、紙のはしばしに物語を書き綴り、これが『やし酒飲み』の原本となった。四七年、ビクトリア・アラケと結婚、五六年にラゴスのナイジェリア放送協会に奉職、五七年には、イバダン大学のコリンズ教授との『やし酒飲み』の劇作化という共同作業のため、希望してナイジェリア放送協会イバダン支局に転じた。六二年にヨルバ語版『やし酒飲み』が、イバダン大学アート・シアター、ガーナ大学などで上演され、その間、イバダンの作家出版事業組織であるエンバリ・クラブの設立委員をつとめ、イバダン文化の発展につくした。七六年には長らく勤務したナイジェリア放送協会イバダン支局倉庫主任管理人の職を退いた。(わたしとチュツオーラとのはじめての出会いは、七三年である)。その後イフェ大学アフリカ研究所にチュツオーラを迎えようとの話もあったが、これを断わり、商売に転じた。彼から日本の家庭電器製品販売店を紹介してほしいとの手紙をわたしが受け取ったのは、この頃である。以来、毎朝九時に電器製品の行商に出て夕方おそく帰ってくる日が続いている。だが彼の作家としての才を惜しむ声が強く、ショインカ、オモトショの誘いで、七九年から八〇年まで客員作家 Writers-in-Residence という資格でイフェ大学に招かれ、短編『裏切者アデ』と『アジャイイと村の呪術医』をものして、その義務を果たした。そして八一年に十四年ぶりに長編の本書が出版されたわけである。

八〇年に再会した時は、目をわずらっていたようだが、紅茶を出しに姿を見せた十二歳ぐらいの息子を顧みながら、「この子にはぜひ作家になって後を継いでもらいたいのだが」と目をうるませていた。

さて『やし酒飲み』と比較してこの新作に目立つことは、ヨーロッパ近代文化の影響が顕著にみられることである。これは、ナイジェリア独立以後の急激な近代化の歩みの証とみることもできる。だが、チヌア・アチェベ、ウオレ・ショインカ、コーレ・オモトショらに比べれば、同じナイジェリアの作家でも、チュツオーラはアフリカの伝統文化の側に深く身を寄せているのがよくわかる。その意味でアフリカはいま、今後いっそう積極的にヨーロッパ化を推進していくのか、それとも伝統文化に立ち帰っていくのか、重大な選択の岐路に立たされているだけに、作者の意図いかんにかかわらず、本書が一九八〇年代の、アフリカ文化の方向付けに占める位置は大きい。そこでこのアフリカとヨーロッパ両文化のバランスという視点に立って、本書の構成をいささか吟味してみたい。

まず伝統文化の側面から。一見ヨーロッパ中世の聖杯物語、あるいはユートピア小説を思わせる本書の中心テーマは、石女の妻に子宝が授かる薬を探し求めて〈さい果ての町〉まで旅する勇敢な狩人の冒険物語である。アフリカの伝統的な共同体社会では、女は子を生むことによって、先祖から子孫へと連がるタテ糸をつなぐという重大な社会的使命を果たさなくてはならない。だからこそ、子を生めない女は、人間失格ということにもなり、世間からつまはじきにされる。この小説がきわめてアフリカ的、アフリカの伝統文化に深く根差している理由はこの点にある。第二に、タテ社会では西欧近代〈の個人主義〉社会とは違って、個人の死にそれほど重大な意味を置かない。アフリカ人は共同体社会の中で常に先祖と共生し、永遠の生を生きているからだ。本書の、一種の〈ナゾ掛け〉ともとれる〈生まれながらにして死んでいる赤ん坊〉族のこと、不死の年齢なども、この〈永遠の生〉という観念の一環と受け止めることができる。伝統文化の側面として最後に、狩人の勇気をあげておきたい。レオポール・S・サンゴールはその詩劇『チャカ』で「最大の悪は、恐怖という弱さだ」といい、マジシ・クネーネは『偉大なる帝王シャカ』の中で、「平和への道は、われらが犠牲と勇気とによってのみ開けるのです」と言っている。恐怖とはまさに勇気の裏返しにある徳目であり、アフリカの家族共同体を死守し、共同体社会の平和を維持する勇気こそ、アフリカでは最高の倫理なのだ。そしてその勇気も、決して攻撃的な勇気ではなく、外敵の侵略から、自らの共同体を守護する専守防衛の勇気である。その意味で、アフリカ人は真底から平和を愛する人びとであり、本書でも、狩人は決して自分から攻撃したり侵略をしかけることはないのだ。

つぎにヨーロッパ近代文化の側面、即ち近代化の足跡について。第一に、〈聖母〉さまに、聖母マリアの姿を重ね合わせることができる。第二に、狩人は旅の伴侶として人間が皆無の孤独の状態で旅立ち、助けてくれるのは第一の〈心〉と第二の〈心〉、〈記憶力〉それに〈第二の最高神〉という具合に、著しく深層心理への内向化がはかられている。わたしは読みながら、例えば純粋理性、実践理性、判断力に分類したカントの三理性批判、とりわけ〈想像力〉をFirst Imagination, Second Imagination, Fancyに細分化したコールリッジの分類を思いおこした。十八世紀末から十九世紀初頭のヨーロッパでの画期的な文化現象、つまりヨーロッパ人に起った意識革命のことである。第三に、川の神さまに捧げる人身御供の廃止。これは第二の人間意識の内面化、深化による当然の帰結ともいえる。そしてとりわけわたしは、最終章、〈記憶力〉が第一の〈心〉と第二の〈心〉を告発する場面を、アフリカとヨーロッパの異文化を見事に融合した、芸術的完成度のきわめて高い、チュツオーラ入魂の、後世に記憶される名場面として高く評価したい。

最後に、『やし酒飲み』に引きつづいてこの本の出版に熱意を示された晶文社の方々の変わらぬ友情に、心からの感謝の意を表したい。

（一九八三年三月）

《解説》チュツオーラと現代のヨルバ世界

旦　敬介

アベオクタの王様

調べものでラゴスに行ったついでにアベオクタまで足を伸ばしてみることにしたのは、直接的には、ナイジェリアの最大都市となったラゴスにくらべて都市の再開発が遅れているアベオクタのほうが、十九世紀後半に流行した「アフロ・ブラジル様式」の建物がより多く残っている、という話を聞いたからだった。しかし、アベオクタがエイモス・チュツオーラの出身地であったことも、僕の念頭にはいつでもあった。僕にとってやはり『やし酒飲み』が、西アフリカとの最初の出会いだったことはまちがいなかったからだ。

ラゴスは人口一千五百万を越える巨大都市であり、にもかかわらず都市の成長に都市基盤の整備が追いつかずに大混乱をきたしている町だ。とくにひどいのは、交通渋滞と不安定な電力供給だ。毎日、数時間おきに停電があるような状況なのに、人々の生活は冷房や冷蔵に依存するものに変わってしまっているため、道端のいたるところに私的なジェネレーターが設置されて、猛烈な熱と轟音を発して発電しているような熾烈な状況にある。それは、故郷をあとにしたチュツオーラが暮らし、作品を書いた現場ではあるが、チュツオーラの描いた世界とはだいぶ違う。ではアベオクタはどうなのか、という興味があった。

チュツオーラの作品で舞台が特定されることはほとんどないが、『薬草まじない』は冒頭から「ロッキータウン」という名前が出てきて、アベオクタを念頭に置いていることがわかる。アベオクタという名前自体が「巨岩の下」を意味しており、町の中央に高さ七十メートルほどの岩山がそびえていることが町の起源になっているからだ。近くを流れる川というのもオグン川をイメージしているだろう。

そこでアベオクタに行くつもりだと言うと、ラゴスのブラジリアン・クォーター(ラゴス島旧市街)の歴史研究家のマグレガー氏が「アラケ」あてに紹介状を書いてくれることになった。「アラケ」とはアベオクタを中心都市として暮らしているエグバ人の王のことだ。ヨルバ系民族の住む地域では、都市国家的なコミュニティの独立性が高かったために、民族ごと、というよりも、地域ごと、都市ごとに王家が今でも存在していて、それぞれが独自の称号を名乗っている。ラゴス島の王は「オバ」と名乗っているし、オヨの王は「アラフィン」だった。そして、よそ者が王の町に立ち入ったときには、王宮に挨拶に行って用件を伝え、許可をもらい、付き添い案内人をつけてもらうのが通例だった。

たしかに、隣の国ベナンでの話だが、やはりヨルバ系の町ケトゥに行ったときには、夕方に到着して宿に泊まったあと、翌朝、朝早く町中に出て道端の屋台店でアカラー（ブラジルの「アカラジェー」の原形となった黒目豆ペーストの揚げもの）の朝食をとっていると、その地区の長だと名乗る男性がやってきて、ケトゥの王「アラケトゥ」のもとに案内するから来るように、と言ってきた。そして実際、王宮に行って謁見すると、王様はガイド役の男を何人もつけてくれて、その町で見るべきものを全部案内して見せるよう手配してくれたのだった。その中には、「ケトゥを守るために祭司老婆が王に託した魔術的な護符を埋めて隠してあるゴミ山」や、「アボメーに奪われたが勝手に元の場所にもどってきた魔術的な城門」や、「女祭司イヤ・シャンゴーが創設したシャンゴーの寺院」などが含まれていたが、たしかにそれらの場所は、車の入れない、何の変哲もない入り組んだ土の住区のただ中に、何の予告も案内看板もなしに唐突に立ち現れるので、地図も街路表示もない町にあっては、案内人がいなければ決して行き着くことができないのは明らかだった。

しかし、ケトゥ（人口十数万）に比べて段違いに大きい都市であるアベオクタ（人口九十万人超）ともなれば、むろん、王に挨拶に行かなくともとくに問題はないはずで、それどころか、会いたいと思ってもなかなか会ってもらえなくて当たり前だろう。だが、たしかに、残存しているアフロ・ブラジル様式の邸宅の例を見てまわる、というような作業には知識と土地勘をもった案内人がいなければ難しいので、マグレガー氏の申し出をありがたく受けた。彼が言うには、アベオクタのアラケは、自分が長く理事長を務めていたラゴスの名門ボーディング・スクール「セント・グレゴリーズ」の卒業生であり、自分の後輩にあたるのでよく知っているのだという。

さて、ラゴスからアベオクタは百キロ弱のところにあり、車で一時間半程度で着く。ナイジェリアで交通機関を乗りこなす難しさについては、ここでは述べないでおこう。王宮はウォーレ・ショインカの回想的作品『アケ』に描かれた高台のアケ地区にある（アベオクタ出身者ではショインカとフェラ・クティがとくに有名で、チュツオーラの地元での知名度はきわめて低い)。実はアケに行く途中では、自動車道路を拡幅するために大々的に住宅が取り壊されている地区があり、たしかにアフロ・ブラジル的な様式がかなり定着していたことがわかったが、それが今まさに取り壊しの対象になっているのだった。Alake of Egbaland と大きく表示された門構えをくぐってタクシーで入っていくと、大きな城門があり、その奥はいくつもの建物がならぶ広大なコンパウンドである。その中には、アフロ・ブラジル系建築家が十九世紀末に建てたラゴスの「シッタ・ベイ・モスク」にそっくりのファサードをもった古いモスクがある一方、モダンな王の居宅の隣には、より新しいキリスト教会が建っていた。宮殿的なきらびやかな建物があるわけではないのだが、ケトゥの王とは富のレベルが違うことは歴然としていた。

さまざまな人物像の彩色木彫が並ぶ中庭で紹介状を提示して、どこに行けばいいかを問うと、王の秘書役らしい人物の執務室に案内された。よく冷房の効いた部屋で、束になった出納関係の書類が壁の書棚に雑然と積まれていた。そこで紹介状を開封して秘書役が内容を読み、すると彼は別の人物を呼び出して、その男に手紙を託した。しばらく待つと、来るようにとの指示が届いた。あとについて通路を行くと、百人も二百人もすわれるように重厚な肘掛け椅子が並べられた謁見ホールに案内された。蛍光灯で明るく照らされ、冷房が効いているモダンな空間である。前方には一段高くなった雛壇があり、その上に王座が置かれていた。まだ王は来ていなかったが、座席にはおそろいの布で仕立てた衣装の団体が四十人ほどすわって王の登場を待っていた。しばらくすると、「オバキヨー！　オバキヨー！」(王を称えよ)と叫ぶ従者の甲高い声に先導されるようにして、純白の長衣に身を包んだ王があらわれて席についた。すると、謁見を待っていた同一服の人たちの一人が席から立って、王の前、ゴザが敷かれた雛壇下の床にひれ伏した。両手を地面につき、まるで腕立て伏せをするかのような体勢をとって地面に伏せるのである。これは英語では prostrate と表現される行動だが、新しく誂えた一張羅を着ている人が、じっさいに床にべったりと体をつけてひれ伏すのだ。その男性は、地面に伏せて顔を下に向けたその体勢のまま、口上を述べ、訴えを口にする。説明してくれたところでは、その日は、アベオクタ市内の二つの地区から、新しく地区の長に就任した人が、王に報告して承認をもらうためにやってきていたという。報告のあと、アラケがマイクを使って講話をして一件を承認すると、同じ衣装を着た全員が王の前でひれ伏し、その後、王を取り囲むようにして祝福の踊りを踊って謁見は終わった。

このように書くと、ものすごく厳粛な行事であるように思えるかもしれない。たしかにそうなのだが、その途中では、「平民」たちは平気で携帯電話を構えて写真を撮ったりしていて、中には立ち上がって王の近くまで出ていって肖像写真を撮る人もいたりするのだ。

二つの団体が去った後には、土地問題をめぐる二人の男の間の調停の案件があった。二人は王の足下にすわりこんで、それぞれに書類などを見せながら王に自分の主張を展開し、最後には王とともに三人で酒を飲み交わして決着に同意して和解したようだった。酒は透明な蒸留酒だった。

これが全部終わってからようやく僕の案件になり、ゴザのところまで出てくるように言われたので前に出て、どこで平伏すればいいのか迷っていると、アラケは、しなくていい、と流暢な英語で言った(それまでのやりとりはすべてヨルバ語)。近くで見ると、アラケは実に柔和な表情の、洗練された六十代後半の男性だった。

自己紹介して要望を話し終えると、一緒に来るようにとアラケが言うので、後についていて屋外に出て別の建物に移動した。より親密な陳情や表敬がおこなわれる私的な謁見室に向かうのだった。その移動の間は「オバキヨー！　オバキヨー！」と先導役が大声で触れていく後ろをアラケは歩き、いわゆる「トーキング・ドラム」の楽士の一団が楽器を叩いて囃し立てていく。王の後方からは従者が大きなパラソルを頭上に差しかかげた。途中でアラケに遭遇した人たちはあわてて両手を地面について平伏するのだった。

ヨルバ語は発話時の音の高低(三音階からなる)によって意味が変わってくる言語なので、旋律的な側面がある。トーキング・ドラムはその旋律の音階を再現することによって、単語を表現できることになっている。この時の随行のドラミングが実際にそれをやっていたのかどうかは不明だが、もともとは「オバキヨー」などのように君主を誉め称える台詞を再現していたはずだ(現実には、その技術は失われつつあり、トーキング・ドラムの台詞を解読できるのも専門家だけになっている、と聞いた)。

あとでわかったのだが、現アラケは先代アラケの孫のひとりとして生まれたのだが、継承順位は低いほうだったので、大学卒業後はナイジェリア軍に入り、大佐まで務めあげた。そしてすでに退役していたところ、思いがけずキングメーカーたちの投票で本命を押さえて選ばれたのだという。つまり、彼は英国植民地時代からの歴史がある名門ボーディング・スクールで英国式のエリート教育を受け、軍政に陥って腐敗する前の、希望に満ちた独立直前直後のナイジェリア軍で、士官候補生として英国的な訓練を受けた人だったのだ。つまり、現在はアラケとして、念入りなレース刺繍が施された純白の

「アバダー」という民族服を着ているわけだが、それまでの人生においては、基本的には西洋服、軍服を着て暮らしてきた人であり、むしろ西洋的な生活態度の持ち主だったのだと想像できた。現代のこうした民族王には政治的にも司法的にも正式な権力は何もなく、市民の信頼に立脚した儀礼的権威しかないわけなのだが、このアラケは外からの期待によって担わされることになった使命として、調停や任命の仕事をある種の諦念をもって淡々とこなしているように見えた。

僕の件については、アラケは携帯電話でいくつか通話をして、地元の名家出身でアベオクタの教員養成学校に勤めている人を(平日の仕事時間中であるにもかかわらず)すぐに呼び出して、案内役としてつけてくれたのだが、その上、何でも困ったことがあったら電話しなさいと言って、自分の携帯電話の番号までくれたのだった。

アベオクタのアラケの話を長く書いたのは、アフリカに広く見られる厳しい上下関係、儀礼関係の現在をよく示しているからだ。ヨルバ社会ではこれはとくに顕著で、ヨルバ語では、年齢的な上下関係、身分的な上下関係がことばの中に明示的に表現されて、常に意識せざるを得ないように制度化されているのであり、すでに見たように、ひれ伏すという挨拶の形式が、今なお生きている。アベオクタからもどったあとのことだが、ラゴスの町中で、少なくとも一人の若者が、道端で偶然出会った目上の知人男性に向けて（おそらく出身地の王族などだったのだと思う）、一瞬ながら大慌てで腕立て伏せのような姿勢を取ったのを僕は目撃することになった。都会での生活の実態において、平伏はなかなかやっている余裕がなくなってきている（車に轢かれる、人に踏まれる、服が汚れる）はずだが、明らかにまだ消滅してはいない。そこに見られる極端な年長者崇拝は、意思決定における「老害」や、変化への抵抗などとも深くかかわっているだろう。

いずれにせよ、以上のようなエピソードから、「アフリカ的伝統」（どのくらい古い伝統なのかは、個別に注意深く検討しなければならないが）と「植民地主義」「西洋化」「近代化」「国民意識」「グローバル化」「文化変容」などとが、きわめて微妙なバランスでせめぎあっているのが現代のヨルバ世界であり、西アフリカであり、アフリカ全体なのだと想像できるのではないだろうか。

チュツオーラの見たもの

すでにそのような微妙なバランスの状態に置かれていた第二次世界大戦前後の、今よりもイギリスの影響が強く行き渡っていて、しかもそこに独立運動や民族意識・国民意識の相克が重なってきていた複雑な時代のナイジェリアに出てきたのがチュツオーラだった。

チュツオーラについては「アフリカの神話的世界」とか、「西洋化される前のアフリカの原像」「民話の影響」といったことが言われることが多かったと思うが、今、手元にあるいくつかの作品をあらためて読んでみて思うのは、僕自身にとっては、初めて読んだ頃とはだいぶ印象が異なってきたということだ。以前はたしかに今述べたようなキーワードに沿って読んで、非西洋的なもの、非近代的なもの、集団的記憶に支えられた神話的なものなどをとくに強く読み取っていたと思う。

その頃にはまた、アフリカの部族生活を、ほのぼのとした、調和のとれた、「自然状態」の人間のありようとしてとらえて理想視する見方に影響されていた部分もあったと思う。アフリカのみならず、非西洋文化地域の「伝統生活」を理想視する態度、あるいは人間の「自然状態」あるいは「本能的状態」をよいものだとする意識は広く行き渡っていて、それは啓蒙主義とロマン派によって確立され広められた感じ方だと思うが、アフリカ人やアジア人においても、かなりの程度、内化されているだろう。

しかし、今読んでみると印象はだいぶ違ってきた。

まず、登場してくる敵役キャラクターについて、その匂いや大きさ、外見の細部などについての描写の克明さからして、それは集団的記憶によって伝えられてきた神話的存在というよりも、むしろチュツオーラ自身が個人的に遭遇してきた幻視という側面が強いように思う。ちくま文庫の『ブッシュ・オブ・ゴースツ』に付されたジェフリー・パリンダー(英国のメソディスト宣教師で、アフリカの宗教の専門家としてナイジェリアのイバダン大学やロンドンのキングス・カレッジで教えた)の解説の中に引用されているチュツオーラ本人の言明からもうかがえることだ。実際、少なくとも現代に伝わっているヨルバ系宗教の主要な神々(シャンゴーとか、オグンとか、オシュンとか)に相当するような確立した神的存在がチュツオーラの中に登場してくることは基本的にないのだ。土屋哲訳でいう「八百万の神々」がそれに該当するのだと思うが、それは父親や義父がまつっている神々として背景にたしかにあるのだが、物語には直接関与してこない。主人公が畏敬の対象としている「最高神」も、どうやらこのヨルバ信仰の多神教パンテオンに属する神ではないようなのだ。そして、敵役あるいは味方役として出てくるキャラクターたちはいずれも、並外れた力を持つ神的な存在ではあるようなのだが、確立した宗教体系に属しているようには描かれてなく、いわばどこにも所属しない異者=「化け物」なのだ。そのキャラクターの造形においては、前に述べたケトゥの「ゴミ山の下に埋めてある護符」を授けた祭司老婆のような、体系化された信仰に取りこまれていない「民話」的な存在がベースになっている部分はあるのかもしれないが、そこまで定着していないチュツオーラ独自の幻視のほうが大きくかかわっているように感じられるのだ。

また、今回、あらためて特別に強く思ったのは、チュツオーラの最大のトピックが異種族に対する激しいヴァイオレンスであるということだ。それはかなりコミカルに描写されるので生々しさや残虐性はほとんど感じられないのだが、リアリズム的にとらえて考えてみれば、この作品もまた途方もない残虐行為の連続なのだ。しかも、物語の中に描かれているところでは、それは食料の奪い合いなどの生存をめぐる対立に起因する暴力ではなく、あまり戦いの根拠がよくわからない。異種族であるがゆえにアプリオリに対立していて、理由なく相手を暴力的に叩きのめす、いわば純粋なヴァイオレンス、本能的なヴァイオレンスだということではないか。主人公の側がそのヴァイオレンスの被害者になることも多く、襲われたので応戦して暴力性を発揮したと説明されるケースがほとんどなのだが、語り手＝主人公は、結局は暴力的な闘争に勝利して生き残っていく側になる（明確に死ぬということがないのは特徴的で、チュツオーラの作品が生と死の区分が不分明な世界だというのはよく指摘されている)。しかも、対立するその異種族は、「町の人間」である語り手＝主人公よりも劣る「野生の人間」と言われたり「悪鬼」「精霊」「神」などと呼ばれたりもするが、いずれも結局のところはどうやら、異様な風体ながらも人間のかたちをしていて、人間の言語を話しているようだ。とすると、これらの「敵」は、現代的な言い方で言えば、隣接した地域に暮らしている「異民族」のことなのだと考えずにはいられない。そして、「異民族」は「人間」ではない(神である場合もある)から理解しあうこともできないし、徹底的な破壊の対象として扱っても正当化される、という民族観が、主人公の側にも、「敵」の側にも共有されているように見えてくるのだ。

そういうふうに考えてくると、他にもたしかに、アフリカの諸民族が自分たちの「文化」だと言い、「伝統」だと言って正当化しているものの、現代アフリカ社会の問題点とも見なされる特徴が主題化されている面も目につくようになってくる。それはたとえば、子供をもつことを最重視する価値観であり、泣くこと以外に自己表現することのない存在としての妻のありよう、現代にも存続している奴隷的な主従関係、女性化した男性に対する激しい排斥、個人の幸福や独自の人生の追求よりも民族集団の「しきたり」

や「体面」を重視して異分子を排除する態度などのことだ。このような主題に対するアフリカ的心性、アフリカ的心理の働き方を遠慮なく、本能的に、率直に表白したのがチュツオーラだったのではないのかと感じられてきた。

しかし、これらはよく考えてみれば、いずれも実はアフリカだけの問題ではなく、たしかに日本社会にも大いにあてはまり、今、現に争点となっていることでもある。とすると、それこそが、チュツオーラが今でも、そしてこれからも読まれ続ける価値があるゆえんだということになるだろう。

ローカルなものを書くことこそがユニヴァーサルな通用性をもつというのはこのようなことだ。

〔編集付記〕

本書は土屋哲訳『薬草まじない』（晶文社、一九八三年）を文庫化したものである。本書中、今日ではその表現に配慮する必要のある語句が用いられている箇所があるが、原文の歴史性を考慮し、また訳者が故人であることにも鑑みて、それらを改めることはしなかった。また今回の文庫化にあたっては、旦敬介氏による「解説」を追加した。

（岩波文庫編集部）

薬草《やくそう》まじない　エイモス・チュツオーラ作

2015年9月16日　第1刷発行

訳　者　土《つち》屋《や》 哲《さとる》

発行者　岡本　厚

発行所　株式会社 岩波書店
〒101-8002 東京都千代田区一ツ橋2-5-5
案内 03-5210-4000　販売部 03-5210-4111
文庫編集部 03-5210-4051
http://www.iwanami.co.jp/

印刷・理想社　カバー・精興社　製本・中永製本

ISBN 978-4-00-328012-6　Printed in Japan

読書子に寄す

――岩波文庫発刊に際して――

岩波茂雄

真理は万人によって求められることを自ら欲し、芸術は万人によって愛されることを自ら望む。かつては民を愚昧ならしめるために学芸が最も狭き堂宇に閉鎖されたことがあった。今や知識と美とを特権階級の独占より奪い返すことはつねに進取的なる民衆の切実なる要求である。岩波文庫はこの要求に応じそれに励まされて生まれた。それは生命ある不朽の書を少数者の書斎と研究室とより解放して街頭にくまなく立たしめ民衆に伍せしめるであろう。近時大量生産予約出版の流行を見る。その広告宣伝の狂態はしばらくおくも、後代にのこすと誇称する全集がその編集に万全の用意をなしたるか。千古の典籍の翻訳企図に敬虔の態度を欠かざりしか。さらに分売を許さず読者を繫縛して数十冊を強うるがごとき、はたしてその揚言する学芸解放のゆえんなりや。吾人は天下の名士の声に和してこれを推挙するに躊躇するものである。このときにあたって、岩波書店は自己の責務のいよいよ重大なるを思い、従来の方針の徹底を期するため、すでに十数年以前より志して来た計画を慎重審議この際断然実行することにした。吾人は範をかのレクラム文庫にとり、古今東西にわたって文芸・哲学・社会科学・自然科学等種類のいかんを問わず、いやしくも万人の必読すべき真に古典的価値ある書をきわめて簡易なる形式において逐次刊行し、あらゆる人間に須要なる生活向上の資料、生活批判の原理を提供せんと欲する。この文庫は予約出版の方法を排したるがゆえに、読者は自己の欲する時に自己の欲する書物を各個に自由に選択することができる。携帯に便にして価格の低きを最主とするがゆえに、外観を顧みざるも内容に至っては厳選最も力を尽くし、従来の岩波出版物の特色をますます発揮せしめようとする。この計画たるや世間の一時の投機的なるものと異なり、永遠の事業として吾人は微力を傾倒し、あらゆる犠牲を忍んで今後永久に継続発展せしめ、もって文庫の使命を遺憾なく果たさしめることを期する。芸術を愛し知識を求むる士の自ら進んでこの挙に参加し、希望と忠言とを寄せられることは吾人の熱望するところである。その性質上経済的には最も困難多きこの事業にあえて当たらんとする吾人の志を諒として、その達成のため世の読書子とのうるわしき共同を期待する。

昭和二年七月

《ドイツ文学》〔赤〕

ニーベルンゲンの歌 全二冊 相良守峯訳
ラオコオン —絵画と文学との限界について レッシング 斎藤栄治訳
若きウェルテルの悩み ゲーテ 竹山道雄訳
ヴィルヘルム・マイスターの修業時代 全三冊 ゲーテ 山崎章甫訳
イタリア紀行 全三冊 ゲーテ 相良守峯訳
ファウスト 全二冊 ゲーテ 相良守峯訳
ゲーテとの対話 全三冊 エッカーマン 山下肇訳
三十年戦史 全二冊 シルレル 渡辺格司訳
ヴァレンシュタイン シラー 濱川祥枝訳
ヘルダーリン詩集 川村二郎訳
青い花 ノヴァーリス 青山隆夫訳
完訳 グリム童話集 全五冊 金田鬼一訳
牡猫ムルの人生観 全二冊 ホフマン 秋山六郎兵衛訳
水妖記 (ウンディーネ) フーケー 柴田治三郎訳
影をなくした男 シャミッソー 池内紀訳
歌の本 全二冊 ハイネ 井上正蔵訳

流刑の神々・精霊物語 ハイネ 小沢俊夫訳
冬物語 —ドイツ ハイネ 井汲越次訳
ユーディット 他一篇 ヘッベル 吹田順助訳
水晶 —石さまざま 他三篇 シュティフター 手塚富雄・藤村宏訳
ブリギッタ・森の泉 他一篇 シュティフター 宇多五郎・高安国世訳
ウィーンの辻音楽師 他一篇 グリルパルツァー 福田宏年訳
みずうみ 他四篇 シュトルム 関泰祐訳
美しき誘い 他一篇 シュトルム 国松孝二訳
聖ユルゲンにて・後見人カルステン 他一篇 シュトルム 国松孝二訳
村のロメオとユリア ケラー 草間平作訳
花・死人に口なし 他七篇 シュニッツラー 番匠谷英一・山本有三訳
ゲオルゲ詩集 手塚富雄訳
リルケ詩集 高安国世訳
ドゥイノの悲歌 リルケ 手塚富雄訳
ブッデンブローク家の人びと 全三冊 トーマス・マン 望月市恵訳
トオマス・マン短篇集 実吉捷郎訳
魔の山 全二冊 トーマス・マン 関泰祐・望月市恵訳

トニオ・クレエゲル トオマス・マン 実吉捷郎訳
ヴェニスに死す トオマス・マン 実吉捷郎訳
車輪の下 ヘルマン・ヘッセ 実吉捷郎訳
デミアン ヘルマン・ヘッセ 実吉捷郎訳
シッダルタ ヘッセ 手塚富雄訳
美しき惑いの年 カロッサ 手塚富雄訳
若き日の変転 カロッサ 斎藤栄治訳
幼年時代 カロッサ 斎藤栄治訳
指導と信従 カロッサ 国松孝二訳
マリー・アントワネット 全二冊 シュテファン・ツワイク 高橋禎二・秋山英夫訳
ジョゼフ・フーシェ —ある政治的人間の肖像 シュテファン・ツワイク 高橋禎二・秋山英夫訳
変身・断食芸人 カフカ 山下肇・山下萬里訳
審判 カフカ 辻瑆訳
カフカ短篇集 池内紀編訳
カフカ寓話集 池内紀編訳
ガリレイの生涯 ベルトルト・ブレヒト 岩淵達治訳
天と地との間 オットー・ルートヴィヒ 黒川武敏訳

- ほらふき男爵の冒険　ビュルガー編　新井皓士訳
- 憂愁夫人　ズーデルマン　相良守峯訳
- 短篇集 死神とのインタヴュー　ノサック　神品芳夫訳
- 悪童物語　ルウドキヒ・トオマ　実吉捷郎訳
- 愛の完成・静かなヴェロニカの誘惑　ムージル　古井由吉訳
- 芸術を愛する一修道僧の真情の披瀝　ヴァッケンローダー　江川英一訳
- ハインリヒ・ベル短篇集　青木順三編訳
- ウィーン世紀末文学選　池内紀編訳
- 大理石像・デュランデ城悲歌　アイヒェンドルフ　関泰祐訳
- 改訳 愉しき放浪児　アイヒェンドルフ　関泰祐訳
- ホフマンスタール詩集　川村二郎訳
- 陽気なヴッツ先生 他一篇　ジャン・パウル　岩田行一訳
- 蜜蜂マアヤ　ボンゼルス　実吉捷郎訳
- インド紀行 全二冊　ボンゼルス　実吉捷郎訳
- ドイツ名詩選　生野幸吉　檜山哲彦編
- 蝶の生活　シュナック　岡田朝雄訳
- 聖なる酔っぱらいの伝説 他四篇　ヨーゼフ・ロート　池内紀訳

- ラデツキー行進曲 全二冊　ヨーゼフ・ロート　平田達治訳
- 暴力批判論 他十篇 ―ベンヤミンの仕事1　ヴァルター・ベンヤミン　野村修編訳
- ボードレール 他五篇 ―ベンヤミンの仕事2　ヴァルター・ベンヤミン　野村修編訳
- 人生処方詩集　エーリヒ・ケストナー　小松太郎訳

《フランス文学》〔赤〕

- ラブレー第一之書 ガルガンチュワ物語　渡辺一夫訳
- ラブレー第二之書 パンタグリュエル物語　渡辺一夫訳
- ラブレー第三之書 パンタグリュエル物語　渡辺一夫訳
- ラブレー第四之書 パンタグリュエル物語　渡辺一夫訳
- ラブレー第五之書 パンタグリュエル物語　渡辺一夫訳
- トリスタン・イズー物語　ベディエ編　佐藤輝夫訳
- ヴィヨン全詩集　鈴木信太郎訳
- 日月両世界旅行記　シラノ・ド・ベルジュラック　赤木昭三訳
- ロンサール詩集　ロンサール　井上究一郎訳
- ラ・ロシュフコー箴言集　二宮フサ訳
- タルチュフ　モリエール　鈴木力衛訳
- ドン・ジュアン ―石像の宴　モリエール　鈴木力衛訳

- 町人貴族　モリエール　鈴木力衛訳
- 病は気から　モリエール　鈴木力衛訳
- 完訳 ペロー童話集　新倉朗子訳
- ラ・フォンテーヌ 寓話 全二冊　今野一雄訳
- クレーヴの奥方 他二篇　ラファイエット夫人　生島遼一訳
- カラクテール ―当世風俗誌 全三冊　ラ・ブリュイエール　関根秀雄訳
- 偽りの告白　マリヴォー　鈴木力衛訳
- 贋の侍女・愛の勝利　マリヴォー　佐藤実枝　井村順一訳
- カンディード 他五篇　ヴォルテール　植田祐次訳
- マノン・レスコー　アベ・プレヴォ　河盛好蔵訳
- ジル・ブラース物語 全四冊　ル・サージュ　杉捷夫訳
- 美味礼讃 全二冊　ブリア-サヴァラン　関根秀雄　戸部松実訳
- アドルフ　コンスタン　大塚幸男訳
- 赤と黒 全二冊　スタンダール　桑原武夫　生島遼一訳
- パルムの僧院 全二冊　スタンダール　生島遼一訳
- ヴァニナ・ヴァニニ 他四篇　スタンダール　生島遼一訳
- 知られざる傑作 他五篇　バルザック　水野亮訳

従兄ポンス 全二冊	バルザック 水野亮訳
谷間のゆり	バルザック 宮崎嶺雄訳
「絶対」の探求	バルザック 水野亮訳
ゴリオ爺さん 全二冊	バルザック 高山鉄男訳
ゴプセック・毬打つ猫の店	バルザック 芳川泰久訳
サラジーヌ 他三篇	バルザック 芳川泰久訳
艶笑滑稽譚 全三冊	バルザック 石井晴一訳
レ・ミゼラブル 全四冊	ユーゴー 豊島与志雄訳
死刑囚最後の日	ユーゴー 豊島与志雄訳
エルナニ	ユーゴー 稲垣直樹訳
モンテ・クリスト伯 全七冊	アレクサンドル・デュマ 山内義雄訳
三銃士 全二冊	デュマ 生島遼一訳
カルメン	メリメ 杉捷夫訳
メリメ怪奇小説選	杉捷夫編訳
愛の妖精（プチット・ファデット）	ジョルジュ・サンド 宮崎嶺雄訳
ボオドレール 悪の華	鈴木信太郎訳
ボヴァリー夫人 全二冊	フローベール 伊吹武彦訳
感情教育 全二冊	フローベール 生島遼一訳
聖アントワヌの誘惑	フローベール 渡辺一夫訳
椿姫	デュマ・フィス 吉村正一郎訳
プチ・ショーズ —ある少年の物語	ドーデー 原千代海訳
シルヴェストル・ボナールの罪	アナトール・フランス 伊吹武彦訳
氷島の漁夫	ピエール・ロチ 吉氷清訳
マラルメ詩集	渡辺守章訳
脂肪のかたまり	モーパッサン 高山鉄男訳
ベラミ 全二冊	モーパッサン 杉捷夫訳
モーパッサン短篇選	高山鉄男編訳
地獄の季節	ランボオ 小林秀雄訳
にんじん	ルナアル 岸田国士訳
ぶどう畑のぶどう作り	ルナアル 岸田国士訳
博物誌	ルナール 辻昶訳
ジャン・クリストフ 全四冊	ロマン・ローラン 豊島与志雄訳
散文詩 夜の歌	フランシス・ジャム 三好達治訳
フランシス・ジャム詩集	手塚伸一訳
三人の乙女たち	フランシス・ジャム 手塚伸一訳
狭き門	アンドレ・ジイド 川口篤訳
贋金つくり 全二冊	アンドレ・ジイド 川口篤訳
続コンゴ紀行 —チャド湖より還る	アンドレ・ジイド 杉捷夫訳
パリュウド	アンドレ・ジイド 小林秀雄訳
ムッシュー・テスト	ポール・ヴァレリー 清水徹訳
精神の危機 他十五篇	ポール・ヴァレリー 恒川邦夫訳
朝のコント	フィリップ 淀野隆三訳
シラノ・ド・ベルジュラック	ロスタン 辰野隆・鈴木信太郎訳
恐るべき子供たち	コクトー 鈴木力衛訳
人はすべて死す 全二冊	ボーヴォワール 川口篤・田中敬一訳
セヴィニェ夫人手紙抄	井上究一郎訳
地底旅行	ジュール・ヴェルヌ 朝比奈弘治訳
八十日間世界一周	ジュール・ヴェルヌ 鈴木啓二訳
海底二万里 全二冊	ジュール・ヴェルヌ 朝比奈美知子訳
結婚十五の歓び	新倉俊一訳
死霊の恋・ポンペイ夜話 他三篇	ゴーチエ 田辺貞之助訳

キャピテン・フラカス 全三冊	ゴーティエ	田辺貞之助訳
モーパン嬢 全二冊	テオフィル・ゴーチエ	井村実名子訳
牝(めすねこ)猫	コレット	工藤庸子訳
シェリ	コレット	工藤庸子訳
生きている過去	レニエ	窪田般彌訳
フランス短篇傑作選		山田稔編訳
シュルレアリスム宣言・溶ける魚	アンドレ・ブルトン	巖谷國士訳
ナジャ	アンドレ・ブルトン	巖谷國士訳
不遇なる一天才の手記	ヴォーヴナルグ	関根秀雄訳
フランス民話集		新倉朗子編訳
ヂェルミニィ・ラセルトゥウ	ゴンクウル兄弟	大西克和訳
ゴンクールの日記 全二冊		斎藤一郎編訳
短篇集 恋の罪	サド	植田祐次訳
フランス名詩選		安藤元雄・入沢康夫・渋沢孝輔編
グラン・モーヌ	アラン＝フルニエ	天沢退二郎訳
狐物語		鈴木覺・福本直之・原野昇訳
繻子の靴 全二冊	ポール・クローデル	渡辺守章訳

幼なごころ	ヴァレリー・ラルボー	岩崎力訳
A・O・バルナブース全集 全二冊	ヴァレリー・ラルボー	岩崎力訳
心変わり	ミシェル・ビュトール	清水徹訳
自由への道 全六冊	サルトル	海老坂武・澤田直訳
物質的恍惚	ル・クレジオ	豊崎光一訳
悪魔祓い	ル・クレジオ	高山鉄男訳
女中たち・バルコン	ジャン・ジュネ	渡辺守章訳
楽しみと日々	プルースト	岩崎力訳
失われた時を求めて 全十四冊(既刊七冊)	プルースト	吉川一義訳
丘	ジャン・ジオノ	山本省訳
子ども 全二冊	ジュール・ヴァレス	朝比奈弘治訳
アルゴールの城にて	ジュリアン・グラック	安藤元雄訳
シルトの岸辺	ジュリアン・グラック	安藤元雄訳
冗談	ミラン・クンデラ	西永良成訳

《東洋文学》〔赤〕

- 王維詩集 — 小川環樹・都留春雄・入谷仙介 選訳
- 杜甫詩選 — 黒川洋一 編
- 李白詩選 — 松浦友久 編訳
- 蘇東坡詩選 — 小川環樹・山本和義 選訳
- 陶淵明全集 全二冊 — 松枝茂夫・和田武司 訳注
- 唐詩選 全三冊 — 前野直彬 注解
- 玉台新詠集 全三冊 — 鈴木虎雄 訳解
- 唐詩概説 — 小川環樹
- 完訳 三国志 全八冊 — 小川環樹・金田純一郎 訳
- 金瓶梅 全十冊 — 小野忍・千田九一 訳
- 完訳 水滸伝 全十冊 — 吉川幸次郎・清水茂 訳
- 紅楼夢 全十二冊 — 曹雪芹・高蘭墅補・松枝茂夫 訳
- 西遊記 全十冊 — 中野美代子 訳
- 杜牧詩選 — 松浦友久・植木久行 編訳
- 菜根譚 — 洪自誠・今井宇三郎 訳注
- 浮生六記 —浮生夢のごとし — 沈復・松枝茂夫 訳
- 阿Q正伝・狂人日記 他十二篇（吶喊） — 魯迅・竹内好 訳
- 故事新編 — 魯迅・竹内好 訳
- 新編 中国名詩選 全三冊 — 川合康三 編訳
- 通俗古今奇観 付 月下清談 全三冊 — 淡済主人 訳・青木正児 校註
- 唐宋伝奇集 全二冊 — 今村与志雄 訳
- 中国民話集 — 飯倉照平 編訳
- 聊斎志異 全二冊 — 蒲松齢・立間祥介 編訳
- 陸游詩選 — 一海知義 編
- 李商隠詩選 — 川合康三 選訳
- 柳宗元詩選 — 下定雅弘 編訳
- 白楽天詩選 全二冊 — 川合康三 訳注
- ヒトーパデーシャ —処世の教え — ナーラーヤナ・金倉円照・北川秀則 訳
- タゴール詩集（ギーターンジャリ） — 渡辺照宏 訳
- シャクンタラー姫 — カーリダーサ・辻直四郎 訳
- アタルヴァ・ヴェーダ讃歌 —古代インドの呪法 — 辻直四郎 訳
- バガヴァッド・ギーター — 上村勝彦 訳
- 朝鮮詩集 — 金素雲 訳編
- 朝鮮短篇小説選 全二冊 — 大村益夫・長璋吉・三枝壽勝 編訳
- 尹東柱詩集 空と風と星と詩 — 金時鐘 編訳
- アイヌ神謡集 — 知里幸惠 編訳
- アイヌ民譚集 付 えぞおばけ列伝 — 知里真志保 編訳

《ギリシア・ラテン文学》〔赤〕

- 増補 ギリシア抒情詩選 — 呉茂一 訳
- ホメロス イリアス 全二冊 — 松平千秋 訳
- ホメロス オデュッセイア 全二冊 — 松平千秋 訳
- イソップ寓話集 — 中務哲郎 訳
- アイスキュロス アガメムノーン — 久保正彰 訳
- アンティゴネー — ソポクレース・中務哲郎 訳
- ソポクレス オイディプス王 — 藤沢令夫 訳
- ソポクレス コロノスのオイディプス — 高津春繁 訳
- ヒッポリュトス —パイドラーの恋 — エウリーピデース・松平千秋 訳
- バッカイ —バッコスに憑かれた女たち — エウリーピデース・逸身喜一郎 訳
- ヘシオドス 神統記 — 廣川洋一 訳
- アリストパネース 雲 — 高津春繁 訳

- アリストパネース 蜂　高津春繁訳
- 女の平和 —リューシストラテー　アリストパネース 高津春繁訳
- アポロドーロス ギリシア神話　高津春繁訳
- 遊女の対話 他三篇　ルーキアーノス 高津春繁訳
- 黄金の驢馬　アープレーイユス 呉茂一・国原吉之助訳
- アベラールとエロイーズ 愛の往復書簡　沓掛良彦・横山安由美訳
- オウィディウス 変身物語 全二冊　中村善也訳
- 恋愛指南 —アルス・アマトリア　オウィディウス 沓掛良彦訳
- ギリシア・ローマ神話 付インド・北欧神話　ブルフィンチ 野上弥生子訳
- ギリシア・ローマ名言集　柳沼重剛編
- ローマ諷刺詩集　ペルシウス ユウェナーリス 国原吉之助訳
- 内乱 —パルサリア 全二冊　ルーカーヌス 大西英文訳

《南北ヨーロッパ他文学》〔赤〕

- ダンテ 神曲 全三冊　山川丙三郎訳
- 抜目のない未亡人　ゴルドーニ 平川祐弘訳
- 珈琲店・恋人たち　ゴルドーニ 平川祐弘訳
- 夢のなかの夢　タブッキ 和田忠彦訳

- カヴァレリーア・ルスティカーナ 他十一篇　ヴェルガ 河島英昭訳
- ルネッサンス巷談集　フランコ・サケッティ 杉浦明平訳
- カルヴィーノ イタリア民話集 全二冊　河島英昭編訳
- むずかしい愛　カルヴィーノ 和田忠彦訳
- パロマー　カルヴィーノ 和田忠彦訳
- カルヴィーノ アメリカ講義 —新たな千年紀のための六つのメモ　米川良夫・和田忠彦訳
- 愛神の戯れ —牧歌劇『アミンタ』　トルクァート・タッソ 鷲平京子訳
- タッソ エルサレム解放　A・ジュリアーニ編 鷲平京子訳
- ペトラルカ ルネサンス書簡集　近藤恒一編訳
- ペトラルカ＝ボッカッチョ往復書簡　近藤恒一編訳
- ペトラルカ 無知について　近藤恒一訳
- 無関心な人びと 全二冊　モラーヴィア 河島英昭訳
- 故郷　パヴェーゼ 河島英昭訳
- 美しい夏　パヴェーゼ 河島英昭訳
- 流刑　パヴェーゼ 河島英昭訳
- 祭の夜　パヴェーゼ 河島英昭訳
- 月と篝火　パヴェーゼ 河島英昭訳

- シチリアでの会話　ヴィットリーニ 鷲平京子訳
- 山猫　トマージ・ディ・ランペドゥーサ 小林惺訳
- 休戦　プリーモ・レーヴィ 竹山博英訳
- ウンベルト・エーコ 小説の森散策　和田忠彦訳
- タタール人の砂漠　ブッツァーティ 脇功訳
- 七人の使者・神を見た犬 他十三篇　ブッツァーティ 脇功訳
- ドン・キホーテ 前篇 全三冊　セルバンテス 牛島信明訳
- ドン・キホーテ 後篇 全三冊　セルバンテス 牛島信明訳
- セルバンテス短篇集　牛島信明編訳
- ドン・フワン・テノーリオ　ホセ・ソリーリャ 高橋正武訳
- 三角帽子 他二篇　アラルコン 会田由訳
- 葦と泥 付バレンシア物語　ブラスコ・イバニェス 高橋正武訳
- 人の世は夢・サラメアの村長　カルデロン 高橋正武訳
- 恐ろしき媒　ホセ・エチェガライ 永田寛定訳
- 作り上げた利害　ベナベンテ 永田寛定訳
- エスピノーサ スペイン民話集　三原幸久編訳
- 三大悲劇集 血の婚礼 他二篇　ガルシーア・ロルカ 牛島信明訳

プラテーロとわたし　J・R・ヒメーネス　長南実訳
オルメードの騎士　ロペ・デ・ベガ　長南実訳
父の死に寄せる詩　ホルヘ・マンリーケ　佐竹謙一訳
サラマンカの学生 他六篇　エスプロンセーダ　佐竹謙一訳
セビーリャの色事師と石の招客 他一篇　ティルソ・デ・モリーナ　佐竹謙一訳
完訳アンデルセン童話集 全七冊　大畑末吉訳
絵のない絵本　アンデルセン　大畑末吉訳
イプセン人形の家　原千代海訳
民衆の敵　イプセン　竹山道雄訳
バラバ　ラーゲルクヴィスト　尾崎義訳
クオ・ワディス 全三冊　シェンキェーヴィチ　木村彰一訳
おばあさん　ニェムツォヴァー　栗栖継訳
兵士シュヴェイクの冒険 全四冊　ハシェク　栗栖継訳
山椒魚戦争　カレル・チャペック　栗栖継訳
ロボット（R・U・R）　チャペック　千野栄一訳
絞首台からのレポート　ユリウス・フチーク　栗栖継訳
尼僧ヨアンナ　イヴァシュキェヴィッチ　関口時正訳

灰とダイヤモンド 全二冊　アンジェイェフスキ　川上洸訳
牛乳屋テヴィエ　ショレム・アレイヘム　西成彦訳
ルバイヤート　オマル・ハイヤーム　小川亮作訳
中世騎士物語　ブルフィンチ　野上弥生子訳
王書 ―古代ペルシャの神話・伝説　フェルドウスィー　岡田恵美子訳
コルタサル短篇集 悪魔の涎・追い求める男 他八篇　木村榮一訳
遊戯の終わり　コルタサル　木村榮一訳
秘密の武器　コルタサル　木村榮一訳
ペドロ・パラモ　ファン・ルルフォ　杉山晃・増田義郎訳
伝奇集　J・L・ボルヘス　鼓直訳
創造者　J・L・ボルヘス　鼓直訳
続審問　J・L・ボルヘス　中村健二訳
七つの夜　J・L・ボルヘス　野谷文昭訳
詩という仕事について　J・L・ボルヘス　鼓直訳
汚辱の世界史　J・L・ボルヘス　中村健二訳
ブロディーの報告書　J・L・ボルヘス　鼓直訳
フエンテス短篇集 アウラ・純な魂 他四篇　木村榮一訳

グアテマラ伝説集　M・A・アストゥリアス　牛島信明訳
緑の家 全二冊　バルガス＝リョサ　木村榮一訳
密林の語り部　バルガス＝リョサ　西村英一郎訳
弓と竪琴　オクタビオ・パス　牛島信明訳
失われた足跡　カルペンティエル　牛島信明訳
アフリカ農場物語 全二冊　オリーヴ・シュライナー　大井真理子・都築忠七訳
やし酒飲み　エイモス・チュツオーラ　土屋哲訳
ジャンプ 他十一篇　ナディン・ゴーディマ　柳沢由実子訳

《ロシア文学》〔赤〕

イーゴリ遠征物語　木村彰一訳
バナーエフ文学的回想 全二冊　井上満訳
オネーギン　プーシキン　池田健太郎訳
スペードの女王・ベールキン物語　プーシキン　神西清訳
大尉の娘　プーシキン　神西清訳
プーシキン詩集　金子幸彦訳
ボリス・ゴドゥノフ　プーシキン　佐々木彰訳
ジプシー・青銅の騎手 他二篇　プーシキン　蔵原惟人訳

狂人日記 他二篇　ゴーゴリ　横田瑞穂訳
外套・鼻　ゴーゴリ　平井肇訳
ディカーニカ近郷夜話 全二冊　ゴーゴリ　平井肇訳
平凡物語 全二冊　ゴンチャロフ　井上満訳
断崖 全五冊　ゴンチャロフ　井上満訳
現代の英雄　レールモントフ　中村融訳
オブローモフ主義とは何か? 他一篇　ドブロリューボフ　金子幸彦訳
二重人格　ドストエフスキー　小沼文彦訳
罪と罰 全三冊　ドストエフスキー　江川卓訳
白痴 全二冊　ドストエーフスキイ　米川正夫訳
カラマーゾフの兄弟 全四冊　ドストエーフスキイ　米川正夫訳
家族の記録　アクサーコフ　黒田辰男訳
釣魚雑筆　アクサーコフ　貝沼一郎訳
アンナ・カレーニナ 全三冊　トルストイ　中村融訳
幼年時代　トルストイ　藤沼貴訳
少年時代　トルストイ　藤沼貴訳
戦争と平和 全六冊　トルストイ　藤沼貴訳

トルストイ民話集 人はなんで生きるか 他四篇　中村白葉訳
トルストイ民話集 イワンのばか 他八篇　中村白葉訳
イワン・イリッチの死　トルストイ　米川正夫訳
復活 全二冊　トルストイ　藤沼貴訳
人生論　トルストイ　中村融訳
セヴァストーポリ　トルストイ　中村白葉訳
かもめ　チェーホフ　浦雅春訳
可愛い女・犬を連れた奥さん 他一篇　チェーホフ　神西清訳
桜の園　チェーホフ　小野理子訳
六号病棟・退屈な話 他五篇　チェーホフ　松下裕訳
サハリン島 全二冊　チェーホフ　中村融訳
カシタンカ・ねむい 他七篇　チェーホフ　神西清訳
ともしび・谷間 他七篇　チェーホフ　松下裕訳
悪い仲間・マカールの夢 他一篇　コロレンコ　中村融訳
サーニン 全二冊　アルツィバーシェフ　中村白葉訳
ゴーリキー短篇集　上田進 横田瑞穂 訳編
どん底　ゴーリキイ　中村白葉訳

芸術におけるわが生涯 全三冊　スタニスラフスキー　蔵原惟人 江川卓 訳
魅せられた旅人　レスコーフ　木村彰一訳
かくれんぼ・毒の園 他五篇　ソログープ　中山省三郎 昇曙夢 訳
ベリンスキー ロシヤ文学評論集 全二冊　除村吉太郎訳
プラトーノフ作品集　原卓也訳
悪魔物語・運命の卵　ブルガーコフ　水野忠夫訳

《法律・政治》〔白〕

人権宣言集　高木八尺・末延三次・宮沢俊義 編
新版 世界憲法集 第二版　高橋和之 編
君主論　マキァヴェッリ　河島英昭 訳
フィレンツェ史 全二冊　マキァヴェッリ　齊藤寛海 訳
リヴァイアサン 全四冊　ホッブズ　水田洋 訳
ビヒモス　ホッブズ　山田園子 訳
法の精神 全三冊　モンテスキュー　野田良之・稲本洋之助・上原行雄・田中治男・三辺博之・横田地弘 訳
第三身分とは何か　シィエス　稲本洋之助・伊藤洋一・川出良枝・松本英実 訳
教育に関する考察　ロック　服部知文 訳
完訳 統治二論　ジョン・ロック　加藤節 訳
フランス二月革命の日々 ―トクヴィル回想録　トクヴィル　喜安朗 訳
アメリカのデモクラシー 全四冊　トクヴィル　松本礼二 訳
犯罪と刑罰　ベッカリーア　風早八十二・五十嵐二葉 訳
ヴァジニア覚え書　T・ジェファソン　中屋健一 訳
リンカーン演説集　高木八尺・斎藤光 訳
権利のための闘争　イェーリング　村上淳一 訳
民主主義の本質と価値 他一篇　ハンス・ケルゼン　長尾龍一・植田俊太郎 訳
法における常識　P・G・ヴィノグラドフ　末延三次・伊藤正己 訳
近代国家における自由　H・J・ラスキ　飯坂良明 訳
危機の二十年 ―理想と現実　E・H・カー　原彬久 訳
ザ・フェデラリスト　A・ハミルトン　J・ジェイ　J・マディソン　斎藤眞・中野勝郎 訳
マッツィーニ 人間の義務について　齋藤ゆかり 訳
モーゲンソー 国際政治 ―権力と平和 全三冊　原彬久 監訳
ポリアーキー　ロバート・A・ダール　高畠通敏・前田脩 訳

《経済・社会》〔白〕

ケネー 経済表　平田清明・井上泰夫 訳
チュルゴオ 富に関する省察　永田清 訳
国富論 全四冊　アダム・スミス　水田洋 監訳　杉山忠平 訳
道徳感情論 全二冊　アダム・スミス　水田洋 訳
コモン・センス 他三篇　トーマス・ペイン　小松春雄 訳
人間の権利　トマス・ペイン　西川正身 訳
経済学における諸定義　マルサス　玉野井芳郎 訳
経済学および課税の原理 全二冊　リカードウ　羽鳥卓也・吉澤芳樹 訳
農地制度論　フリードリッヒ・リスト　小林昇 訳
戦争論 全三冊　クラウゼヴィッツ　篠田英雄 訳
自由論　J・S・ミル　塩尻公明・木村健康 訳
代議制統治論　J・S・ミル　水田洋 訳
大学教育について　J・S・ミル　竹内一誠 訳
ユダヤ人問題によせて ヘーゲル法哲学批判序説　マルクス　城塚登 訳
経済学・哲学草稿　マルクス　城塚登・田中吉六 訳
新編輯版 ドイツ・イデオロギー　マルクス　エンゲルス　廣松渉 編訳　小林昌人 補訳
マルクス エンゲルス 共産党宣言　大内兵衛・向坂逸郎 訳
賃労働と資本　マルクス　長谷部文雄 訳
賃銀・価格および利潤　マルクス　長谷部文雄 訳
マルクス 経済学批判　武田隆夫・遠藤湘吉・大内力・加藤俊彦 訳
マルクス 資本論 全九冊　エンゲルス 編　向坂逸郎 訳
フランスの内乱　マルクス　木下半治 訳
マルクス ゴータ綱領批判　望月清司 訳
裏切られた革命　トロツキー　藤井一行 訳
文学と革命 全二冊　トロツキイ　桑野隆 訳

- ドイツ農民戦争　エンゲルス　大内力訳
- 空想より科学へ　—社会主義の発展　エンゲルス　大内兵衛訳
- 帝国主義　レーニン　宇高基輔訳
- 国家と革命　レーニン　宇高基輔訳
- 暴力論　全二冊　ソレル　今村仁司・塚原史訳
- ローザ・ルクセンブルク　経済学入門　岡崎次郎・時永淑訳
- 雇用、利子および貨幣の一般理論　全二冊　ケインズ　間宮陽介訳
- 価値と資本　—経済理論の若干の基本原理に関する研究　全二冊　J・R・ヒックス　安井琢磨・熊谷尚夫訳
- シュムペーター　経済発展の理論　全二冊　塩野谷祐一・中山伊知郎・東畑精一訳
- 踏査報告　窮乏の農村　猪俣津南雄
- 恐慌論　宇野弘蔵
- ユートピアだより　ウィリアム・モリス　川端康雄訳
- 世界をゆるがした十日間　全二冊　ジョン・リード　原光雄訳
- 古代社会　全二冊　L・H・モルガン　青山道夫訳
- アメリカ先住民のすまい　L・H・モーガン　古代社会研究会訳　上田篤監修
- ゲマインシャフトとゲゼルシャフト　—純粋社会学の基本概念　全二冊　テンニエス　杉之原寿一訳
- 理解社会学のカテゴリー　マックス・ウェーバー　林道義訳

- 社会科学と社会政策にかかわる認識の「客観性」　マックス・ヴェーバー　富永祐治・立野保男訳　折原浩補訳
- プロテスタンティズムの倫理と資本主義の精神　マックス・ヴェーバー　大塚久雄訳
- 職業としての学問　マックス・ウェーバー　尾高邦雄訳
- 社会学の根本概念　マックス・ヴェーバー　清水幾太郎訳
- 職業としての政治　マックス・ヴェーバー　脇圭平訳
- 古代ユダヤ教　全三冊　マックス・ヴェーバー　内田芳明訳
- 未開社会の思惟　全二冊　レヴィ・ブリュル　山田吉彦訳
- 宗教生活の原初形態　全二冊　デュルケム　古野清人訳
- 通過儀礼　ファン・ヘネップ　綾部恒雄・綾部裕子訳
- マッカーシズム　R・H・ローヴィア　宮地健次郎訳
- 世論　全二冊　リップマン　掛川トミ子訳
- 天体による永遠　オーギュスト・ブランキ　浜本正文訳
- 王権　A・M・ホカート　橋本和也訳
- 鯰絵　—民俗的想像力の世界　C・アウエハント　小松和彦・中沢新一・飯島吉晴・古家信平訳
- 贈与論　他二篇　マルセル・モース　森山工訳

《自然科学》〔青〕

- 科学と仮説　ポアンカレ　河野伊三郎訳

- 改訳　科学と方法　ポアンカレ　吉田洋一訳
- 科学者と詩人　ポアンカレ　平林初之輔訳
- エネルギー　オストヴァルト　山県春次訳
- 光学　ニュートン　島尾永康訳
- ガリレオ・ガリレイ　新科学対話　全二冊　今野武雄・日田節次訳
- 星界の報告　他一篇　ガリレオ・ガリレイ　山田慶児・谷泰訳
- ロウソクの科学　ファラデー　竹内敬人訳
- 種の起原　全二冊　ダーウィン　八杉龍一訳
- 人及び動物の表情について　ダーウィン　浜中浜太郎訳
- 近代医学の建設者　メチニコフ　宮村定男訳
- 完訳　ファーブル昆虫記　全十冊　山田吉彦・林達夫訳
- 増訂新版　アルプス紀行　ジョン・チンダル　矢島祐利訳
- 数について　—連続性と数の本質　デーデキント　河野伊三郎訳
- 物質と光　ルイ・ドゥ・ブロイ　河野与一訳
- 微生物の狩人　全二冊　ポール・ド・クライフ　秋元寿恵夫訳
- アインシュタイン　相対性理論　内山龍雄訳・解説
- 家畜系統史　コンラット・ケルレル　加茂儀一訳

岩波文庫の最新刊

マーガレット・ミッチェル／荒このみ訳
風と共に去りぬ（三）
陥落寸前のアトランタから、スカーレットはレットの助けを得てタラへ逃げる。だが故郷は安息の地ではなくなっていた。彼女は愛する農園を守り抜くことを神に誓う。（全六冊）〔赤三四二-三〕 本体一〇二〇円

エイモス・チュツオーラ／土屋 哲訳
薬草まじない
生命発生の根源であるジャングルへの恐怖と愛とが渦巻く幻想譚の白眉。『やし酒飲み』の作者が描く、アフリカの神話的現実。（解説＝旦敬介）〔赤八〇一-二〕 本体九二〇円

アインシュタイン／矢野健太郎訳
相対論の意味
アインシュタイン自身がおこなった特殊相対論から一般相対論までの講義。付録は、統一理論の完成に挑戦し死の直前まで改訂を重ねた思考の記録。（解説＝江沢洋）〔青九三四-二〕 本体八〇〇円

佐竹昭広・山田英雄・工藤力男・大谷雅夫・山崎福之校注
原文 万葉集（上）
『万葉集』（全五冊）の訓読に対応する原文編。訓読と合せ見ることによって、『万葉集』への理解を深めることができる。上巻には、巻一から巻十を収める。（全二冊）〔黄五-六〕 本体一一四〇円

ベルクソン／熊野純彦訳
物質と記憶
精神と物質、こころと身体の関係。アポリアと化した〈心身問題〉にベルクソンが挑む。しなやかな思考力と文体でダイナミックな考察が繰りひろげられる。新訳。〔青六四五-八〕 本体一二〇〇円

今月の重版再開

柳田国男
こども風土記・母の手毬歌
本体八四〇円〔青一三八-四〕

中島賢二編訳
コンラッド短篇集
本体九〇〇円〔赤二四八-六〕

森 銑三／小出昌洋編
新編 明治人物夜話
本体九〇〇円〔緑一五三-三〕

フローベール／小倉孝誠訳
紋切型辞典
本体七八〇円〔赤五三八-一〇〕

定価は表示価格に消費税が加算されます　2015. 9.